精美散文

何以契阔

戎飞 —— 著

中国出版集团　现代出版社

图书在版编目（CIP）数据

何以契阔/戎飞著. --北京：现代出版社，2018.1 （2023.7重印）

ISBN 978-7-5143-6748-5

Ⅰ．①何… Ⅱ．①戎… Ⅲ．①散文集－中国－当代

Ⅳ．①I267

中国版本图书馆CIP数据核字（2017）第326397号

何以契阔

作　　者	戎　飞
责任编辑	杨学庆
出版发行	现代出版社
地　　址	北京市安定门外安华里504号
邮政编码	100011
电　　话	010-64267325　010-64245264（兼传真）
网　　址	www.1980xd.com
电子邮箱	xiandai@vip.sina.com
印　　刷	北京佳信达欣艺术印刷有限公司
开　　本	710mm×1000mm　1/16
印　　张	19
字　　数	228千
版　　次	2018年1月第1版　2023年7月第3次印刷
书　　号	ISBN 978-7-5143-6748-5
定　　价	59.80元

目录

第一辑 草木风华

第二辑　山水清欢

第三辑　月满西楼

序

◎ 李延青

　　戎飞的书稿在秋天的一日放到我手上，沉实而轻灵。她对文字的执着与热爱，终于在这个秋天以结集的方式收获；她的心思终以飘然的姿态虔诚地面对读者。在这喧哗浮躁的现世，面对一颗真诚的心灵我们不能不感到昂然且珍贵。

　　《何以契阔》，是叩问，也是回答。

　　现今，一切都变得快捷、冷漠，什么样的情怀能够经久，什么样的状态能够安宁，什么样的文字才算有温度。我们在戎飞的文字里可以看到她的求索。她说何以契阔？唯植物，唯山水，唯观照。她以细腻的笔触，写植物，写山水，写内心；以幽微的情怀，观照植物、山水、内心；又以超拔的眼光，跳脱出文字之外，展现出生命的慈悲、真实与虔诚。

　　这本集子共三部分，分别是"草木风华""山水清欢""月满西楼"。

　　"草木风华"部分以中药为题，借药抒怀，煮字疗饥，取材、意旨，可谓独树一帜。中草药在她笔底生出烟霞，荡出乡愁，化作深情，幻为风月。她在写中草药，更是在写人生。

　　"山水清欢"是游记，寓情于景，借景抒情。山水在她笔下活了，深情在她笔下旖旎开来。读她的文字，不仅是看风景，也让我们触摸到一个聪颖、孤高的灵魂，不羡凡俗，不慕虚名，只是服从自己的内心。

"月满西楼"是对生活、对情感、对事物的体察与思考，有海的辽阔，也有云的缥缈，谈书、谈茶、谈光阴里的种种美好。她的情思在字里行间流淌，一个热爱自然、热爱生活、热爱生命的知情知性女子，从书中款款走来。

戎飞的散文，轻盈明快，充满柔情和温暖。她让我们看到了她对家人的爱，对朋友的情，对爱的坚定和执着，对生活生命的欢喜和敬畏。"夜深了，收回游移的思绪，收起手心里的发簪，合上锦盒，把它们轻轻地放回原地。锁住一段年华，让日子在烟火中安然继续吧。生死轮回的光阴里，逝者已逝，生者即使悲戚，也不能让生活过断在悲戚里。埋在心底。"（《白玉簪》）柔婉豁达的情怀令人惊叹。戎飞的文字有轻柔简洁，亦不乏纵横开阖，不知不觉中，令人沉溺其中，随着她的笔触，轻言欢笑，不慕繁华，只觉流年甚好。

"我的唇，吻上腕间的银镯，它会更笃实地陪伴我。携着藏地的风，带着藏地的日月光华，藏着藏地佛教古象雄的神秘，与我的身、心、意相伴相生。光阴之美，在于相与的人是谁。你许我一生美光阴，我还你一世痴深情。"（《山水的圣谕》）

"举目，远处喜马拉雅山脉最东端的南迦巴瓦峰撩起神秘面纱，对我投来护佑的恩慈。我就那样与山尖深情相对，山是那么骄傲，山又是那么不骄傲，我不瞬目地看着它，只觉是旧识。"（《山水的圣谕》）

"薄暮，老村洗去了喧闹，湖边写生的孩子们收起画板，伸伸有点酸的腰身，隐进小巷的一扇门里。于是，想起已逝的青春，心微疼，那时的岁月，青青的，不染一丝一毫的纤尘。遇见和爱，都是那么干净。"（《愿是那尾白鲢》）

"就像命定的缘分，生在初初的心里，遇见时，没有一丝的生疏，就是他了。那个初春的黄昏，带着凛冽的冷意，风中，老家院子里的邂逅，对，就是他了。是绿茶，干净欢喜。这就是青春的岁月吧，清冽甜美，伴和着成长的苦涩，充满了无数的不确定和莫名的诱惑。"（《茶·色》）

这富有灵性的文字，有着宠辱不惊的端然，有着凡事顺遂的淡定，有着安驻在光阴里的矜持与凛冽。

她在《颓败的美》中写道："这世间，谁都无法与时间为敌，不能与之抗衡。它与所有人交缠，却又独立于外；它给所有人痕迹，却又与己无关。我们在它旁若无人的流逝中感到惶恐，我们又在周遭事物此消彼长的过程中获取温暖。我执着地保留着这份颓败的美，没有心痛，没有勉强，是自始而终的迷恋。这美丽，散发着魅惑的气息，没有英雄末路的遗憾，没有落花流水的惆怅，就是一种无法抗拒的存在。"我的心弦似乎被轻轻拨动了一下，几片干枯的银杏叶，在戎飞的笔底生出香，生出色，生出别样的情状。作者对生活、事物的观察体会是多么细腻美好。

戎飞的确有丰盈笃静的内心，她以自己的坚持与坚守，呵护内心难得的清宁的同时，也传递给读者一份悠长舒缓的情绪，一种清洁自信的心态。

《何以契阔·自序》中有这样一段文字："观照内心，有植物的素朴安静，有山河的笃定浩荡。不过是个弱不禁风的小女子，却也不愿意沦陷在麻木苍白的日子里。鲜衣怒马好，筚路蓝缕也好，只要是遵从内心的选择，就都是自己的好。"这样自心而生的文字，是因为懂得，因为安静，也因为朴素笃定。

以文见人，以文见魂。千古文章也不过是"以写我心"。

《何以契阔》的出版，是戎飞对自己多年笔耕的交代，也是对她痴爱的一种安置方式。

愿戎飞在文学之路上，循着信念和初心，愈行愈远。

自序

清晨，读到一句话：何以致契阔，绕腕双跳脱。

安静，笃定，清灵，古意。

也是在读到这句话的时候，才知道"跳脱"指的是手镯。而我，一直都钟情于手镯，尤喜银镯。但却不知它的别称。跳脱，轻轻读出，舌尖和嘴唇是跳跃的样子，整张脸也跟着生动起来。这样的轻盈，让我想起足尖轻点地面，优雅旋转的芭蕾，让我想起蹦蹦跳跳的小兔。那么，跳脱，就是腕间的芭蕾，就是一个精灵呀。如此联想，心生喜悦。

时光之书，由古至今，不知是薄了，还是厚了。有时很是恍惚，人也好，物也罢，变幻那么快，还没来得及彼此多看一眼，没认真体味一下，就擦肩而过了。倏忽而逝的空荡，过眼烟云的虚浮，令心间惶惑，何以契阔？

唯植物，唯山水，唯观照。

华年渐逝，愈加喜欢植物。茶几案头养几株绿萝，阳台伺弄些兰花、铜钱草。春来，点几颗豆，买几株西红柿秧。君子兰开了，栀子花笑了，蟹爪莲含着苞，瓶里的芦花呢，低垂着，泛起银黄怀旧的光华。前几天养在小瓶里的绿萝尖出了新芽，嫩嫩地翘着，看我泡了普洱，看我换了新茶，看我添了个新茶盏，陪着我吧，想看着再抽新芽。

豆角开花了，紫色的小花，扁扁地抱在一起，一绽开，蹦出几根嫩黄的蕊。绽开了，也给人紧紧怀抱的感觉，似有千般不舍。像既盼着孩子长大，又害怕其长大后离开的父母。殷切，却又矛盾。开就开了吧，然后会结弯弯的豆角，多好。

其实，栀子花到家里的时候，还不知道它的名字。也没有好好养它，直到有一天，它伤心地黄了叶子，才惊觉好久没有浇水。粗心的我，也没注意它抱出花蕾。一个清晨去拉开阳台上的纱帘，发现开了一朵乳白色的花，花叶尖尖微微卷曲，花瓣螺旋生长，层层相环，生动而温润，散发浓郁的香气。花儿都殷勤成了这个样子，我却不知道它的名字。请教朋友，才知道是栀子花。整个清晨，都沉浸在栀子花香里，听着《栀子花开》，把图片分享给好朋友。简单，快乐。

遗憾的是，一盆茂盛的铁线蕨毁在我手里。每每想起细如铁线的小枝上，生着凤尾似的叶子，想起叶子每个缺刻上的小圆点，像精灵的眼睛，就会心生愧疚。不知那盆铁线蕨会不会怪我笨拙。

一株株植物，素朴地生在光阴里。扎根泥土也好，生于水中也罢，只是兀自生长。在绵长的时日中，陪伴我。似寂然无言，却又有声有色。把清寂的日子，温润成一片绿，一点白，一缕香，与我共契阔。

台湾舒国治说："公路有一股隐藏的拉力，令我颇有一阵子蛮怕自己没来由地就又登了上去。"对此，极度认同。特别迷恋在路上的感觉，开车、坐车、走路，怎么都好。只要在路上，山啊水啊草啊木啊天啊云啊，都那么好。

坐在车上，会希望它没有终点，一直一直地走下去，任性地在时间里晃荡。开车行在路上，看着眼前的公路向前延伸延伸，伸向未知，然后就这么行驶下去。缠绕在耳畔的，是 Enya 的《May it be》，是 Bird York 的

《Had Dream》，是陈粒的《历历万乡》，是降央卓玛的《那一天》，还是安九的《菩提花》……都喜欢。或者什么也不听，打开车窗、天窗，任风吹进来，最好是夜风，连星星和月亮的清辉都可以一并纳入车内。

在路上的感觉是神秘的，游离飘荡。遇山转山，遇水涉水，遇林则穿。总是与山水有言不尽的亲切。走在山中，自己也成了一棵树，一株草，于山的怀抱酣然而卧，于山的脊梁恣意嬉戏，于山的肩上醉而远眺。沐浴山间的清风明月，可以把五脏六腑都清洗一遍，仿若重生。伸手摘星辰，置于发间，坠于颈上，悬于耳垂，我定是星汉青天垂青的女子，有幸受此恩宠。那么，遭遇的艰辛与苦楚，黯然和颓迷，都无法与此欢欣相比，沉醉其中，不思乡不思返。

打开一张地图，高山是几个灰色的小叉，河流成了一条细线，不规则的水滴是湖泊，大城市也只是一个小圆圈，而那些古朴的村庄成了一个小黑点，仿佛伸开手掌就能把全世界走遍，而生活，还比不上这巴掌大的纸片。每天木然地起床洗漱，为孩子、车子、房子、位子、票子苦苦挣扎，无聊而苍白的一生，一眼望得到老。低头问心，它是那么忧郁委屈。为了心意，驱使自己走出去。

当双脚翻过每一座山脉，涉过每一条溪流，停驻在每一个村庄，穿过每一片密林，行过每一条峡谷；当目光望向天空的每一朵白云，等待每一次日出，投向每一个山顶，凝望每一片夜空，会发现自己在与大自然丝丝入扣地交缠。

在路上，邂山逅水，寻觅的过程中一定有更美好的东西在不远处等待。闻着大自然的呼吸，在山水的臂弯里沉迷。越过湖泊高山星辰银河大海，越过时间，越过喜怒哀乐，那些美好都留在一呼一吸间，与我共契阔。

观照内心，有植物的素朴安静，有山河的笃定浩荡。不过是个弱不禁风的小女子，却也不愿意沦陷在麻木苍白的日子里。鲜衣怒马好，筚路蓝缕也好，只要是遵从内心的选择，就都是自己的好。

对万物尊敬，对自然善感。手起手落间，翻过几页书。花开花落时，看云去云归。消散滴漏的光阴里，冥想。还生命纯净清晰的颜色，是我为自己精心挑选的朴素。人生，是一场有来有往的长途旅行，每一次遇见，每一次擦肩，都是注定的缘分，顺遂，接受。

唯愿，漂萍离散的生涯里，有遇见的暖，有暗暗的香，待共叙契阔。

第一辑

草木风华

满天星

"一闪一闪亮晶晶，满天都是小星星，挂在天空放光明，好像千万小眼睛……"稚嫩的童声从身后传来，我像被施了魔法，站在那里移不动脚步。心里不断默念："满天星，满天星……"仰望夜空，一团团云絮成了一张沉沉的棉被，把星星的光辉隐匿得无影无踪。我怅然低眉，曳着被路灯拉得长长的影子，孑然而行。

时间是魔鬼，不经意地就让它流进了我的血脉，又不经意地让我老去了一些。这个过程悄无声息却又无比残酷，我由焦虑到无奈，又由无奈到坦然。于是选择性地遗忘，免得在时光的河流中不堪重负。而那记忆中的星空，却像栅栏一样驻扎在我的心田，任性而顽固。

我不仅喜欢满天的星斗，还喜欢名叫"满天星"的花儿。满——天——星，第一次听到这花儿的名字时，就联想到家乡夜晚的满天星斗。那花儿，长得也确像天上的星子，小小的，密密地集中在一起，在自己的位置散发清香，伸张美丽。是因为知道势微吧，所以簇拥在一起，挨挨挤挤地开，清雅可爱，不夺人风采，不失己风格。是因为知道单薄吧，所以浓密地聚在一起，表达自我。

此时，我的脑海里，是一片长满满天星的田野，纯洁的小花洋洋洒洒地开，恣意浩荡，迎风展露着笑颜。那朵朵小花，是微风吹过大地的感动，是岁月播撒在田间的恩宠。

怀着感动与恩宠的温暖，走在光阴的阡陌上，朗月清风送来家乡的讯息。游子的字典里，有乡愁。我总是会怀念，怀念家乡的天空。白天，怀念它的湛蓝；夜晚，怀念它满天的星斗。由着怀念，常常会在无意中抬头张望我头顶的这片天。白天，它被厚厚的雾霾遮盖，失去了温婉的容颜；夜晚，它挣不脱浓浓的云层，星星的光芒被无情遮掩。我会沮丧，是的，我沮丧。没有星星的清辉，我的乡愁找不到传递的方向。

于是，一次次在梦里，我深情地温习那片记忆中永远挥之不去的星空，那一颗颗眨着眼睛的星星，温情地看着我，仿佛对我说："等你回来，等你回来。"而我，总是痴痴地望着那满天星斗，把深埋在心底的乡愁在目光中凝成永恒。方文山在《牡丹江》中写道："到不了的都叫远方，回不去的名字叫家乡。"两句歌词含蓄了游子几多无奈，几许惆怅。梦里家乡夜空的满天星斗，便成了我乡愁的凝寄。

终于，这个夏天，我再一次踏上家乡的热土。这个已没有我的亲人与居所的小城，却与我有过最深情的相濡以沫。我天真烂漫的儿时、我无所顾忌的少年、我特立独行的青春都与它有着最最亲密的关联，然而不论哪个时期，对于星空的痴恋都没有丝毫消减，随着岁月的流逝，却变得愈加炽烈。

结束与同学的聚会，拒绝了同学的相送。独自走在家乡已没有旧日形迹的大街上，龙爪槐低垂着枝条，像少女的长发，随着夜风，撩拨我怀旧的心。努力放缓脚步，让同学相聚的温馨，让猛烈强悍的拥抱，让不掺丝毫世俗的纯真，让潮水般涌起的往昔回忆，让新填充在我脑海中的一切，在我努力缓慢行进的速度里，渐次消化，然后紧紧拥入我的记忆。

我是快乐的，因为与同学的相聚；然而我亦是伤感的，因为永不可能再回到从前的怅然。不经意地抬起头，那突然映入眼帘的满天星斗啊，给了我结结实实的惊喜。夜空没让我失望，星星没让我失望，还是从前的那片天，还是从前的那些星星，它们一直在原地等着我，等着我回来，等着我抬起头，等着我深情的目光与它们蓦然相遇。我的内心，按捺不住地狂喜，狂喜。甚至能听到自己心跳加速的声音，伴着明显快速的呼吸。脚步，不再克制，不再钝重。张开双臂，真想拥抱这世间最珍贵可爱的星空。

夏夜的风，穿过指尖、发梢，拂上我的脸，轻柔安静，像一匹锦缎有属于它的丝滑与薄凉。我的欣喜随着夜风浮动。那欣喜，仿佛织成了一条长而绚丽的丝带，在身后隐秘地跟随着我，轻灵飘逸。每走几步，我就会停下来，看看那些久违的星星，看不够，还是看不够。

天上的星星，繁密而调皮，一闪一闪地眨着眼睛，不着丝毫岁月痕迹，仍然像儿时那样，体己地看着我，懂我的心思。那些星星，像一簇簇肆意盛放的满天星花儿，在我热泪蒙眬的目光中，把我的乡愁时而绽放成盛唐的颜体，清丽俊秀，端庄凝练，蓄含无限深情意韵；时而幻化为北宋的瘦金体，天骨遒美，逸趣霭然，却又有着断金割玉之傲气；时而变成元代的赵体腾挪起伏，流美动人，挥洒出无尽风情……把世间最温情最伤感最唯美的情感，定格在这个繁星满布的夜晚。

伫立在岁月的年轮上，回望，那些经历过的波折坎坷，依稀恍惚，如小说里描写的那样精彩绝伦，却也充满了决绝和伤感。所有关于家乡的记忆翻江倒海般地开始回放，非常快速又十分模糊，直到最后，乡愁酿成了醇香的酒，让我醉倒在这星空下。

有些地方，可以爱一辈子，但只能放在心里而无法企及。从心底知道自己深爱着那里，也清楚地知道深爱的理由，尽管它已不再是记忆中的模样。因为这爱如此深重，以至于永远无法忘记。这些地方，不是最美的，却是最独特的。家乡于我，便是这样一个地方。那里根植着我最纯情最执着的向往与期待，在离开它之后的漫漫光阴里，对它的思念如影随形，那原本凋敝而真实的模样一直保留在我最初的记忆里，凝结成一种叫乡愁的情绪。世间这样荒芜，寂静不可测量。于是，乡愁便在我一次次对天空的凝望中成为一种信仰，一种感动。

是的，乡愁是信仰，是感动。那么，在这个夏夜，在我举头仰望星空的时刻，满天星啊，就请你们帮我记下这沧海桑田之后的重逢吧。我不会许愿，所有的愿望都不是靠等来实现的，我只是告诉你们那些埋在心里的话，快乐的、悲伤的。你们就这样高悬在天空，宁静又微笑，微笑又孤独。我是那么矜持自喜，想象着，假若我是一颗星，那么离我最近的星星，便是你。

桃花

　　金山岭长城，我不想说它有多么气势磅礴，我不想说它有多么沧桑遒劲，我亦不想说它有多么浑厚浩荡。仅从我一个小女子的角度来看，它是迤逦而妩媚的。它是历史，更是一条记忆的曲线；它是战场，更是无数壮士豪情的浓缩；它是中华民族的精魂，更是华夏儿女心底最深情的柔软。

　　初春，携着清风扑面而来，轻轻柔柔的，但还是惊醒了大地，惊醒了树儿，惊醒了所有蛰伏一冬的灵魂。

　　我踏春而来，张着一双贪婪的眼，欲把金山岭长城的春色，尽收眼底。然而，我又是那么渺小，面对连绵的山峦，旖旎的长城，却只能悄悄用文字记下对它的情感。

　　春风拂面，桃花艳。

　　立于金山岭长城之上，盛开的桃花，开得绚烂，开得惊心。我以为它会熙熙攘攘，我以为它会争先恐后，然而，它们只是静默地开，寂然地开，兀自妖娆。于是，懂了桃花的静。那是桃花的坚守，那是桃花的风骨。

　　山坡上，一树树的花盛放着，来赶赴这场烂漫隆重的花事。原本裸露着泥石本色的山体，被白色、红色、粉色、绿色装点得无比荣华，像一个盛年男子，要去迎娶他的新娘。而那长城，低伏的地方，是他微笑上扬的双唇，高起的地带，是他含满深情的双眸，和着春色，来一曲山的笙歌，云的霓裳羽衣舞吧，把爱尽情抛洒，濡染绿的树，青的山，花的荼蘼。

群山绵延如带，长城逶迤其上，随山势高低起伏，看不到起点，亦望不到边。桃花的柔润，衬托着长城硬朗的线条，朗朗乾坤之下，阴柔与阳刚安处。《诗经·桃夭》在我耳畔萦绕："桃之夭夭，灼灼其华。之子于归，宜其室家。桃之夭夭，有蕡其实。之子于归，宜其家室。桃之夭夭，其叶蓁蓁。之子于归，宜其家人。"仿佛看到一个桃之夭夭、灼灼其华的少女，怀揣着对幸福饱满的期待，虔诚地把自己交付于那个风华正茂的男子，只愿得一人心，白首不分离。

小心翼翼地踏上城墙，生怕惊扰历史的酣梦，轻抚逾百年的青砖，它传递给我体己的温度。我知道，那里记载着一段爱情；我也知道，那里浓缩着一份乡愁；我更知道，那里演绎着征战的刀光剑影。

狼烟起，鼓角争鸣。邦国安，匹夫有责。

浪漫温馨的日子，被阵阵惊雷打破。桃之夭夭，有蕡其实的女子轩窗梳妆，高高绾起的发髻一丝不苟，新婚时夫君亲手插在发际的银簪，还妥帖地温存在发间。人面桃花，娇颜轻妆，娴静恬淡，而那离愁，却是难掩。送了一程又一程，终有一别。挥起衣袖，你心无旁骛地去为国征战吧！好男儿，志在四方。我，会守在原地——等你归来。

垛口远眺，这边是关内，那边是关外。关内是牵挂，关外是敌忾。站在历史的肩上，我不愿意去回味它鲜血淋淋的惨烈，我只愿意去感知它生动有力的脉搏。是的，历史任人评说。那么，我宁愿赋予它形而上的浪漫，也不愿面对它形而下的实质。把温情的种子，坚定地种在心底。

足迹轻轻印在长城之上，残垣断壁给我灵魂彻底的震撼，它触目惊心地伫立在那里，形销骨立，以过尽千帆的姿态说着沧海，话着桑田。我想问它：你疼吗？我想问它：你累吗？它默默再默默，以它独有的体势和气势，回复我。

那桃之夭夭，其叶蓁蓁的女子等啊盼啊，流年在她的发鬓挑染出妩媚，在她的眼角烙上私印。而她，等得都忽略了时间，仍颜如桃花，可流年知道，她已苍老了心，只是为他苦撑着不肯凋零。那滋味，真真就是感时花溅泪，恨别鸟惊心呀。望穿秋水，望断冷月，任寂寞华年剥蚀心端，痛着，等着……

采采卷耳，不盈顷筐。嗟我怀人，寘彼周行。我爱着的人啊，你可知我绵长的思恋？采呀采卷耳，却没采满一浅筐。我的心思，哪里在卷耳上？虽然我远离烽火狼烟的战场，但想象得到你金戈铁马的风尘，就让这一缕清风捎上我的柔情吧，拂上你面颊的刹那，你可闻到了熟悉的味道？你伫立在烽火台上的身影，成为万里长城、金山独秀的一部分，坚韧、昂扬地定格在苍茫的夜色中，有为国戍边的坚定，却也忧结着思恋家乡亲人的离愁别绪，那背影中透出的坚硬与柔和，染红了天际的浮云。

脚下的青砖，凝聚着斑驳的色调，也满溢着历史的陈香。我的目光，抚触着残垣断壁的城墙，试图抚平它的伤痕。它是那么瘦，把浩荡的光阴瘦成嶙峋的傲骨；它又是那么浩瀚，把几百年的文明凝结成无字的史书，以无言的姿态横亘在岁月之巅。金山岭长城被誉为"独秀"，那便自有它独有的风情和风骨。我无法触摸金山岭长城由古至今的脉络，只能在遗留的映像中寻找沉浮背景，在迷离的光影里翻阅动人故事。

"……陟彼崔嵬，我马虺隤。我姑酌彼金罍，维以不永怀。陟彼高冈，我马玄黄。我姑酌彼兕觥，维以不永伤。陟彼砠矣，我马瘏矣！我仆痡矣，云何吁矣。"《卷耳》袅袅，随风传入逆风而行的女子耳边，她似听懂了什么，站在高冈殷殷眺望，风中裙裾飞扬，哪管被风拂乱的秀发，哪管被风吹疼的面颊。她的明眸汪着春水，黑亮的瞳仁里，一个孤单的背影，对月举杯，金樽独饮，一匹倦马陪在身旁。那不是她朝思暮想的夫君吗？那不是身披盔甲满面征尘的勇士吗？金樽对月，对影三人哪。想借这满杯的清酒，浇灭心头的思念，却哪知愈加炽烈。马儿啊，你已疲倦得不想站立，还忠诚地陪在我身旁，你是洞悉我心尖的痛楚的。国安家才兴，我忍痛离开家园，是想换来更多的安宁，可我心底汹涌着思乡的波涛，如何平息？借着满怀的月色，和着满腔的思念，站在蜿蜒的金山岭长城之上，把这满杯的清酒，昂首饮尽吧。今晚任思乡的波涛汹涌，明朝我又将以万丈豪情征战于沙场。心中一念尚存，我便矢志不渝。

一剪流光潋滟夺目，划破夜空，她的身影化作一道彩虹，高悬在天际。长城之巅，他看见了那一道绚烂的虹，即使周遭一片沉寂，即使夜色朦胧，但那虹散发着异样的光彩，似他的信仰，引领他走向下一站胜利。漫漫独守的岁月，她就是那朵不肯凋谢的桃花，以清寂的风骨，沉静地坚守岁月，婀娜地陪伴着金山岭长城。无须起誓，必守天荒。

静默于苍烟夕照，山峦巍峨绝秀，兀自独立在白云之下，长城逶迤雄伟，肆意铺展在山野之间。席慕蓉的《长城谣》"……你永远是个无情的建筑／蹲踞在荒莽的山巅／冷眼看人间恩怨／为什么唱你时总不能成声／写你不能成篇／而一提起你便有烈火焚起／火中有你万里的躯体／有你千年的面容……"这首诗，写断了无数人对长城的怀想。于是，将思绪抛掷到云端，借光阴为笔，采风景为墨，记下我的感念。

秦时的风，拂过耳畔；汉时的雨，落在双睫。远处峰峦叠嶂，近处长城逶迤，悄悄叩问，什么是永恒？生命较之于历史，如沧海一粟。人生无须重彩，在岁月的宣纸上落笔，以淡墨着色，洇成一朵莲，自成气象。那么，就以十万残荷的凛然，在心底树起一把理想的尺规，为了信仰，义无反顾。

穿越历史的尘烟，看到离我不远的地方，有一束光芒，给得起我等待，任我纵横。我不想瞻前顾后地犹豫，我不想一错再错地错过，我只想，在这长城之上，给出我的诺言。那么，我还苛求什么？放下叩问的执念，今生今世，一意孤行地追随信仰。

送走了远古的夕阳，迎来了今朝的月色，我用沉默的方式丈量文化的悠久与厚重，用文字的经纬记载思想的沉淀与坚守。那缭绕在风烟中的金山岭长城，不论世人如何惊叹，依然执着地蜿蜒于崇山峻岭之肩，不亢不卑，在旷达的岁月深处，安驻。而那满坡盛放的桃花，还是那么灿然，那么安静，不论经历多少风烟，仍然不离不弃地坚守。

在长城与桃花的硬朗与柔润中，在岁月与感怀的悠长与短暂间，我，懂得了桃花的静。

徐长卿

徐长卿，像一个人的名字，却是味中药名。

徐——长——卿，读起来感觉那么长情，言犹未尽，欲言又止。像一个多情的男子，对，就应该是男子。气质儒雅，寂静清宁，安驻在光阴深处，稳妥而踏实地存在，出尘却也入世，耐心地等待命里的爱人。这个男子，一定是中年男子，有深厚的阅历，也有岁月的沉香。

这么想着，就想到了江南雨巷，想到了白墙黛瓦，想到了青石板路，想到了斑驳的青苔，想到了油纸伞和伞下那十指紧扣的双手……我似乎不应该一下子就想到江南，那儿离我毕竟遥远，只是有过几次短暂的交集，仿若生命中擦肩而过的路人，连有缘都算不上，而我偏偏就想起了那里。也许，是我的心底有那么一个情意绵绵的江南情结；也许，是心底缱绻的幽微情怀需要一个寄托。江南，恰好。

徐长卿，这三个字就必须是属于江南的。因为它没有一丝一毫北方的意味，没有大风的味道，没有旷野的辽远，没有朗朗星月的飒爽，没有大漠孤烟长河落日的豪迈。有的是一种细腻的情调，缠绵在无可名状的细水长流里，潮湿的，却又是分明的，像宣纸上的写意画，远看无际无涯，实则有边有界。徐长卿，你属于江南。就让我在自己的江湖，霸道一回，好吧。

心里有那么一个院落，院墙是粗粝的青石自然堆叠而成，青苔从石与石的缝隙里衍生出来，蔓延到青石的表面，斑斑驳驳的无章。我恰是喜欢这种无章，随性随情，简单自然。一扇古老的木门，一对磨得发亮的门环，泛着光阴摩挲出的光华，不耀眼，幽幽地寒凉。院子里的蔷薇开得正旺，挨挨挤挤地开，无声却震撼，像一场浩浩荡荡的私奔，就连香气也是张扬的，这私奔也太磊落了些。探出墙的花儿，使人想起"一枝红杏出墙来"的狂野。然而，花是想私奔，却被枝约束了，还是有牵绊的，也只能拼命地盛开，来告慰自己不能成功的壮举，似爱情的味道。两个相爱不能相守的人，灿然而用力地爱过，就若这蔷薇，盛大地开，开到荼蘼，开到肃杀，也是无悔了。

院子里有株泡桐，繁茂的枝叶给小院带来一片荫翳，风吹来，穿过泡桐的枝丫，吹响了一树叶子。泡桐的气质，对，就是气质，树是有气质的。泡桐的气质就像妥帖的中年男子，有风度，不张扬，少言寡语宠辱不惊，可以放心地把自己交付给他。他不会给你炽烈焚身的爱情，却能给你绵长饱满的清欢，他能带着你穿越脚下的荆棘坎坷，能与你分担扑面的风刀霜剑。这样的人，也是命里最完美的绝杀，无人能敌。

墙是白墙，瓦是黛瓦，窗是轩窗，酒是黄酒，茶是老茶，书是旧书，笔是湖笔，墨是徽墨，纸是宣纸，砚是端砚……一切都是精致而素朴的，像王摩诘的诗行至水穷处，坐看云起时般随意淡泊，像丰子恺的画温柔恬静纯仁得雍容。这个院子，这里的一切，切身却又疏离，淡而不漠，孤而不傲。徐长卿，是这个院子的主人。

那么，就让我卸下现实的面具，以素颜的率真，做一个风情的女子，旖旎在徐长卿的命里。

风日晴好的时日，我把整箱旗袍晒在院子里，摇曳的碎花银边，风动的水墨锦缎，让小院的疏落活色生香起来。每一寸光阴都有了玉的质感，剥落出一块和田玉的如意，佩在胸前。昔日王谢的堂前燕，飞到院子里，在檐下筑巢，小小的乳燕张着嫩黄的小嘴等着妈妈喂养。种在窗前的几畦豆角，一畦香菜长势正好，豆角的藤蔓顺着我给它架好的花架爬啊爬的，在轩窗下露出了头；香菜这根的叶子伸到了那根的腋下，那根的胳膊挽住了另一根的脚丫，好像不这么牵连依赖着，它们就没法生长。这丝丝缕缕的联系，并不会显得杂乱，反倒生出一种自然的缠绵。

案头净瓶里的绿萝生出了新芽，蜷曲着顶破包裹它的薄膜，含羞似的嫩，我盼着它快快长大，亭亭而出，擎着翠绿的叶子为我再添一片生机。线装的书翻了几页，瘦金体的《离骚》天骨遒美，透着断金割玉的傲气。那边，徐长卿在写字，低眉蘸墨的刹那，性感飞逸。我出神地看他挫笔转峰，逆入平出，万毫平铺，笔断意连，有千里暮云平的淡定从容，有千山鸟飞绝的出尘清宁，那写字的神韵，宛如演绎一场太极开合有序，刚柔相济。

焚起一炉香，袅袅轻烟萦绕在空气中，淡淡香氛弥散而出。壶里的水开了，翻腾着水花召唤我，素手刨开老白茶的茶饼，投到温好的紫砂壶里，窑变手绘茶碗里的茶汤澄黄艳亮，捧给他，清亮的茶汤里，有我们双眸对视的深情。几泡过后，这茶汤由黄变褐变红，味道也变得醇和温润。就像过着的日子，由青涩逼仄过到从容淡定。

暮霭四起，收起屋外晾晒的旗袍，细细折起放回箱子里，锁住一段年华。火炉上，煲的汤火候已到，体己而服帖地静置在砂煲中。炒几碟小菜，投几粒青梅煮花雕，月下对酌，醉倒花前。

人生的况味，要自己去收获，才会融入血里，刻进心里。徐长卿，我不要你转身的华丽，也不要你带我去身不由己的江湖厮杀，只许你一段素朴的流年，就这样清淡从容地陪着我，终老，可好？我愿和相爱的徐长卿过这样一段光阴，哪怕这段光阴清瘦得如一张吹弹可破的纸，也情愿。这浅醉贪欢的味道，唤醒了我沉睡的味蕾。等待它融入血脉，铭刻心间……

我在自己的世界里信马由缰云淡风轻，给循规蹈矩的人生，添上嫣然一笔。不，这不是梦，这是我的前世来生。

徐长卿，还真是一个男子的名字。赵匡胤称帝，为巩固政权，重用文人，徐长卿作为"文人食客"进入朝中供职。赵皇帝大权在握，终日饮酒作乐，致酒色伤身，久治不愈。是徐长卿去野外采集的一味草药，祛除了皇帝的顽疾。皇帝很惊奇，问徐长卿这是一味什么药。徐长卿答道："皇上，臣有无礼之罪，此药还没有名字呢。"赵匡胤闻言道："爱卿，你叫徐长卿，这药就以你的名字命名吧！"从此，这种草药有了一个叫"徐长卿"的药名。

徐长卿，可以祛风镇痛，没有风痛的人生，会是多么波澜不惊。

当归

春日，万物复苏，我的心却是忧伤的。

心底反复诵念着两个字：当——归。

是的，当归，你当归来。

你走了多少天啦？我能数得过来，但我不愿意去数，宁愿相信那是将来的事情。这样，我就能把你永远留在身边了。是的，你永远在我身边，在我心里，永远。

那天，收拾旧物，看到你写给我的信，稍稍向右倾斜的草体，一行一行地写满了叮咛。你把那些信按照日期，排好顺序，交给我。我不敢细细地读，怕泪冲垮堤坝。那道我筑了很久才筑好的堤坝，但我知道，它仍是那么脆弱，也不知道它什么时候才能变得坚强。小心地把那些信收起来。想着，将来，在我的堤坝足够强悍的时候，再读。

那天，看那些老照片，你微笑着。虽然生了病，仍是那么乐观，任何的苦难在你心里，都微不足道。看着你的双眼，柔中有刚，充满了对岁月的感恩和藐视苦难的刚毅。我的心理远没有你强大，但你给我的那些精神财富，却让我在跌宕的生涯中受益匪浅。

你的屋里还是老样子，任何东西都保持它原来的位置。有阳光的时候，我会坐在你常常坐的沙发里，在那个角度看电视，温习你的神态。然后，再从另一个角度看向门外，脸上是你坐在那里听到我回来时，向外张望的神情。

还记得你的那个本夹子吗？最原始最古老的样子，封面是一张在桃花中笑得开心灿烂的女孩儿的脸，里面夹着稿纸。生病之前，用右手在稿纸上给我写信，生病之后，用左手继续写信给我。那本夹子已经磨得斑驳了，日子的痕迹重重，但你一直在用。是不是我不在你身边的时候，你总觉得那个女孩儿灿烂的笑脸就是我？

虽然后来我们生活在一起，不再需要写信了，但你又开始给那些在故乡的老朋友们写。那些稿纸，还夹在里面。最上面的一张，还有你写信时留下的字痕。我没舍得动它，就让它静静地躺在时光深处吧，等你哪天想写信的时候，再用。

还记得吗？那天，我告诉你我怀孕了。你拿着筷子的手颤抖了一下，仅那么轻轻一下，却被我看到了。我还注意到你眼里泛起的晶莹的亮光。那泪光，就那么深深地含在你的眼底，硬是没流露出来。我知道，你盼这一天盼好久了，但从来不和我说。怕我工作太忙，怕我有压力。其实这些都是我的借口，我是那么自私地贪玩，想多一天再多一天过自在的日子。

我把小小的女儿放到你的怀里，你用左手使劲抱着她，生怕淘气的她在你怀里左扭右扭地掉到地上。你把脸贴在她的脸上，那温柔的神情，让我看到当年我在你怀里时，你幸福的样子。

其实，小时候，我是一直都怪你的。你心里装着学生，装着工作，总是很晚了，在我睡意正浓的时候，才把我从邻居的奶奶家抱回去。还在我耳边不停地说着："回家了，回家了。"我那时总是盼着快点儿回去，再快一点儿回去，好安安静静地睡觉，不听你在耳边的念叨。可是现在，我是那么那么想让你再把我抱在怀里，那么那么想再听听你在我耳边说话，哪怕说上三天三夜，我都愿意。

刚才，在饭桌上，又想起你吃饭的样子。我吃不下去了，起身回到卧室，坐在那里，发了很久的呆。你一定想到了，我哭了。想，现在是吃晚饭的时间，你吃饭了吗？

夜深了，我不敢开灯，知道你的眼睛不好，怕光。我就这样和你一起静静地守着这暗夜，你的手在抚摩我的发际，你的眼神里，爱意那么浓，心里一定又在说："你太瘦了，多吃点儿，快胖起来。"

我总是会梦到你，梦里的你，总是生病以前的样子。有一次，你给我讲课，班里只有我一个人，你认真地讲，一手漂亮的板书，楷体。我特别好奇，你的板书怎么和写在纸上的字那么不同。行草和楷体，就如刚强和温柔的你。还有一次，我下班回来，你在厨房做饭，我站在门口，偷偷看你忙碌的影子。而在我心里，总有你下班后，走在路上的身影，我只是默默地跟在你身后，听你和别的老师说话。那时候，我真傻，总想逃出你的视野，去做任性的自己。要换作现在，我肯定会天天守着你，一天也不要离开。

你怎么就那样走了呢？走得那么匆忙，没有告别，就走了呢？我一直想不通，一直在心里寻找答案，但似乎又清楚，只是不肯相信。你是太要强了，不愿意给我添一丝一毫的麻烦。可是，那怎么能是麻烦呢？你知道吗？你走了之后，我的右半边身子一直是凉的，尤其是后背，沁心的凉。天那么热，我却从内向外地冷，总想抱紧自己，但却又无能为力。没有你的护佑，我是那么无助。

那天，他们把你送到往生客栈，不让我跟着去。我一直在担心，你生病后，这么多年来，从来没自己出过家门。那晚，你一个人待在那里，害怕吗？

我见到你化妆的样子了，从从容容地平静，安详的神态告诉我，你只是累了，睡了。我多希望，你真的只是睡了，只是睡了呀。我好想认真地端详你的样子，好想再轻轻抚摸你的脸，可他们不让，他们拉着我，抱着我，就那样硬生生地把我拽走了。

后来，我终于把你紧紧地抱在怀里了。你变得那么小，那么轻，能让我全部地抱在怀里。我像抱着宝贝似的，把脸贴着你，用整个怀抱着你，好像不抱紧了，你就会逃走。其实，我是挡不住你的脚步的，你一直都是那么从容，那么热爱山水，就去山水的怀抱寻求本真的你吧。

小草都长好高了，树也绿了，玉兰开花了。每年，我都会跑到玉兰树下，去看那大朵大朵雍容的花。可今年，我却一眼都不敢看，甚至是躲着走。那有着你名字的树，就那么兀自开着花，一点儿都不体谅我的心情。也是，树没有错，是我自己的问题。

前天下了雨，淅淅沥沥的。还没到清明呢，怎么就雨纷纷了呢？我看着那雨丝，在窗玻璃上飘着，丝丝缕缕的，像是谁在流泪。没勇气看了，怕我的泪也像那雨丝似的流。我知道，你不喜欢我哭的样子。可是，我实在太想你了，就让我淋漓尽致地想你一回吧，任思念的泪尽情地流一回，只一回，好吗？你别怪我没出息，我不是没出息，我只是太想你了。

心里又开始不停地念叨那两个字：当——归。当——归。

当归，是味中药，能够治病的中药，补血镇痛。它还有一个好听的名字，叫云归。那么，当归，就来补充一下我的气血，镇定我的痛楚吧。让我能够静静地等待你，云游归来。

蒲公英

　　早晨，看到同事发的蒲公英图片，心里忽然就不安稳了。好像那蒲公英不是看在眼里，而是长在心上。

　　是呀，郁郁葱葱的一片，长在河岸边，长在小时候的记忆中，长在一个个无风无雨的日子里。那时候，多希望自己是粒蒲公英的种子，风来，擎着小伞，随风流浪，四海为家。落在水岸，来年又生出一株，绵延不绝。落在高山，最好是南迦巴瓦峰，先在冰雪中沉睡几年，当苍鹰掠过山顶，搭着它的翅膀，恰好掉在扎什伦布寺的石阶前。或者，落在经幡上也好，成为经文的一点，微风吹过时，被一次次诵念。要不然就落在泸沽湖里吧，和湖中的水性杨花一起长，它开小白花，我擎小白伞。又或者，落在谁家的药壶里，与壶的陶砂相煎相生，去毒止痛。而现在，我落在了小岛上，看海枕涛听松啸，却又常常怀念长满蒲公英的河岸。

　　春天，寂寂的夜，看《七月与安生》。安生背着大大的行囊，乘火车去找喜欢她的吉他手，只是为了避开七月男友的喜爱，可她心里，那么留恋小城，那么留恋七月友情的温暖。她像粒蒲公英的种子，落在北京破旧胡同的平房里，差点儿被煤气熏死；落在地下通道的破军大衣里，一觉醒来又在路上；落在酒吧浪荡的笑声里，不为买醉只为生活……她不停地给七月写着信，笔端只有快乐，没有忧伤。她就那样硬生生地把自己抛了出去，抛进未知的洪流，妥协、挣扎、交付也索取。

安生就是粒蒲公英的种子。看她飘来飘去，我心里疼。好不容易找到真爱，即便是个已婚男人，飞来的车祸令他横尸在她面前……安生啊，何以安生。

我知道，这个春夜里，我势必会泪流满面。

疼着安生的疼，揣度她零丁的心，内心纠缠压抑，却又由疼而释然。安生那么安于她的疼，安于她的零丁，她执拗也沮丧，颓废又不甘。她是躁动的，又是安静的，努力寻找一片土地，把自己种进去，种进去。

安生安生了，养着七月的女儿，写着《七月与安生》。从安生安生的影子里，还能读到她曾经的飘荡，在风里，由己或不由己地飘。我想，她一定也曾像我一样，盼着落在想落的地方吧。我喜欢安生，喜欢她零丁与浪荡后笃定的安静。这零丁与浪荡后的安静，也像一粒蒲公英的种子，在春夜，一头扎进我的心。

偶然，听到陈粒的歌《历历万乡》。她的声音魔一样蛊惑了我。吊儿郎当地不经意，大而化之地含糊又清晰。历历万乡，流浪的味道，却似乎又知道方向，这一粒蒲公英的种子，要落于何方？少年大概都是喜欢流浪的，行囊在肩，路在脚下，不惧岁月长。

听着《历历万乡》，心底似乎有什么在苏醒。想起陈冲，想起她演的那些电影，她把自己过成了妖。不论是《红玫瑰与白玫瑰》里的王娇蕊，不论是《小花》里的赵小花，不论是《意》里的玫瑰，更不论是《色·戒》里的易太太，《太阳照常升起》里的林大夫，静时的她意味深长，动时的她风情万种，笑时的她销魂蚀骨，哭时的她梨花带雨。她可以优雅大气，她也可以尖酸刻薄；她能够大度温婉，她也能够歇斯底里。任性地把一粒粒属于她的各色各样的蒲公英种子，不由分说地种下来。即使你有拒绝的心，也没有拒绝的力。

陈冲饰演的这些角色，最钟情王娇蕊和玫瑰。她们充满了动荡与不安，有多沉溺，就有多诱惑。透着一个女人骨子里娇骚艳绝的气息，女人得不能再女人，情色交缠，肆无忌惮。然而她们又是凛冽决绝的，一意孤行地把自己过下去。

王娇蕊迷恋佟振保，穿他的衬衣，抽他剩下的烟，把自己沉溺在他的气息里，明知不可为而执意为之，拼着命地爱，哪顾凄寒冷雨，哪怕亲手葬送安稳的日子。但当得知佟振保的真实想法时，她收拾珠泪，绝然而去。她把自己种进温厚的泥土里了，着布衣蓝衫，梳庸常发髻，风花雪月的浪漫，曲水流觞的风雅都与她无关，她是日常的，甚至是土气的。王娇蕊这粒蒲公英的种子，在泥土与岁月的滋养中长成了蒲公英，开花，任雨打风吹，直至擎着一个光秃秃的花托指向天际。难怪佟振保在电车上看到她会哭，是因为王娇蕊已经有了从流飘荡，任意东西的寂色，那是尘归尘，土归土的从容静笃，而他，还没有。

玫瑰更是风情得不了得，决绝得了不得。因为澳洲水手对她的爱，她就能带着一箱子旗袍和一挂珠帘，拖儿带女地随他漂洋过海。她也能在水手出海时，因耐不住寂寞而寻欢。她更能在遇到心仪的男人时，再带着一箱子旗袍和一挂珠帘，再拖儿带女地搬家，另筑新巢。那玫瑰的风骚啊，要撑破衣服鼓胀而出了。眼神是勾魂的，腰肢是摇曳的，身段是性感的，谁能拒绝得了这样的诱惑？玫瑰这粒蒲公英的种子，一次次把自己种下去，又一次次拱出泥土。寻寻觅觅中，旗袍旧了，珠帘碎了，日子黄了，玫瑰老了。她的小情人承受不起生活的重荷，经不住她的歇斯底里，竟和她的女儿生出了暧昧之情。玫瑰在失落与绝望中，自杀，又自杀，第三次，终于死了。直到最后，玫瑰也没能找到那片把自己安安稳稳种下去的土地，成了一粒风中飘扬的蒲公英种子。可是，毕竟她酣畅极致地挥霍过情爱，谁又能及？

安生、王娇蕊、玫瑰，孰好孰坏呢？似乎也没有厘定的标准，都是人生。种下，或种不下，也都是命。

《历历万乡》还缠绕在耳畔，千回百转地流入骨血，丝丝入扣，却又辽远游移。少年皆有流浪梦。这样的梦，是任性，是追索，是自由，也是付出，或许还会有沧桑与伤痛。可是，未曾流浪，怎知流浪的甜香与惆怅？只是这一生，能把自己好好种下去的机会不多，越到老大，越不容易。可要做到见好就收，亦难。人啊，怎么也敌不过光阴，越来越没勇气遭遇不等茶水凉的相逢。如若，能够从心所欲不逾矩，得是怎样的修为。

歌声中，我又擎着小伞出发了，搭乘列车载着悲欢去流浪，午睡在北风仓皇途经的芦苇荡。踏遍万水千山的你，迈上扎什伦布寺的石阶时，把我装入行囊吧，这一轮回中，我还愿意落在小岛上。

琥珀

　　琥珀，舌尖轻轻一婉转，就把它读出来了，可要形成一个内涵丰富的琥珀，需要消融多少光阴，需要剥蚀多少岁月，又需要有何等机缘。偶然的机会，才知道琥珀可以入药。书载："以松脂入土而成宝，故能通塞以宁心，定魂魄，疗癫邪。……能消瘀血，破症瘕，生肌肉，合金疮。"

　　她，就像一块稀有的琥珀，历经世事却不着沧桑的痕迹，经受磨难却依然纯净自我，静静地安驻，散发着温柔清透的光华。

　　雨后夏日，和她坐在茶馆里，从落地窗看向外面，未暮的黄昏，天边有一抹淡淡的红云，停驻在略显灰蓝的底色上，不耀眼，让人觉得柔和温暖。就像我面前的她，透着楚楚的熟女芬芳，弥散着琥珀的光华，平和宁静。如若不是了解，根本看不出她曾被燎原的大火灼伤，曾被滔天的巨浪击痛。是的，对于现在的她而言，那是过往，只是过往。

　　整个下午，我们都在听风品茗，漫无目的的闲适，难得。我喜欢这样不喧不闹的感觉，喜欢这种不言不语的饱满。和她在一起，就是这样。静而不寂，很贴心。

她是那种越品越有味道的女人。初见，只觉得她静得如一泓碧绿湛蓝的湖水，声音纯粹得没有一丝杂质，静而柔，舒缓、安宁，能够让人也随着她静下来，沉落下去，专注。久而久之，会发现那静不是死寂的，明明有暗香涌动，有生机潺潺流淌。她的魅力，就这样轻逸地散发出来。

　　说起过往，她还是那么静，像在说与她不相关的往事。她说：疗伤最好的办法，是到一个陌生的地方，独自眠餐独自行。即使那个地方有稔熟的老朋旧友，也不联系。只让必要的人知道你的行踪，如若可能，这也可以免去。

　　我知道，那几年她离开熟悉的城市，只身闯荡，不是逃避，而是疗伤。她以孤清的决绝，斩断与往昔千丝万缕的关联，把自己投入到完全陌生的境地，重新来过。她懂得自己，知道自己的内心真正需要什么。一个内心受过伤的女人，在最痛的时候，擦干眼泪，没有懦弱，没有乞求，伤而不哀，淡出别人的视野，这是何等凛冽。独自眠餐独自行，必须要有置死地而后生的勇气，耐得住寂寞，忍得了惶惑。耐住了，忍得了，心底的伤，便也结了痂。即使在某种境况下，仍会觉得痛，但也是隐痛了。

　　那个夏天，格外炎热、漫长。她到外地出差，为了有从容的时间准备婚礼，不顾酷热和疲惫，加班加点地往前赶工作，每天睡眠只有五小时，原本血压就低的她常会觉得眩晕。但没关系，每每想到即将举行的婚礼，每每想到马上到来的甜蜜生活，累一点儿、苦一点儿都忍了。她提前三天结束了手头的工作，风尘仆仆地从千里之外回来，是要给他惊喜。然而，当打开房门的刹那，迎接她的，不是他的怀抱，而是婚床上交缠的两个身体。呆立在那里的她，心端沁出了血。

　　这样的情节，她在小说里读过，在电视里看过，却万万没想到在自己身上发生。

生活和她开了一个大大的玩笑，在没有任何预兆的情况下。

说到寂痛处，她的眼底泛起一层空蒙的薄雾，深邃却也纯粹。那是化解疼痛之后的淡定，剩下的只是对往昔的追忆。追忆里没有痛，只有过往，是放下的过往。那些生命中的过客，不论曾有过怎样的交集，错过了，即使藏在心底，也不是原来的缘分。不爱，就放手。放，是一种慈悲。放下过往，就是放过自己。

她把自己关在屋子里，审视这段恋情，叩问心底。誓言在诱惑面前变成了吹弹可破的纸，她接受不了背离。他的下跪，挽不回伤了的心，只会让她鄙视；他的血书，已变得没有任何意义，那颗曾交付给他的心，已经支离破碎，鲜血无法将碎了的心黏合在一起。不再有眼泪，收拾行囊，她选择离开。

时间能治愈一切。这道理，谁都懂，但在那伤的情形中，就算懂，也没用。必须要亲历，必须要自己走出去。心底就是一片草原，那伤便是着过的一场大火。大火过后，裸露着泥土底色的心千疮百孔。需要你亲自把那片草地修整、播种，直到春风吹又生。修整的过程，是孤绝的，会痛彻，也会麻木。"千山飞鸟绝，万径人踪灭。孤舟蓑笠翁，独钓寒江雪"是这个过程的最好写照吧。实则，疗伤，是最私己的事情，就是独钓寒江雪的"独"和"寒"。

"独"和"寒"，单单看这两个字，足以让人心生余悸，何况亲历。想象不出她一个人怎么习惯漫漫长夜，想象不出她一个人怎么消化没有朋友的孤单。自我疗伤的日子，许多朋友找不到她，甚至有个好朋友发动了她去的那座城市的所有同学，也寻她未果。就那样，她遁出了朋友们的视线；就那样，她一意孤行地把自己置于陌生之地。她的内心，有一颗晶莹剔透的琥珀，水滴状，温润饱满。琥珀的内在，是信念。

她蜗居在那城市一隅，每天除了工作，没有娱乐，没有约会，过着早出晚归的简单生活。很快，她的工作能力得到认可，受到公司领导的重视，关注她的人多起来，也有很多好心人给她介绍男朋友，她都一一婉拒。

　　一切都向好的方向发展，心底的伤随着时间流逝也在慢慢修复，但一场突如其来的车祸，又降临在她身上。孤单地躺在异乡冰冷的病床上，她忍不住热泪盈眶，这时候，谁能听到她的哭泣，谁能懂得她的脆弱？咬紧牙关，挺过去。所幸受伤的是耳朵，经过缝合、观察，一周之后她出院了。时近年关，她却不敢回家，怕病中的父母担心，谎称工作太忙，自己在租来的房子里度过了有生以来最凄冷的春节。

　　君子心曾说过这样一句话："若失去灵魂所熟悉的皈依之处，则飘零无依。"而事实上，人若离开熟悉的地方，也同样飘零无依。除非要去的另一个地方有能撼动内心的人或物。她去那座城市，也是为了一个人。她不想做过客，要做归人。但她也十分清醒地知道，她不能给他一颗破碎的心。只有超脱内心的伤痛，才能恢复爱的能力，才能配得上他。

　　因为有他，那座城市，不再冰冷，她也不再孤单。深夜，她温习和他曾经共有过的每个细节，而他会在她的梦里毫无预兆地出现。心底的琥珀散发着信念的光华，她不想蚀了爱的清贵，想要给他一份纯粹的爱。这爱的境界，只有在她走出阴霾之后才能到达。

　　每个女人的命里，都有一个男人是她的真命天子。在没遇到那个男人之前，这女人就是一个花骨朵，也许端庄贞静，也许叛逆疯狂，也许荒唐颓迷，但其实她一直在悄悄等待绚烂绽放的时刻，更在等待被她命里的男人征服的时刻。一个能征服女人的男人，才会让这个女人长大成人，才会把她调教成一个真正的女人。

　　他，终是她命里的真命天子。

经年，同样是一个夏日午后，一个电话惊醒了她的梦，他找她了，他找到她了。她等来了自己的真命天子，在她温润成一颗琥珀之后，爱情，就这样施施然地来了。一切顺理成章而又葳蕤隆重，这最初而又迟来的爱情，是她生命中最浪漫温情的花事，赋予她灵性，赋予她光华。她坚信，生命之上是信念，信念之上是爱情。在他的恩护娇宠下，她变得纯净又妩媚，妩媚又清丽。

她是清高的，也是智慧的。用简静的心性，处理世事的繁复，不需要荣华富贵，不希望风花雪月。她出尘却也烟火，懂得了她的灵魂，就征服了她的所有。这样的女人，就是一颗晶莹温润的琥珀，兀自闪耀着阴柔的光华，等来了那个懂得的人。

眼前的她，世事沧桑没能给她留下痕迹，凄苦的境遇也没能让她变得颓迷，那些经历反倒成了最大的财富，丰厚地回报在今后的岁月里。就如那沉落在白垩纪的琥珀，在光阴深处凝成永恒。心底的琥珀给予她能量，为她镇静疗伤。琥珀的光华，给予她信念，能够在这滔滔浊世中保留纯粹的爱情。她深深知道，爱情附加的越多越沉重，越不自然，越容易失去。所以，她沉静，她安驻，她内省，成了他命里一枚光华脉脉的琥珀。

重楼

午间，困意阑珊，想起那晚卡布奇诺的醇香。姐姐说，不喜欢卡布奇诺，太奶油。她更喜欢蓝山凛冽的清苦。由着那清苦，忽然想到清热解毒、消肿止痛的中药重楼，感觉上都是同样的高处不胜寒。想到重楼，又联想起南唐后主李煜和西域古国楼兰，又都那样的孤高和"却道天凉好个秋"的凄寂。然后，李煜的词便一阕阕在脑际浮现，背景是楼兰古城的残垣断壁，问君能有几多愁，困意恰似一江春水向东流……

忧伤的情怀会隽永。李煜的词和西域古国楼兰，每每想及，总会有苍茫和忧伤盘桓在心头。我也弄不明白自己为什么会因困而联想到重楼，继而联想起这两个风牛马不相及的人和国。南唐后主李煜的领地不是楼兰，楼兰也没有李煜独自莫凭的栏，可我就这样生生地把他们联系到了一起。

"重楼"两个字，都是扬声，舌尖上翘，喉咙轻轻一振，便读了出来，感觉很轻巧，玩味起来颇有月色下楼影绰约，孤高清冷的意味，伤感的情怀丝丝入扣缠绕在心头。大抵这就是由着重楼，而把李煜和楼兰联想在一起的原因吧。

　　或许因为生在塞外，对草原、对沙漠、对一切空旷而苍凉的事物情有独钟。觉得那里充斥着世间最强悍、最执拗的情怀，无所顾忌却又有所依恃，有种蛊惑人心的美。那无际碧绿，那漫漫黄沙，那胭脂红的落日震慑人心，令人激情澎湃而又怅然若失。

　　大漠黄沙风过处，突兀地矗立着一座古城，这里曾是"丝绸之路"上的繁华之都，是"丝绸之路"南、北道的分界点，是被誉为"沙漠中的庞贝"的楼兰古城。它在繁华落尽后销声匿迹，在过尽千帆后沙进城埋。如若不是瑞典人斯文·赫定第二次考察罗布泊，如若不是斯文·赫定的雇佣兼向导——维吾尔族农民艾尔迪克丢失了铁斧，如若不是艾尔迪克在寻找铁斧的途中遇到沙漠狂风，楼兰古城还不知道要在漫漫黄沙之下，潺潺岁月之河中隐匿多久。这若干个偶然聚集在一起，成就了楼兰古国的横空再现。虽然楼兰古国已经风华不再，但那些残垣断壁彰显出的昔日辉煌，那些精美绝伦的丝、毛织品，别具风格的木雕饰件，以及汉文、佉卢文木简、纸文书……都在无言地低诉着楼兰曾经的繁荣。

　　《汉书》记载楼兰生态："地沙卤少田，寄田仰谷分国。国出玉，多葭苇、枝柳、胡桐家、白草。民随畜牧，逐水草。有驴马，多骆驼。能作兵，与婼羌同。"看这段文字，楼兰不仅有"蒹葭苍苍，白露为霜"的柔美，还有"大漠孤烟直，长河落日圆"的苍凉，迤逦的孔雀河环绕城郭，温润的楼兰美玉、不朽的红柳胡杨，成群的驴马骆驼，屯兵养稷国盛民顺。这样一个楼兰古国，拥有八百多年的历史，桀骜不羁地出世，又悄无声息地遁世，成为未解的谜。

　　不论楼兰是怎样一个谜，它确曾真实地存在，重楼叠月地坐落于"丝绸之路"上，成为"丝绸之路"延伸的一个梦。楼兰在大漠，就若你在清风，我在明月般虚幻缥缈却又真实温暖。

楼兰是国，李煜是王。楼兰是个不寻常的国，李煜也是个不寻常的王。他们都绚烂成昙花一现，又隽永得沉博绝丽。

是我太过感性吧，颇为喜欢宋词。有人说，宋词是一朵情花。情花，真是宋词最最深刻、透彻的注脚。宋词就若开在绝情谷的情花，不知不觉地中了它的毒，令人心生爱慕又徒增怅惘。这花占尽风情，将尘世的浮名、仕途的追逐、江湖的肃杀、女子的娇艳、爱情的甜美，都汇集在词人笔下，凝结在一首首词作中。

在绝情谷的花园里，南唐后主李煜的词，恐怕是开得最旖旎最凄美，凋得最寥落最悲凉的一朵吧。他是南唐后主，可确实曾在宋朝生活过，承蒙皇恩浩荡，被做了几年宋朝的"侯爷"。"违命侯"这三个字对他而言，到底是殊荣还是羞辱？这个尴尬得有些卑贱的官职，似乎并没为李煜带来生的尊严，倒是人间的悲难离合、春秋苦度，深深地刺痛了他的心。

> 林花谢了春红，太匆匆，无奈朝来寒雨晚来风。
>
> 胭脂泪，留人醉，几时重？自是人生长恨水长东。

李煜的《相见欢》初读字字写景，细品句句言情。岁月匆匆而过，不仅有红花凋落的感伤，也有国破山河易的悲凉。"朝来寒雨晚来风"，简单的七个字，既写出了晨昏的景致，也写出了处境的凄苦。李煜被软禁，虽名为侯，实则与外界隔绝，他的访客，只有自然的风。

另一首《相见欢》，读来更令人心凄凄然。

> 无言独上西楼，月如钩。寂寞梧桐深院锁清秋。
>
> 剪不断，理还乱，是离愁。别是一般滋味在心头。

词牌是《相见欢》，写的却是离愁。自古以来，离愁难掩。与人离，与家离，与国离，李煜又是离而被弃。阶下囚的滋味，即使心胸再宽广，恐也难以消遣。不是无言，而是无可言说啊。从何言起，言之于谁呢？于楼，于月，于风吧，最后还是留在心头，不可言。每每读起这首词，心里就会有一个单薄的身影，孑立于孤楼之上，如钩弯月勾起无尽神伤，直至瘦成一帧剪纸。

李煜注定是悲情的，他是个典型的被历史"玩弄"的王。本无心称帝，无奈他的叔叔哥哥们相继死去，偌大的场子只剩下他独自来撑。李煜没有退路，只好硬着头皮当这个皇帝。可惜南唐到他手里，气数已尽。作为一个国家的代言人，历史可以解散，但人生却不能。他选择在宋朝苟延残喘地活下去，却也未能保全。

一阕《虞美人》，成就了他个人词史上的辉煌，也成了孤独遗世的千古绝唱。宋朝的雕栏不任他凭，酒入愁肠，一时兴起，国仇家恨喷薄而出，结果被宋太宗赐毒酒一杯，葬送了自己的性命。"小楼昨夜又东风，故国不堪回首月明中"，那昔日的神韵风采已随着山河易主而沧桑憔悴，"问君能有几多愁，恰似一江春水向东流"。

纵观李煜的一生，半是词人，半是帝王。为词，他香艳旖旎，为王，也多是如此。他做不了韬光养晦、运筹帷幄的政治家，却做得了清茶烈酒、风花雪月的词人。他没有柳永"淡扫蛾眉"的福气，估计也不愿意体会"天上人间"的巨大落差。然而，就是这样的落差，成就了他的词作。"梦里不知身是客，一晌贪欢。独自莫凭栏，无限江山，别时容易见时难。"字字看来皆是血，今非昔比痛断肠啊。

李煜的词风清丽、洒脱、落寞、深情，这些都在后世词人的血脉里不断延展，并内化为一种超拔、俊秀的力量，继而温婉、狂放。也许李煜写词的初衷，只是愿意在绝情谷底被世俗深深地遗忘，然后独自体味自己的绽放与凋零。他可能并不想成为"词帝"，只想过郎情妾意，提笔成文，拈花醉酒的生活。如若李煜真是如此，他的词作大抵会是另外一番滋味。巨大的落差，使得他的词成为词中的"庞贝"，登峰造极。

因为他的"无言独上西楼"，因为他的"独自莫凭栏"，让我时时联想起西域的楼兰，可惜李煜没有"不破楼兰终不还"的勇猛和豪气。他也就只做得了他的"词帝"，在词的海洋中载浮载沉。

不论怎样，李煜在，他的词在，就如树在，山在，大地在，岁月在，你在，我在。

夜来，静寂地包容着微光下的我。恍然惊觉，我已从昏昏欲睡的午间蹉跎到了华灯初上，由着困意，串起了卡布奇诺、重楼、楼兰和李煜。任思绪信马由缰，在自己的世界里自成江湖，凝神一瞬，我是那么想轻倚雕栏，陪在你身旁。

百合

百合——百年好合。

每次看到"百合"这两个字，我的脑子里都会冒出"百年好合"四个字。甚至看到百合花时，也是如此反应。大抵每个人的心底，都有对美好的追求和向往，都有那么一份温暖的期待吧。

我喜欢的花不多，百合是其中之一，但仅仅喜欢白百合。喜欢那纯白、那香气、那花型。

白色，是最壮美、最饱满、最富丽、最纯净的颜色。白色的花、白色的衣饰，都会秒杀我，何况散发着脉脉芬芳的白百合。每次看到它，我都会细细地凝视，那温婉净洁的白色花瓣，像懂我心事似的微垂着，明黄的花蕊从容地直立在花心间，有个性，却不傲气。

喜欢百合，还因为一个人。

在我那浩荡的青春岁月里，她的文字曾伴我走过迷茫，度过暗夜，让我对人生、对爱情充满无限美好的憧憬与向往。她携着书和笔游历世界，那份独有的坚强和孤独在苍茫的岁月里散发着幽微光华，她似开在荒漠里的繁花，把生命高高举在尘俗之上。那颗无尽风华的心，不假乔饰，单纯彻底，自由无畏，让云一般的生命，舒展成随心所欲的形状，在岁月的深处浅吟低唱着。我曾追随她的文字，让灵魂无拘无束地游荡在梦的原乡，欢喜、哭泣、快乐、忧伤，都是那么真实，那么干净。她，就是驻在我心灵深处的台湾作家——三毛。

很久，没有再读她的书。那些书，静静地置于书架上，和我一起经历着岁月的洗礼，像一个老熟的朋友，在光阴里默契成一坛醇香的酒，那款款流淌在时光中最美好的感动，于心意间默默怀想。

可是，今夜，我再一次把她的书捧在手里，再一次怀着体己的心，一字一句地读下去……

三毛，爱一切的花，最爱白色的花，尤其爱白百合。

那年，三毛和荷西在大西洋小岛上居住的时候，荷西失业近一年，他们的日子还没过到山穷水尽，粗茶淡饭的生活也没有悲伤，但维持生命之外的一切物质享受，已不敢奢望。一天，三毛、荷西去市场买菜，一疏忽不见了荷西，三毛无措地站在那里等。一会儿，荷西捧着一小把百合兴冲冲地回来了，兴奋地说："百合上市了。"

一刹那，三毛失去了理智，冲着荷西大喊："什么时间啦？什么经济能力？你有没有分寸，还去买花？"她把那束花丢到地上，转身就跑。其实在举步的瞬间，她就后悔了。回头看，荷西呆立了几秒，弯腰捡起被她丢在地上的花。三毛奔回到荷西身边，喊着："荷西，对不起。"他们紧紧拥抱在一起。她抬头时，发现丈夫的眼眶红了。她懂得，即使再少的一束百合，也是荷西的爱情。

三毛和荷西一起流浪，相濡以沫。六年后，荷西没有告别地离开了三毛，瞬失所爱的痛如针扎般啃噬着她的心。她用十指给荷西挖坟墓，任鲜血濡染泥土，任泪水纵横脸颊。她没日没夜地守在荷西坟边，打理、说话，怕他冷清孤单。那情形，想着都心疼。诀别四年，三毛再次去探望荷西的墓地，她去花店买下所有百合，坐在鲜花满布的坟头，静静地，让微风吹动那百合的气息。她的心端，流淌着怎样的思念？三毛在心里自言自语："感谢上天，今日活着的是我，痛着的也是我，如果叫荷西来忍受这一分又一分钟的长夜，那我是万万不肯的。幸好这些都没有轮到他，要是他像我这样地活下去，那么我拼了命也要跟上帝争了回来换他。"

她淡淡的文字，摄走了我的心魄。温热的泪婆娑在唇边，推开窗，露水凉，清冽的风拂过耳畔，我的心在冷风中抽搐，隐隐地痛。似乎看到三毛坐在荷西永眠的坟边，用手指一遍一又一遍轻轻划过十字架上他的名字——荷西·马利安·葛罗。一次又一次地爱抚着，在对他说："荷西，我爱你，我爱你，我爱你——这一句让你等了十三年的话，让我用残生的岁月悄悄地只讲给你一个人听吧！"三毛和荷西的爱情，百合般安静地盛放，不会因时光逝去而失色，不会因光阴流转而淡漠。

有人说，三毛只在自己的小天地里做梦。而我却觉得，她把爱、把对生命的感悟以及灵性的自由细碎地诉诸笔端，以她稀世的爱情和烟火的生活作为载体展示在世人面前，像一朵兀自盛开的百合，静静地吐露芬芳，不会在意别人的目光。她以笃定的自信和清冷，坚强和孤绝，沉落在岁月深处，令人久久怀念，无尽回味。

轻抚岁月留在书页上的痕迹，那些弥散在华年中的烟云过往悠长而深刻。一个个捧书夜读的日子历历在目，一次次因感动而濡湿双眼的温热存在心间。我从不质疑三毛字里行间的真伪，那些动人、动心、动情的章节，只有内心丰盈的人才能以平实的文字铺陈出无限张力。那一本本曾陪伴我度过青春岁月的书册，被我小心地安放在书架上，即使经年不动，它也会如珍珠般安驻在我的心尖，会镌刻在那段清纯、明媚、生涩的青春韵光里。

喜欢三毛，喜欢三毛的文字，就像喜欢百合一般，纯粹而执着。这样的喜欢，更是一种懂得。我执拗地认为，人与植物在精神层面是相通的。《日华子本草》载："百合：安心，定胆，益志。"回首三毛感天动地的爱情和自在安然的思想，恰好与百合的精神内质相契合。

"起初不经意的你，和少年不经事的我，红尘中的情缘，只因那生命匆匆不语的胶着，……于是不愿走的你，要告别已不见的我，至今世间仍有隐约的耳语，跟随我俩的传说。"《滚滚红尘》在耳边回荡，听来，恍若隔世。我的心端，温柔与浪漫共存，伴着夜风飞扬在深秋的旷野中。

于是，怀着微风吹过大地的感动，"百合——百年好合"，被我在心底一次次地诵念。

这是爱情的承诺。

我愿意，把这承诺献给我深爱着的人，用我全部的爱，全部的情去精心地供养他，给他百合般圣洁的情，给他百合般芬芳的爱，给他百合般温暖的期待。那么，今夜，在清风丝丝入扣的缠绵里，把我的承诺系在发间，等他的双手轻抚我的发丝之际，撷取这生生世世的诺言吧。

夜深，花睡，只待与他一起共餐共眠共欢共喜共华发。

玉兰花

　　蜷在阳台的沙发里看书，刚洗完的干净衣服散发出太阳的味道，衣架在微风中轻轻摇摆，互相碰撞，是环珮之声，植物茂盛地生长，一个声音在心底缓慢苏醒，像幼芽破土，心微疼。窗外，谁家的厨房传来锅勺的协奏曲，烟火肆溢。一株玉兰树安静地伫立在草地上，对我投来温柔、恩护的目光。

　　手机轻轻振了一下，牵回我走远的思绪。朋友的信息，传来几张照片，他和家里老人的合影。惊觉日子倏然，重阳节了。内心似乎总有两个自我在纠缠，一个在刻意逃避和父母相关的节日，一个执着地记下每个日子，生怕错过。逃避是因为心底的痛，还没强悍到触而不疼的程度，于是，自我麻痹。实则是逃避不了的，怎么会允许自己错过呢？父亲、母亲，是每个人心底屹立的山，他们以山的胸怀包容我们，以山的高大影响我们，以山的坚实支持我们。这斩也斩不断的血脉亲情，是我们在世间辗转奔波时最温暖的依靠。

　　最近，朋友圈里淄博籍著名摄影师焦波的《俺爹俺娘》被频频转发，触动着每个人心底柔软的纤维。他把父亲母亲的日子，于光影里凝成永恒。捕捉最简单平实的细节，把在岁月沧桑中积淀的款款深情铺陈出来。有谁曾这样细致地观察过我们的父亲母亲？有谁曾这样认真地给他们做过记录？敬佩焦波的孝心，他以特有的视角，拉近我们与父母日渐疏远的距离。我曾用目光无数次地摩挲过那一帧帧光影交集，无数次地热泪盈眶。怀念，和父亲母亲生活在一起的日子；怀念，那生命中一去不复返的美好光阴。

那个冬天，深刻地在印在我的脑海里。塞外坝上的寒风如刀割在脸上，生疼，鹅毛般的大雪蔽日而来，很快铺满了小院。小小的我在屋里呆呆地看着窗外，脸贴在玻璃窗上，很快，玻璃上就布满了哈气，小脸也被冻得通红，可我还是等着，盼着母亲快快回来。这是个难得的周日，是我最盼望的能和母亲一起度过的宝贵时光。但傍晚的时候，母亲听说邻居家的孩子发高烧，而她的父母还没回家，就一把锁把我锁在屋里，抱着那个孩子去了医院。等母亲回来时，天已黑得不见五指，既困又饿的我，早就躺在炕上睡着了。母亲心疼地把我抱在怀里，亲吻着我的小脸，喃喃地说："对不起，对不起。"我摸着母亲因寒冷而依然冰凉的脸，委屈地哭了。

还有一次，母亲发现一个学生在深冬还穿着一双破旧的布鞋，他的脚因冻疮而肿痛得不能正常走路。母亲立刻带他去了医院，并用准备给我买新棉鞋的钱给他买了双棉鞋。要知道，在那物资极度匮乏的年代，我是多么盼望能穿上一双新棉鞋啊！我不解、我委屈，甚至任性地不理母亲，觉得她不爱我，不疼我了。心里总是装着别人，没有我。那时的母亲，对我的不理解，除了歉疚之外，还耐心地讲一些令当时的我似懂非懂的道理。长大后，我才慢慢懂得了母亲，才渐渐意识到，我的母亲，是何等不凡，何等伟大。母亲，您就如那盛开的玉兰花，予人芬芳，手留余香。

多少个日子了，我总是走不出母亲离去的痛。明知人生终有一别，或早或晚；明知母亲一定不喜欢我沉落在痛里不能自拔；明知……却仍情难自已。尤其是在这样寂静的时光里，那一幕幕过往就会鲜活地浮现在脑际。讲台上，母亲一手漂亮的板书，把我看痴了；灯光下，母亲备课的背影，散发着执着的光辉；日子里，母亲的贤淑通达带给我无尽的精神财富。而我，现在，只能在消散滴漏的岁月里，在心端默默将她怀念。

母亲，以她独有的人格影响着我。因为地主家庭出身，使她在"文化大革命"的浩劫中饱经磨难。然而，她却从不埋怨命运的多舛乖张，从没有才华被埋没的郁郁失落，辛勤耕耘在三尺讲台上。她的桃李满天下，她的为人被大家赞不绝口。在患病的二十多年里，她也是那么乐观坚强。母亲，就如那株有着她名字，亭亭而立的玉兰树一般，静植于土壤，经风历雨，挺拔，感恩。

当我的命运走入低谷，当我徘徊在人生的十字路口，当我因迷茫而失去方向，当我遭遇人生的打击而低迷颓唐，是母亲温暖的手轻抚我的额头，给我力量；是母亲柔和的开导，化解我心头的郁结；是母亲对生命的敬意和坚持，让我在契阔的生涯里循着信念的微光前行。母亲给我信心，教会我感恩，也让我深深懂得生命的美丽和坚守的责任。

感激岁月，能够让我在母亲离世前的十年间和她生活在一起，能够有机会在她身边尽女儿的孝心。十年前，母亲因胆管梗阻误诊而昏迷，是我及时发现并挽救了母亲的生命。在她重病的时候，我分分秒秒不曾稍离，呵护她几近微弱的生命，让那生命的小河潺潺不息地流淌。医院曾两度下过病危通知书，是我的执着和坚守，让命悬一线的母亲再现生命奇迹，又和我一起共度了十年的光阴。这十年，是我活得最充实、最富足的十年，也是母亲最欣慰、最幸福的十年。虽然，十年后母亲最终还是离开了我，但我知道她走得安然，走得放心。

母亲，窗外那株有着你名字的玉兰树仍然从容倔强地生长着，即使土地贫瘠，它也长满了碧绿厚实的叶子。微风吹来，叶子在风中飞舞，"沙沙"作响，在低语，也在倾听。春来，乍暖还寒时它就在枝头顶起花苞，褐色的花萼紧紧包裹小小的花瓣，蓄着势，等待绽放的时机。我喜欢那大朵大朵莲一样雍容出世的花，洒脱得连叶都不需要，在干净利落的秃枝上，圣洁而孤傲地开。每一个花瓣上都凝着笃定和从容，没有妖冶之色，不与群芳争艳，只是在寂静里，在冷风中怒放。凛然而优雅地开，又寂然而沉静地落，绽放和凋落都是那么从容，温和淡定，宠辱不惊。

　　我就这么注视着那株玉兰树，陪伴着它，等待着，来年，倾听第一朵花开的声音。

半夏

半夏，是两个浪漫的字。

轻轻读出来，有一些疼痛，有一丝忧伤。

是因为"半"字吧，有种缺憾美，和"夏"连在一起，就有了抵御不了的味道。

于是，想起她和我说起的那半夏光阴。

她说，那半个夏天，是有生以来最浪漫最清凉的夏天。午后的一个电话，惊走了她的倦意，带来了半夏的清醒。

她说，那半个夏天，就像种子要萌发，拼命顶着覆盖它的厚土，顶得生疼，一往无前地生长。

我没有过那样的经历，体会不到她的半夏滋味。从她清澈安静的眼眸里，我捕捉到了抑制不住的甜蜜。是痛并快乐着的彻底，是爱并离分着的执迷。

爱情，真是让人捉摸不透的东西，像罂粟，一旦爱了，就欲罢不能；也像被下了蛊，就那么着了迷，哪管天长地远，哪管岁月河山，心心念念里只有那么一个人。每件事，每分钟，甚至每次呼吸都是为了那个人。爱上一个人，会把骨子里的清高、傲气都丢下，甚至放下自尊地去爱。低到尘埃里，再开出花来。这是怎样的过程？恐怕只有沉浸其中的人才能懂得。

你一呼一吸里的朝朝暮暮
是我最烟火的一蔬一饭
风风雨雨的路上
你是承我欢乐悲伤的肩

就让我在你诗般的气质里迷失
就让我在你经卷般的文字里读出永恒
就让我在你柔情的目光里宿醉吧
人生荣枯有定
岁月幻灭无声
我只愿
在你的怀中纵横
……

大抵这就是她的爱情吧。

他席卷了她，用电波，用网络，用上扬的嘴角，用眼神，用爱情。

春雨，在窗外淅淅沥沥缠缠绵绵地下着，没有丝毫要停的意思。忽而，还会有一道闪电划破天幕，紧随其后的是春雷，仿佛在向尘世告白——春寒已被驱走，夏不远。夜，显得空旷而苍凉，任由雷雨冲刷肆虐，沉寂无声。无眠在这样的夜晚，外在的我和内在的我对视，衍生出人世间，红尘外层层叠叠的回忆……

沉湎在记忆的河流，感到面容和内心都因时间的反复摩挲而变得粗糙起来，没有痛感，只有缺憾中的丰盈。雨还在下，落满一湖烟，又要到半夏了，忽然想起她和她的爱情，还好吗？我的脑海里，有一张静而清秀的脸，柔软却坚定的目光，有女人的风情，也有岁月的沉香，宛若沉落在光阴里的一款老茶，只等那个懂茶的人，来启封那一怀清香。是的，她就是茶一样的女人。

茶馆里，从玻璃窗望向外面，熙熙攘攘的人流、车流与室内的静形成了强烈反差，她甜美的声线在空气中萦绕，和着她的爱情，令那个下午变得温柔多情起来。

看着她清澈的眼眸，让我想起了这样的诗句：

> 野有蔓草，零露漙兮。有美一人，清扬婉兮。邂逅相遇，适我愿兮。
> 野有蔓草，零露瀼瀼。有美一人，婉如清扬。邂逅相遇，与子偕臧。

她和她的他，就是在草长莺飞、朝露凝玉般的日子里遇见。那时，整个世间都透着清冽、悠长的味道，清扬婉约的美人，与玉树临风的他蓦然邂逅。哪知就在目光交融的刹那，会倾了彼此的江山。

莫言说，极致的喜欢，更像是一个自己与另一个自己在光阴里的隔世重逢。愿为对方毫无道理地盛开，会为对方无可救药地投入，这都是极致的喜欢。这时候，若只说是脾气、情趣和品性相投或相通，那不过是浅喜；最深的喜欢，就是爱，就是生命内里的黏附和吸引，就是灵魂深处的执着相守与深情对望。

她和他曾经因世事无常而失散，而她和他又因生命内里的黏附和吸引而重逢。两颗钟情了几十年的心，一粒种在心田经历过秦风汉雨，汲取过日月精华的种子，终于，在那个半夏，惊天动地地生发了。一切来得突然而又必然，虽然有些晚，但不影响种子在时光里义无反顾地生长。是她和他灵魂深处的执着相守与深情对望，成就了种子的萌发。那么就爱吧，爱着吧，直到地老天荒。

在她娓娓道来的爱情故事里，夕阳敛蓄起耀眼的光辉，静待下一轮的薄发。壶里的茶，由浓而淡，由暖转凉，像极了我们的人生，终有曲终人散之时。然而光阴不止，轮回不绝，那一世，你是樵夫，我是浣女。这一生，你是才子，我是佳人。无论怎样的风云际会，无论怎样的相遇擦肩，在若干个轮回之后，我还是你身边的人。

一场春雨，会让风都变得轻盈、温暖起来，吹得人情意绵软。冬的苍凉终会被丝丝绿意侵蚀得遁了形迹。桃花要遍地开了，一朵，一朵，又一朵。桃红柳绿的时节将至，夏还会远吗？

半——夏，不禁又在唇边轻轻读起。半夏，又称守田，痴守着心底的田，浸着丝丝古意。也是她的爱情，古意绵长，笃定醇深。在物欲横流的现世，能拥有这样一份爱情，显得那么古雅遗世，又是那么弥足珍贵。

想起她的这个无眠的雨夜，终被漫过云层的霞光冲破，在晨曦染上纱窗之时，我在手机上轻轻敲出——"快到半夏了，你还好吗？"

"你若安好，便是晴天。"看着她很快回复的这八个字，我的眼眶温热。

其实，每个人的命盘里，都会有那么一个人，共你的岁月，共你的河山，与你共歌共舞共欢喜，与你共苦共忧共承担。这个人，必定与你两情相悦；这个人，必定与你两相情愿；这个人，必定是你命里那个因为懂得，所以慈悲的人。

大飞扬草

　　乍一看这四个字，好一个张扬、高调的名字。也就是种草儿，飞扬就飞扬吧，还是大飞扬。好奇，于是想看看到底是种什么样的草儿，能够这么大胆，这么狂放。

　　我的植物知识实在欠缺，只好求助于百度。看图片上的大飞扬草，还是很内敛的嘛。对生的叶子，呈长圆形卵状，边缘有锯齿，叶子的两面都有绒毛，摸上去的手感一定不错。早生的叶子是老绿色，晚生的叶子有的是紫色，有的是紫色与绿色互相浸染，一股你不让着我，我也不让着你的劲头。在每两片对生的叶子间，都顶着一个花苞，细看却是一朵朵杯状的小花聚在一起，像把小伞，并不招摇，倒是有几分倔强。小花的颜色也是绿绿紫紫地交错着，谁也征服不了谁。茎叶上布满绒毛，很温柔的样子。整株植物看起来是安静的，并不像它的名字那样张扬。倒是成片的大飞扬草，看起来很有浩浩荡荡的气势。大飞扬草，还具有抗菌消炎解毒的药性。

　　每种植物都像一个人，各有各的性格，各有各的容貌，以各自的形态昂扬而坚韧地生长。植物读心，喜欢养什么植物的人，常常会与那种植物在心性上息息相通。

或许，真是到了回归自我的年龄，这几年，越发喜欢伺弄些花花草草。先是养一些容易活的，比如绿萝、吊兰，只要有水，不论土壤是否肥沃，甚至没有土壤，都可以生得绿意盎然。即使很久没有眷顾它们，叶子都转黄了，只要你稍稍对它好一点儿，它就会像个吃到糖果的孩子，欢喜出一脸的明媚。

一年元旦，朋友给捧来一小盆鹅掌木，和罐头瓶差不多大的花盆里，挨挨挤挤地种了三棵，主干上交错长着小枝，每个小枝又顶着七八片叶子，那叶子小巧圆润，绿意盈盈的，在萧瑟的冬天，显得那么娇嫩珍贵。心底生出细细呵护它们的情愫，放在案头，时不时地用目光来抚慰，好像我的目光也可以让那些叶子进行光合作用，得到滋养。天气晴好的时候，会把它们放到窗台上，晒晒太阳吹吹风。下班前，又忙不迭地把它们拿回案头，唯恐寒夜愈加降低的温度会让它们受到伤害。这三棵小小的鹅掌木，仿若懂得我的心，一天天地长高，吐新芽了，抽新枝了，长新叶了，接连不断地带给我欣喜。

很快，那个罐头瓶大小的花盆就要容不下它们了，我去花市选了两个漂亮的花盆，小心翼翼地把它们移栽出来，于是，原来的一个期盼，变成了现在的三个。留了一个种在原来小花盆里的鹅掌木放在办公室，其余两盆放在家里的阳台上。我的期盼，又从办公室绵延到了家里。这几棵鹅掌木仿佛懂得我诚惶诚恐的心，从不为难我，默默生长。很快，种在大花盆里的树儿长得越来越快，一节一节地拔高，枝杆也愈加粗壮，出落得亭亭玉立。小花盆里的树儿因为根系受到了束缚，长得要慢很多，即使这样，小树儿也不萎靡，仍是一派生机勃勃的模样。它们生长的劲头，让我想起"大飞扬草"的名。真的就是神采飞扬。

青春之于我们，也是一株大飞扬草。

那时的无所顾忌，那时的风日洒然，那时的不屑，那时的张扬，甚至那时的自以为是……都充满了膨胀、挥霍、青涩和无所适从。自认为的执着，自以为的潇洒，到头来不过是一场游戏一场梦。梦醒了会疼，会舐血疗伤，也会成长。谁都经历过成长的疼痛，甚至会破茧重生，凤凰涅槃。青春过尽，两鬓染霜，方知从从容容才是真。但青春的激荡飞扬，谁又能够拒绝，谁又能够无动于衷呢？

逃过宿管大姐偷偷摸摸谈一场没有结果的恋爱。旷节晚自习去和心仪的男生约个会。尝试喝醉的滋味，拉着朋友在蚊子肆虐的操场没完没了地说当时自认为盛大的心事。趁着醉酒撒撒酒疯，追问喜欢的女生为什么总躲着他，直到人家答应做他女朋友方肯罢休。失恋了，在黑暗的水房燃起一支烟，不是装酷，是想让心头压抑的情绪得以寄托，让烟呛嗓子而引起剧烈咳嗽直至咳出泪来，找个放声大哭的理由。几个女生一起疯疯癫癫地跑向海边，哪管下着淅淅沥沥的雨，哪管海水打湿裙裾，哪管海风吹乱头发，哪管别人异样的眼光，我们就是要大声笑，就是要快步跑，就是要任风吹，就要这样，可好？大冬天的，因为打赌输了而剃个光头，顶着没有头发的亮光光的脑壳儿在教室里晃来晃去，骄傲的是自己的信用和担当。

那些青春过往，怎么瞬间就风烟俱净了呢？日子快得眨眼间就告别了青春，还没飞扬够呢，就到了中年，有了日暮西山的薄凉，有了时不我待的紧迫。原来，青春是经不起挥霍的。一转身，我们就各奔东西了，还没来得及好好说再见。一生，不过是一盏茶从热到凉的过程。

可是，即便这样，有谁的青春不疼痛，有谁的青春不迷茫，又有谁的青春不飞扬？

再相聚，谈论的话题已变得实际，今年这家的孩子高考，明年那家的老二上学，互相劝着少喝酒，多运动，看这个的状态有没有"三高"，问那个今年去哪儿徒步。昔日分手的恋人相见，也不再尴尬，只有相视一笑的莞尔。曾经盛大的心事，如今看来，不过都是浮云，唯留尝试醉酒的滋味。去看望青春时的那片海，也不会再用奔跑表达情感……慨叹青春易逝韶华不再的同时，即使早生了银丝华发，但曾经一起青春过的人再聚首，是不是还会心潮澎湃激情飞扬？只是隐飞扬于成熟之下，化作相逢一笑后有力的拥抱。

大飞扬草，每次读出，我总会想起"大风起兮云飞扬"，有变幻莫测风云际会的感觉，有洒脱而忧伤的味道。好吧，未曾谋面的大飞扬草，你就这样被我赋予了我理解的色彩，任我挥洒吧。不论你是否飞扬，我都知道，你是株生于天地间的植物，素朴地生长，等着与我蓦然邂逅。

穿心莲

穿心莲，多么任性、霸道的名字。

这是能够让人一见钟情的三个字。

只要是穿心莲做成的菜，我都爱吃。尤其是凉拌的，更是喜欢。不仅喜欢它的外形，也喜欢它的口感，乃至它的名。

凉拌的穿心莲，保持着自己生长的姿态，那些添加的作料，不过是它的附庸。挺直的小枝，磊落着厚实的叶子，交错生长，别致而有序，碧绿碧绿的，泛着翡翠的光华。虽然经过添加作料和拌和的过程，但那叶子一点儿折痕都没有，不屈从，厚实地含蓄着叶脉的纹路，没有一丝突兀，圆润地贞静。我喜欢它不亢不卑的神态，即使主宰不了自己的命运，也保持着卓绝的风骨，不讨好，不媚俗。也许我的感觉太过形而上，但这穿心莲的确就给我这样一种凛然之感。

那碟拌好的穿心莲，静静地呈在桌上，像一朵盛开的莲花。我有点儿不忍心去吃。看了许久，觉得它像安驻在我心间的某种情愫，熨帖肺腑。

终于，还是动了筷子。放在嘴里，细细地嚼，薄脆的质感在唇齿间生出清苦的滋味。有人说这是春天的味道，而我却觉得它是千帆过尽后的清凉。没有日暮凉薄的怆然，没有按捺不住的驿动，只是一种安稳的存在。就如历经岁月风尘，仍然平淡如水的心。

看着这碟穿心莲，想起他，我的数学教授。

初见他时，白衣白裤，一丝不苟的头发，金丝边眼镜，儒雅而有风度，严肃却不失风趣。

数学，是令我最头疼的课程。尤其是高等数学里的蝌蚪们，游来游去地不安分，常常弄得我头晕眼花，不知其然。然而就是这枯燥、繁复的科目，却被他演绎得风生水起，妙趣横生。我史无前例地迷上了数学，迷上了他上课的风格。即使生病，也不落课。其实，不仅是我，全班同学亦然。数学成了出勤率最高的课程。

那个儒雅风趣的小老头儿，把他的学识与乐趣，在有限的五十分钟里融会贯通，上下五千年，纵横八万里。在他的课上，不仅学知识，还在学做人。

从他的谈吐中，感觉不到那场"文化大革命"浩劫留给他的伤痛，感觉不到妻女的背离给他造成的心灵创伤，感觉不到因那场历史尘烟而驻扎在他体内的顽疾带给他的苦难。也许人只有将寂寞坐断，才可以重拾喧闹；把悲伤过尽，才可以重见欢颜；把苦涩尝遍，就会自然回甘。在风尘起落中，不断向内在求索，只有自我救赎，生命才能够完满。

他的衣服，是自己精心设计的；他的毛衣，是自己亲手编织的。他总是那么内敛，没有学富五车的牛气；他总是那么和蔼，没有大学究的疏离。他是平和的，是稳妥的。他有凛然的风骨，有旷世的才情，有卓绝的风雅。但却就那样安稳地生活着，不悲不喜，不惊不扰。在阳光下晒书品茗，在月色里赏花听风。在我看来，他就像那不亢不卑的穿心莲。虽历经苍茫，却温润依旧；虽苦难消磨，但依然自我。

人生是需要留白的，而这留白，就是对自己最高的奖赏。给自己留那么一块田园，累的时候，可以休憩；饿的时候，可以疗饥；苦的时候，可以回甘；哭的时候，可以掩面。在这里，与心在寂夜长谈，听雨煮茗，焚香读书，而不必在意外界的喧嚣；在这里，与本色的自己端然相对，落落素颜，贴心自然，而不必在意别人的目光。他懂得留白，所以他才能在沧海桑田之后，静对流年。

我曾在茫茫人海中苦苦追寻，谁在漫漫长夜里给得起我温暖的拥抱？谁能与我分担岁月的辛酸、世态的茫然？谁与我一起共度浪漫的诗酒年华？谁在滔滔浊世中与我惺惺相惜？谁在繁华落尽后凝眸我沧桑的容颜？

外在的求索越多，失望越大。重要的是做好自己，活在当下。做一壶清淡耐品的闲茶，做一朵雅致素净的莲花。不可以因自己的束缚而强求别人留下。缘分是天定的，人人都是彼此的天涯过客，也许每一次转身，都会是诀别。假使提前消耗了缘分，就不会有重来之时。惜缘，而不牵强。就如云在青天水在瓶，云有云的飘逸，水有水的洒脱，安然就好。

也许，我无法抵达他那种不以物喜、不以己悲的境界，但我能够摆一叶扁舟，在万千山水、明月长空的滚滚红尘中，从这个渡口到达下一个彼岸。在心底种上一株菩提，让灵魂的青鸟简静栖息。

时光荏苒，转身处，已是数年。不再期待长得高到窗台看一盆花开的过程，不再期待长得高到举手可摘那一只青杏。但却总是想拖曳流年的脚步，用心虚的坦然掩饰慌张的惶惑。人，终是无法抵御时间消磨的，何必费尽心机去挽留？

我倒是希望自己是那碟中的穿心莲，在尘世中辗转流离的同时，保持一颗纯净而坚定的心。

轻轻读出，悠悠扬起——穿心莲。

　　有那么一个女子，素朴地贞静于光阴深处，让那些过往的尘烟旧事穿过心扉，盛开一朵莲。

独活

　　有一味中药，叫"独活"。

　　第一次看到在一起的这两个字，那么凛然，那么任性，那么刚烈，却不张扬。读出来，都是二声，轻轻扬起，字字如矶，轻巧却也凝重。

　　独活，具有镇痛和镇静的作用，药性和这两个字相得益彰。一个人内心深处的痛，只能由自己来慢慢化解。而更多的静，也是在独自对心的时候拥有。

　　独活，这两个字，道出了人生的况味。执拗地认为，独活，亦是一种生活态度。我喜欢这两个字，有着独当一面的凛冽，有着平心傲骨的倔强，不依赖，不糊弄，做磊磊落落的自己。

　　每次看到这两个字，都会想起张爱玲。

　　老年的她，在异国他乡颠沛，佝偻的腰身，沧桑的面容，灰白修长而颓唐的背影，定格在我对她晚年的印象里。每每想起，心会微微地疼。想象不出一个老人在孤独中度过晚年时，内心的沧海会起怎样的波澜；想象不出一个女人，如何为自己筑起一座决绝的城，四壁都是华丽的孤单……

猜测不出，亦不想猜测。但我知道，她的心死了，在她决定离开胡兰成的那一刻。

　　她把自己交付给胡兰成的时候，岁月静好，现世安稳。即使外界再兵荒马乱，她的内心是静美的，因为有他。她给他懂得的慈悲，他给她安稳的承诺。然而，原以为会一生一世的爱情，却在薄凉的岁月中，脆弱得不堪一击。

　　也许她是清醒的，明知会有这样的结局，却还是那样毫不犹豫地爱着，像一朵怒放的花，像一只扑火的蛾。即使背负"汉奸"的恶名，也隐忍地爱；即使让自己陷入困厄，也要把所得的稿费寄给在汉水拥着周训德的胡兰成。在缠绵的烟雨中，不辞辛苦地去看仓皇避难的胡兰成，却发现他的怀里有了范秀美。内心有伤痛，还体谅胡兰成的处境，在他转危为安后，才提出分手——

　　　我已经不喜欢你了。你是早已不喜欢我了的。这次的决心，
　　我是经过一年半的长时间考虑的，彼惟时以小吉（小劫的谐音）
　　故，不欲增加你的困难。你不要来寻我，即或写信来，我亦是不
　　看了的。

　　这样的沟壑，她是如何来化解？这样的跌宕，她是怎样来平复？独活！唯有独活，独自镇痛，独自镇静。

　　张爱玲，注定是那味独活。

　　张国荣在《霸王别姬》中饰演的程蝶衣，亦是一味独活。

　　他痴情于师兄段小楼，钟情于京剧。一生沉浸在无声不唱，无动不舞的痴醉里，做着与段小楼不离不弃的奢梦，却屡屡遭到现实提弄。即使伤了，痛了，也是自己默默消化。

　　人生如戏，戏如人生啊。

　　段小楼与程蝶衣，他是花脸，他是青衣；他坚毅，他温柔；他的唇吻轮廓刚毅凝固，他的眼角眉梢爱意满盈；他是叱咤纵横的霸王，他是从一而终的虞姬。也许什么都不是，只是那么一个苍凉的手势，是天黑前最后一幕灰蓝，是那个特定时代的风花雪月，是那些随风飘远的红颜逸事……蝶衣演得了霸王的虞姬，却成不了小楼的蝶衣。

　　他只能自己承受张公公的凌辱，只能独自面对吕四爷的浸淫，只能黯然消化段小楼的背离。但当段小楼被日本人关押，为了搭救他，蝶衣又只身去为日本人唱戏，却被段小楼唾弃。所有的所有，都只是蝶衣一个人的独角戏。

　　经历了人生的起起落落，经受了"文化大革命"椎心的浩劫，体味过被至亲的人出卖的苦痛，坎坎坷坷，波波折折之后，程蝶衣醒了，知道自己所执着的，不过是一场梦。对段小楼的痴情，对戏曲的专注，都无以抵挡世态炎凉，甚至温暖不了凄寂的心。

　　独活吧，程蝶衣。

　　终于，他上演了一部真正的"虞姬之死"。舞台的幕布落下时，人生的戏也结束了！虞姬死了，带着一抹动人的微笑，死在了刘邦万马千军的阵前，死在她极爱的男人怀里；程蝶衣死了，含着一丝凄绝的悲哀，死在他一生钟爱的舞台上，死在他不能爱的人面前。

　　程蝶衣，生而独活，死亦独活，是一出凛冽凄美的戏。

　　写得太过专注了，心里泛起淡薄的忧伤。抬起头，一轮红日暖暖地挂在天幕，快到日落的时候了，太阳已隐没了刺眼的光芒，传递给我的，是贴心的暖意。那温柔的光华，洒在心底，像手里捧着的那杯茶，和着爱人的温情，化作红尘中的相依。

　　我喜欢独活，但我不是独活。

厚朴

　　夜晚，突然就生了病。先是呕吐不止，直到把胃里仅存的最后一粒米都吐了出去，还觉得不过瘾，腹中仍是翻江倒海，接着开始吐苦水。谁料这还远远不够，紧接着小腹剧痛，一阵狂泻，直到折腾得我没了力气。好在意识尚清醒，自己诊断为急性胃肠炎。挨到天明，拖着虚弱的身体去看大夫，结果在意料之中。

　　看的是中医，没留我在医院输液，开了一堆中药回家休养生息。女儿看我难受，依医嘱按时给我端水拿药。其他的药是片剂，没有太深印象，唯有同仁堂的"藿香正气水"在脑海中挥之不去，其实挥之不去的原因，是它的味道。

　　病情稍稍缓解，就想拿起这"藿香正气水"的说明书看看，到底是几味什么样的中药，成就了如此经典的味道。一味味看过去，目光落在"厚朴"上，就被吸引住了。

　　厚朴，单单这两个字，给人一种温和淳良的包容感。纵使心中有千军万马在奔腾，看到这两个字，也会立即安静下来。犹如一匹烈马，遇到一个懂马语的人，被征服了。厚朴，还像一个单纯得不能再单纯的孩子，一双清澈的眸子向你投来无邪的目光，你怎么忍心破坏这种清纯的感觉？两个字，似乎能抚平千沟万壑，像暗夜的微光，给人温暖希望。

很奇怪，这样的两个字，就让我有所期待了。

厚朴是木兰科木兰属植物，它的花型像玉兰，叶子阔大厚实，以干皮入药，主治伤寒、头痛、寒热症等，整株植物看起来和它的名字相称，温和淳厚的感觉，真是树如其名。由树如其名，不禁联想起人如其名、文如其名……

抛开易经八卦，不看命理五行，单纯地讲，名字不过是一个人的符号，是一个人在世上区别于另一个人的称呼。记得小时候，我常常为自己的名字不像女孩儿而负气，总是偷偷设想把自己的名字改得娇柔再娇柔一些，即使自己的性格像个"假小子"，也不愿意承着一个看似男性的名。于是，私下里一次次地给自己起名，大多离不开"花"呀、"丽"呀的，可怎么看，又觉得自己和这些字委实关联不起来，也罢。

经年，在我的名字一次次被别人误会和读成好几个版本之后，我却越来越深深地爱上了它。那是一种凛然的坚韧和特立独行的寂寞，它属于我，是对我的表达。我名如我。就若厚朴，是对那株植物的表达。

《礼记·檀弓上》记载："幼名，冠字。"古代婴儿出生三个月后，由父亲命"名"，男子二十岁举行冠礼，并取"字"；女子十五岁许嫁，举行笄礼，并取"字"。可见，古人的"名"和"字"是两个不同的概念，但这两者又有着联系。比如屈原，字原，名为平，"平"与"原"相辅相成；再如孔融，字文举，名融，"融"为融会贯通，文章一举成名则为"文举"，名与字互为补充；还如王维，名维，字摩诘，维摩诘是佛教中一个在家的大乘佛教居士，著名的在家菩萨，如此看来，"维"与"摩诘"相互关联……

说到王维，他也确是人如其名、文如其名。

王维，生于唐朝，著名诗人、画家。早年信道，后因社会打击彻底禅化，参禅悟佛，学庄论道，精通诗、书、画、音乐。他的一生，和他的名与字表里如一。而他的诗、书、画更是淡远空灵，闲逸超拔，在佛理与山水中觅得一份清寂。明代胡应麟评论王维的诗："读之身世两忘，万念皆寂。"看到这样的评论，怎么有种"风烟俱净，天山共色。从流飘荡，任意东西"的旷世之感呢？后世人称王维为"诗佛"，是对他诗歌中的佛教意味和宗教倾向的总结，更是对他在唐朝诗坛崇高地位的肯定。

王维的诗《送邢桂州》中有这样的句子：日落江湖白，潮来天地青。用飞动的笔触写江湖风光，以水墨写五彩，以简淡含灿烂，于不露声色之时道尽华丽，着墨无多，意境高远。《终南别业》中的"行到水穷处，坐看云起时"更是自得闲适，超然物外。这两句诗用词平如白话，却诗味、理趣兼备，和药山禅师与李翱所言的"云在晴天水在瓶"有异曲同工之妙。而"大漠孤烟直，长河落日圆"是《使至塞上》一诗中的经典之句，十个字，言尽了苍凉与雄浑的壮美，空旷寥远直抵人心。

苏轼曾说："味摩诘之诗，诗中有画；观摩诘之画，画中有诗。"王维的画富有神韵，常常是略事渲染，便表现出深长悠远的意境，情走淡薄，旨归静趣，耐人玩味。他还著有绘画理论著作《山水论》《山水诀》。王维是文人画的南山之宗，钱锺书称他为"盛唐画坛第一把交椅"。

这么一个文才卓越，画风出色，还精通韵律的才子，中年之后隐居山林，吃斋念佛，远离尘嚣。王维的诗画，不用禅语，时得禅理，一切都是寂静无为的，虚幻无常，没有目的，没有意识，没有生的喜悦，没有死的悲哀，但一切又都是不朽的，永恒的。他在山水诗方面的造诣，使山水诗的成就达到前所未有的高度。王维，王摩诘，确实是人如其文、文如其名，名副其实呀。

　　说了自己的名，又论王维的名，着实是一个地下，一个天上。实则，一个人的名字，不论通俗的、生涩的，还是轻逸的、笃实的，都会忠实地伴随着你，在此消彼长的人生路上风雨相随。就如厚朴，伴着那株生于天地间的植物，为苍生消病除痛，简单恬静。

　　再读"厚——朴"，心间还是温暖淳厚的包容感，植物读心，果真如此。

清明柳

柳就柳吧，偏偏叫清明柳，读着就伤感。柳就让人想起杨柳依依，情绵意隽地长情，加了"清明"两字，有了古意，就这么雨纷纷地潮湿起来了。

古人折柳相送，惜别怀远。想着那情形，沉甸甸的情绪就会蓄满心头。烟雨霏霏的春日，手执柳枝来送你。柳枝纤细，寄情悠悠。那寄的情，就像细长轻柔的柳枝一样，旖旎在离别的人儿心里。可清明柳，我折柳如何送予她啊？看着这三个字，好惆怅。

几年前，清明只是个节气，只是个假日，除了休息，与我没有什么关联。蓦地一天，清明突然就与我无法割舍了，成了心底不能愈合的痂。也是那一天，我懂了"土地冰冷，贴近温暖"这八个字。这样的变化，扑面而来，猝不及防。

在清明还未到来的时候，一股情一种思就随着春意殷殷欲动地苏醒了，火山岩浆一样，汩汩地冒着泡泡，会在某个不经意的时刻薄发，不能设防，无以按捺。那感觉又像心头有只小兽，用尖尖的牙齿一小口一小口地啃噬我，疼而无言，痛而无伤。只有自己知道这小兽的存在，只有自己知道那疼是什么感觉，那痛是因何而起。医生治不了这疼痛，时间也不是良药，疼痛必将如影随形地陪伴着我，相偕终老。而我，会渐渐接受这疼痛，继而由接受到适应，再到共生。实则，有时是这疼痛温暖着我。

垂柳居然就是清明柳。清明柳居然是味中药，性微凉，味淡，清热。那么，煮上一碗清明柳的汤汁，降降岩浆的温度，熨帖一下心头的疼痛吧。既然折柳无法送与她，那么就替她把这柳枝接纳下来，融入体内，还予血脉，因为我们原本就血脉相连。

我不想这般伤感，然而，又克制不住，不能不伤感。

要去看她了，像她给她母亲准备东西那样，先仔细地为她准备些可心的东西。在准备东西的一举手一投足中，我不停地和她说着话，只有我和她懂得的话。有时想起过去的趣事，甚至会笑起来，轻轻地笑，在心里。这几年，渐渐懂了过去她每年清明时节，给她母亲准备东西时的虔诚。

每年清明，时光是透明的，空气清薄澈丽，她是那个时节开花的玉兰。那幽幽的香气，染上她的手指，挂在她的发际，系于她的衣襟，就连家里，也是暗香浮动。

她站在光影里，背影清瘦。妥帖的短发，洗得发白的浅蓝色衬衣外，是件黑色开衫毛衣。衬衣穿得时间久了，领口有光阴的痕迹，旧而不破，感觉更亲近。藏蓝色的裤子，配一双样式简单的平底黑皮鞋。她的衣着，总是那么端庄，黑白灰蓝冷色调，搭配得当，仿佛时时提醒她：她是老师，要为人师表。这是她的职业素养，也是我对她最敬仰的一点。

我总会在离她不远不近的地方，看她认真地为她母亲准备清明节祭拜的东西，神色专注而虔诚，偶尔有微笑荡过嘴角眸间。那时，我猜测不出她心里在想什么，现在知道了。一定和我一样，说着她的想，诉着她的念，回忆着和自己母亲在一起时的点滴，或温情、或琐碎、或日常、或快乐。

她会准备几种精致的点心，酥皮枣泥馅的、豆沙馅的，还有小蛋糕、桃酥，每样四块。然后再亲自去炒小菜，也是四种。家里没人喝酒，但常有好酒，这时候派上了用场。她的母亲不抽烟、不喝酒，却喜欢烟酒味儿。于是，每次都备着。还有檀香。她喜欢檀香的味道，就连用的香皂也是檀香型。家里也常常会燃起檀香，尤其是将暮未暮的黄昏，那袅袅而升的烟和熟悉的檀香味道弥散在空气里，有别样的韵致。屋外暮霭四起，屋里有温温的暖意，那气味柔软绵长，细腻圆润，婉转在每寸空间，总免不了让人怀念起什么。檀香的味道，是怀旧而温馨的，多年后，再次回味，仍觉得那是母亲的味道，安抚躁动，让心就此沉落平和。现在已很难买到那么好的檀香了。在日暮西沉独坐的时候，眼前常会升起丝丝缕缕的烟，会闪现星星点点的光，会闻到氤氲暖暖的香。暮霭四起，最思念哪！

东西都备好了，她是不亲自去的，后面的事情由她丈夫代劳。最早的时候，她每年都会去，可每去一次，回来就生一次病，拖很久也不能痊愈。之后，她丈夫就不再让她去了。再回忆她备东西时的情形，仪式感非常强，可能是因为自己不亲自去，而把所有细微的情感、所有细腻的心思、所有细致的动作都倾注在准备的过程中。这仪式感，是对生活的敬畏与尊重，是对自己母亲的周全与交代。

我是少小离家，我又是老大未还。长大后，和她在一起的时间更是短之又短。距离上的疏离，令不擅表达的我愈加缄默，甚至羞于诉说对她的思念，更不能当面说出口。即便在信里，也只是一句"我想你了"，便不会再有更甜腻、更深入的表达。或许是她的职业使然，或许是那个时代的人的通病，含蓄到了骨子里，即使彼此再牵念，也隐忍着。

直到后来，她退休生病和我住在一起，照顾她的时候，才开始抚摩她柔软的双手，才会梳理她有些散乱的银丝，才有机会仔细看她的眉宇、她的皱纹、她的像少女一样有些羞涩的笑容……那时，她成了我的孩子。

可是，还没容我好好陪她，还没容我在她面前撒撒娇，还没容我和她再亲昵一些，还没给我从从容容地折清明柳与她告别的机会，离别就恶狠狠地杀将而来，没有任何回旋的余地，紧逼得我除了接受，还是接受，只能接受。

春天了，清明柳已发新芽，玉兰又将开放，推开窗，清风洞贯而来，日子又变得透亮悠长。我知道，该去准备看望她的东西了。从塞外老家带回来的蘑菇，炒肉片吧，这是草原的味道；凉拌个蕨菜，这是山的味道；清蒸螃蟹她喜欢，这是海的味道；她丈夫熏的肉，这是家的味道。再去选些水果、点心，每个都是精心拣选过的。她和她的母亲一样，喜欢闻香烟味儿，我不会忘记带几支烟，也不会忘记带一捧菊花，还有檀香——徐徐燃起，在旷野，在山间，在水边，她闻得到。

又到清明，柳抽新枝。我折几枝，送与她。虽然她不能亲手接过柳枝，可是，可是我知道，我的心意，我的牵挂，我的思念，我的一切的一切，她都能收得到。

艾叶

艾叶，不论是看着，还是读着，感觉上都是那么亲切，像是遇到了熟人，何止是熟人，简直是邂逅了一脉山水。

虽说艾叶无处不有，但只要一提到艾叶，第一反应便是家乡，是家乡的艾叶。我定是老了，那一方生我养我的山水啊，总会无声无息地潜入意念，隐入梦里。可老又有什么好抵触的呢，倒是更喜欢苍老了之后的风烟俱净。多清静啊，不动心了，不动情了，只任风吹草动吧。日子越腌制越有味道，焚起一炉香，着旗袍，执团扇，再来几句《锁麟囊》：他教我收余恨、免娇嗔、且自新、改性情、休恋逝水、苦海回身、早悟兰因。这样的日子，是艾叶的味道。

艾叶的味道，一直都在，刹那间，我怎么就走出了这么远，怎么就走到两鬓生银丝了呢？漂泊，令人疼痛的两个字，如影随形，在这个生活了二十多年的城市里，我却依然找不到自己的根。

一年端午，带女儿去钢琴老师家上课，抬手按门铃，发现门边挂着几株艾草，心忽然就软了。手举着，人呆在那里，动不了。风云过往一下子决了堤坝，横冲直撞，瞬间淹没了我。女儿看我失神的样子，颇为不解。是啊，未经世事的她，哪里懂得重重的乡愁。

小时候，每到端午节，大人都会拔艾草放在孩子枕畔。艾草被寄予了美好的祈愿，希望能够驱邪避难。实际意义上的艾叶，也的确有驱虫祛湿，散寒止痛的作用。犹记得，微有寒意的清晨，一觉醒来，枕边艾叶飘香，那清香带着山野的风，携着清凉的月浸入鼻腔，心间充满了愉悦，雀跃起来，根本按捺不住。那一把绿，仿佛带来了一座山峦，一江溪流。紧着问妈妈，这是谁给采的，那是谁给采的，还有另外几束，都是谁给采的？妈妈依着次地回答，这是你爸爸采的，那是隔壁爷爷采的，那束是张姨的，那束是李姨的，那束是妈妈学生的，那束也是妈妈学生的，那束……一束一束又一束呀，我把它们抱在怀里，于是，满怀艾叶香，满怀浓浓爱。

把一束束艾草挂在门边，连同自己柔软的感动。完整的艾叶卵状椭圆形，边缘有不规则锯齿，整个叶子像一根羽毛。叶面有一层灰绿色的柔毛，叶底则生着一层灰白绒毛，软软地低垂，很温顺的样子。每片艾叶上，都有亲友温暖的呵护和淳厚的爱。

艾草就那么一直挂着，由饱满到干萎，但绿意仍在，味道依然。直到来年又有新的艾草，才会把去年的替换下来。挂艾草的门边，仿若一片圣地，而挂艾草，又是一个庄重的仪式，不仅仅是为了过端午，不仅仅是为了纪念屈子。一年又一年，循环延续的是情怀。

长大了，端午的时候，我也早早起来去河边采艾草。最爱那条河了。河的名字叫鸳鸯河，河这边是青青草地，河那边有笔直的白杨，就连一块块青石随意堆垒的石头坝，都那么诗意。其实，端午节之前之后的许多个清晨，我都会早早地去河边。那时，心里装着一个秘密，小姑娘不能言说的秘密。一直装着，多年之后，已发酵成了一坛醇香的酒。这个秘密，在端午的时候，被寄托到艾叶上，郑重地挂在门边。

那年，艾叶还没有干萎呢，我就离开了家。一别经年。

多少年了，端午节清晨不再出去拔艾草，而旧时的记忆也布满了尘土。生活的字典里，不再有挂艾草那庄重的仪式感，更多的日子都被麻木和所谓的快节奏填充，甚至连感动都很少。不知不觉中，把自己过成了千军万马。那阵势，有时连自己都觉得惊讶。可这貌似的强大，不是我想要的。

我想要把艾草挂在门边的风意，想要把秘密藏在艾叶里的喜悦，想要在鸳鸯河畔流连的洒然……这些，分明曾经拥有过的呀。却原来，哪里去追寻？

只记得一个晚上，妈妈的学生把我拉进了"鸳鸯河畔"文学群，单看这几个字，就心生欢喜，更不要说是一群志同道合的人。

春天里，江南花开，塞外飘雪。

"鸳鸯河畔"的一群人在地冻天寒时节，意气风发地走在夜里，一股子从黑暗走到黎明的劲头。看着他们，我的心啊，怎么也按捺不住，要跳出胸膛了，脚步也在动，要跟着走了。忍不住说：好想融入其中。一个妹妹回复：戎姐，回来吧，给你接风。妈妈的学生回复：归来吧，归来哟，浪迹天涯的游子……

后来，他们在微信群里说，唱一首歌——《故乡的云》送给尚义的游子，老师的女儿，我的小妹。当那清唱的歌声在耳边蓦然响起，我热泪潸然。他们清唱着，每条语音最多只能传六十秒，就那样一段一段地唱，这条语音和那条语音衔接，一句词也不落，连节奏都不错。歌声悠扬不止，低回不尽，婉转在春风浩荡的夜。那一声声呼唤啊，归来吧，归来哟，浪迹天涯的游子，句句敲击在心头，和着家乡的一缕清风，旖旎不散。

那样的歌声，有艾叶的味道，它来自家乡，饱含乡情，承载着"鸳鸯河畔"的感召，沉落在薄寒的春夜里。想不起来了，有多久没被感动过？而那晚，就任眼泪汹涌了，就任热泪横流了，一点儿都不掩饰，也不愿意掩饰。

云影渡江来，走过山叠水重。

曾经，艾叶上寄挂的秘密，如今已化作一个个矶珠般的文字，传递给同在鸳鸯河畔流连的那个剑眉星目的人，也已写成一篇篇散章，记下了岁月的痕迹与恩慈。我丢掉了艾叶的味道，可艾叶没丢掉我。在钢琴老师家的门边，在乡音飘扬的夜晚，在我想念同去鸳鸯河畔的人的时刻，艾叶的味道又寻我而来。

待一日，风烟俱净时，愿得一人，海边同坐看潮回，林里陪他听松啸。那月下的海浪声，遮断人笑；那风中的松涛滚滚，连日接天。自此，天荒地老。而这人，一定得要有艾叶的味道。

艾叶，借胡适先生的一句诗来形容我对你的牵恋，那就是"一半在你我的诗囊，一半在梦魂中来往"。那么，艾叶呀，就请你散去我心头的寒凉，疗愈我的心伤吧，让那回不去的故乡，让那光阴里消散滴漏的往昔，随着你的味道，潜入我思乡的梦里。

菖蒲

　　每次看到这两个字，总有一种苍茫的感觉，像从心底发出的呼唤，在双唇翕合的刹那戛然而止，余音在空气中倔强地回荡，悠扬。

　　菖蒲，也确有这种品质。

　　寒冬还没有收梢，风仍料峭。百草未发时，菖蒲在地下深埋的根就已觉醒，耐着苦寒，安于不为人知的清冽，不论土地丰脊，逼仄地、顽强地昂扬生长。在野外，它们生机盎然，葳蕤苍绿；在厅堂，它们亭亭玉立，飘逸俊秀。菖蒲，有草的风骨，野火烧不尽，春风吹又生；有植的风情，风动露滴沥，月照影参差；有药的风雅，入心经开窍，益心智安神。

　　总是对倔强的植物有莫名的好感，并不喜欢开花的，只要苍绿着，舒展着就好，那是一种有傲骨的端丽，不亢不卑地生长在岁月深处。即使无闻，也不流俗；即使经年，也不着痕迹，就那样兀自地长，不讨好，更不讨巧。

　　萧红——20世纪30年代的文学洛神，她就像一株风中的菖蒲。

　　十一长假，错过了看由许鞍华执导、李樯编剧和监制的电影《黄金时代》，不免遗憾。于是，在网上看影评来弥补。虽然大家对《黄金时代》褒贬不一，但就其将代表香港参加奥斯卡，角逐最佳外语片大奖，以及入选威尼斯电影节闭幕片，足以说明它的分量。其实于我而言，《黄金时代》是部怎样的影片不重要，重要的是《黄金时代》关乎萧红。

　　不知何故，总被民国时期莫名地吸引，那是个民气十足、海阔天空的时代，那时的年轻人自由而大胆地追逐梦想与爱情。时代造就人，萧红在那个时代脱颖而出，因为她的才华，因为她的特立独行，因为她悲苦的命运，因为她那颗悲悯天下的心。她是个怀抱忧伤而又决绝的女子，敏感自我，一生与命运抗争，几经起落，却倔强得不低头。对生的坚强、对死的挣扎在她笔下力透纸背，而她的人生亦是如此。就似那株老绿的菖蒲，逼仄、顽强、昂扬地生长在光阴里。

　　萧红传奇的一生定格在 31 岁，而她的作品，却恒久流传。那由诗性思维而写出的文字，即使白描，感性的力量也会如幽灵般击溃你内心的防线，莫名地跟着痛，被哀而不伤的情绪侵蚀，俘虏。她的《呼兰河传》，以清新自然的笔触，描摹东北边陲小镇呼兰河的风土人情，初读有轻松之感，之后却会一点儿一点儿愈加沉重起来。这就是萧红，她的文字，会在不知不觉中摄走你的魂魄，让你随着她的笔、她的字轻盈、浑厚、快乐、忧伤。

　　她的情路坎坷波折，却还勇敢大胆地追求，汲汲求取一份恒久的爱情，以安放她敏感脆弱的心。然而她身边那些男人的能量都不够强大，不足以与她匹配，无法征服、驾驭她的才华与智慧。她那么大胆主动地追求爱情、追求自由，就是因为内心深重的不安全感。她需要一个温暖怀抱的包容，需要一个心灵家园的呵护。她的未婚夫汪恩甲给不起，大男子主义的萧军给不起，生性懦弱的端木蕻良亦给不起。

　　我想，她是深爱端木蕻良的，把唯一一次婚姻给了他。在他们的婚礼上，当胡风提议新郎新娘谈谈恋爱经历时，萧红说："掏肝剖肺地说，我和端木蕻良没有什么罗曼蒂克的恋爱历史。是我在决定同三郎永远分开的时候才发现了端木蕻良。我对端木蕻良没有什么过高的希求，我只想过正常的老百姓式的夫妻生活。没有争吵，没有打闹，没有不忠，没有讥笑，有的只是互相谅解、爱护、体贴。"

尘世间，有人种因，有人求果。而萧红所求的是那么低微、那么烟火，然而就是这么低微、烟火的寻常生活，她也无法得到。她如菖蒲一样坚韧、勇敢，可她也需要丈夫的呵护、陪伴，可惜天性懦弱、依赖性强的端木给不起。情感的失落与幻灭，加剧了萧红身心的伤痛，她短暂而璀璨的生命，在 1942 年 1 月 22 日画上了一个句号。

林夕在《只得一生》的歌中写道："……来就来到人生喧哗交响的洪流，哪怕痛或快，也留下一声咳嗽。走就走到蓝天碧水深处，循环不休。一个人自由地笑，自由地哭，此生不朽。流啊流，把天高地厚都走通透，以生死成就，够不够。人生太短故事太长，你不要回眸，不懂你的为你忧愁，明白你的叹此生值得一游。"真是字斟句酌之后的经典，是萧红淋漓透彻、短暂饱满一生的高度概括。

萧红是寂寞的，终其一生。

每个人的生命不可复制，我们都是岁月长河中的唯一。如宇宙中的星辰，在各自的位置默默坚守，散发特有的光辉。观照内心，我曾恐惧失去所能。能走路、能思考、能听风、能赏月、能品茗、能记忆、能坚持、能欢笑、能爱、能恨。每一种所能，都是一种能力，这些能力都可能会在瞬间失去。生命的过程，就是走向失去。人生的每个阶段都精彩绝伦，而又不可逆转。坦然面对，是对心智最大的考验。

在这漫长的人生旅途中，和什么人一路结伴而行似乎是冥冥中早已注定的事。那些快乐和悲伤有人在旅途中一起分享，最后把记忆全部丢在再也不可能回去的时光里。所有的相逢，所有的厮守，都抵不过匆流的时间。不必询问未卜的结局，无须等待岁月的恩护，把那些安稳的、浮躁的、喜悦的、忧伤的情绪，轻轻放下，像那株静植的菖蒲一样，不亢不卑坚韧地生长。

希望自己是那么一株扎根在泥土中的菖蒲，迎着风，坦然而率真。不为别的，只为尘世中的遇见。

八宝景天

　　知道它叫"八宝景天"的时候，心里有点儿小失落。它的名字不像它的外形那样素朴，有不切身的华丽。这也不知道是我哪个神经咀嚼出来的结果。失落归失落，我还是喜欢它。

　　许久之前，就曾在路边与它蓦然邂逅，认真地用手机拍下它的容颜。那时，它还没有开花，叶子是蒙着一层薄纱的碧绿，厚厚实实的，相向而生，层层叠叠的叶子，互相拥捧着。长到最顶端的，像一张孩子的脸，肥肥嫩嫩，睁着怯生生的眼，向外张望。一看到那样的情态，就心生爱恋。忍不住伸出手，摸向肥厚的叶子，指尖触到的一瞬，是有质感的凉滑。

　　那感觉，一直存续在心意间，似牵住了某种约定，隐秘而甘甜。回味起来，是夜风里，醉意微醺的十指交扣吧。那一握，握过了山叠云重，握过了岁月风霜，握住了当下的风花雪月。然而，何止是风花雪月。有下关风上关花，苍山雪洱海月为证，懂得的慈悲，缱绻在唇角眉间。秋风浩荡里，落在我唇上的风的注脚，是留给你的。撷取它，就撷取了我的河山。

　　再遇，就是旧识了。一个旧字，有了几许温暖。

这时，它出落成了二八芳龄的少女，亭亭楚楚，拥拥簇簇，却不喧闹。一片一片地生在棵棵大树之间的空地上，头顶着鹅黄、粉紫的小花，俏皮出一派天真。我惊诧于它的安静美丽。它的花朵特别小，花瓣是细碎的、小巧的，花瓣末端尖而纤细。每朵小花有五六个花瓣，烘托着莲一样的花心，花心四周是细而卷曲的花蕊。一朵一朵的小花生长在一起，像一团紫雾，像一朵红云，像少女莲一般的心事。

走在林荫道间，草香、树香、花香弥散在空气中，我却闻到了你的呼吸。心头漾起微澜，透澈在初秋明媚的阳光下，静笃干净。怕蚊子叮我裸露的肌肤，让我等在路边，看你越过草丛拍摄这植物，拍摄落在植物上的蝶儿，我怎么会有前世来生的恍惚？这一幕，分明刚刚发生，却又是那么熟悉，可曾是我的梦境，可曾怀寄过某种预设的心愿？刹那间有一种迷醉。

原来心中不知道它名字的遗憾，在再次相遇的一刻烟消云散。这是个普通却又特殊的初秋上午，偏光镜后的眸子，看到了秋色，看到了郁郁葱葱的八宝景天。想起指尖触摸叶子的薄凉，那微微的凉意，是初秋的飒爽。这个秋天，是封印在光阴深处最动人的落红，无以抹杀，无与伦比。

走在暮霭四起的初秋黄昏，走在风里，走在生着长药八宝的林间，走在长药八宝的气息里。想一直一直这样走下去，贪这饱满的清欢。

看着"八宝景天"四个字，有了懂得的亲切。轻轻读出，竟也婉转。退却初识时哪个神经辨识出的疏离华丽，是藏在骨子里的祥和温暖。它静植于风中，有不露声色的风华，有不识而不愠的宽宥霸气。我陷落了。曾经以为的凛冽，曾经以为的坚硬，此时，已溃不成军。

上网查了一下，八宝景天还真有个别名叫"华丽景天"，更喜欢"长药八宝"这个名字。长药八宝，读着就长情。有绵绵不绝的暖意，温存体己，祥和宁静，恰似我的心意。

轻轻地读，长—药—八—宝，舌是轻柔的，声是悠扬的，意是绵长的。不似"八宝景天"读出来那样用力。更喜欢这样的浅淡，是因为不容易做到这般从容吧，所以把欢喜心落在这四个字上。即使愿望卑微，也会在心间深深地感激岁月的恩慈，能让我在广阔无垠的世间遇见长药八宝。

　　长药八宝，全株可以入药，活血散瘀，止血止痛。更神奇的是，它肥厚叶子泌出的汁液，可以疗愈蚊虫叮咬的伤痒，这可是我的福音。记得晚间在海滨小径上散步，被蚊子不加商量地亲密接触，路边杂货铺的阿姨告诉我，那种植物的叶子可以止痒，我如获至宝。记得在圣清山庄，晃晃烈日下，仍是招来蚊子青睐，张茗老师俯身摘了几片植物的叶子给我，让我把汁液涂抹在红肿的大包上，不一会儿红肿和奇痒就消失殆尽。可惜那时都还不知道它的名字，而心思愚钝的我，竟也没去追问它的名字。原来，它已经在时光里待我多时。有缘，总是会相遇的，或早或晚。

　　世间如此寥远，人与人之间的缘分最长的，也不过短短几十年。任何的相遇相识，都是上天注定的缘分。缘深缘浅，在于相互的修为。回首走过的流年，值得或不值得都变得无足轻重，经过时间的过滤，留下的，是美好。我不会伤感，也不会颓丧，只是顺遂心意，像株植物一样，简单安静地生长。长成植物的坚韧饱满，长成植物的自在淡然，安驻在自己的日子里。

　　夜色，更加深浓了，依旧没有丝毫倦意。沙滩上的脚印，仰望星空的双眸，微凉的手臂，凭栏而立的温柔，双目对视时，眉间的清凉……一串串温切缠绵的记忆潮水般款款涌来，又优雅退去。这些零零星星的记忆，无比短暂而又无比珍贵。我想，用一根苍绿的丝线，把这些记忆一一串起，挂在颈上，拓印出一幅薄秋的华美画卷。这些记忆，是豪奢的喜悦，是生命无比奢华的看馈，是命里的"长药八宝"，不论短暂还是悠长，不论甜美还是痛楚，都紧紧地拥入血脉里，在心意间，凝成一种情感。

　　想，自己是一株长药八宝，生在能遇见你的路边。即使，是在梦里，隔着薄雾，隔着水域，也愿意等。

合欢

　　站在窗边，定定地看着高脚杯里的红酒，那浓醇的色彩，琥珀般，是思念的颜色。那个才下心头的身影，又上眉梢。不由低眉，目光落在握着高脚杯的手上。顾长白皙的手指，环着杯脚，带着慵懒的不经意。无名指上的指环，有点儿斜，把它轻轻转过来，让镶嵌在指环里的那颗小小钻石放在指背上。指环很窄，钻石也不大，但是她钟爱的。从戴在手上的那一天起，未曾稍离。就这样看过去，那颗小钻石的光芒吸引着眼眸，像一朵绽放的合欢花……

　　她说："院子里的合欢树开花了。"

　　他说："快拍张照片，让我看看。"

　　于是，她飞奔下楼，拍了开花的合欢树，又拍了草地上的落英。

　　他说："好美！"

　　她说："那是我们的爱情树。"

　　……

　　这样的时光，总会在无意中闯入脑海，在她眼前闪过，带着无限的迷恋和怀念，深陷其中。

今夜，如是。

对面楼里亮起的盏盏灯光，透出诱人的温馨。朦胧中，草地上绰约着树影；窗前，一个孑影，一杯红酒。她举杯，饮尽风雪；她薄醉，面北思君。

眼前的树影，摇曳成了一棵大树，笔挺的树干伸向天际，优雅的枝丫像它的长发，微微低垂却又高挑着，带着几分倨傲，几分妩媚，甚至有些妖娆的气息。苍绿的叶子，奇特的叶片，细细的，锯齿般的小叶子，由大到小呈优雅的弧形排列在叶柄上，纤细似羽，晨展暮合。更有那花朵，丝丝缕缕地聚在一起，上红下白，簇结成球，却不紧凑，像一张生动的脸，有着媚惑的神情，有着妖一般的身姿，散发着馥郁的香气，入鼻清澈，吸引得人移不动脚步。

第一次见到这树，她就惊呆在那里。树干的挺直，树叶的妖娆，花朵的娇媚，香气的浓醇，乃至整棵树的气质……对，树的气质。那是一种独一无二的气质，昂扬、遗世，刚柔相济，有一种令人沉落的妖气，却不自知。就那样落落然地静植于土壤，全然不顾别人顾盼的目光和惊讶的神态。它，就该是这个样子。有着妖媚的蛊惑，却全然不觉。

合欢，是它的名。

轻轻地读出来，有着爱情的味道。是爱的香花树。

合欢，细细地再读，是不是还有诱人的妖气？

果然，合欢关乎爱情。是老套的传说，却动人、动情、动心。

合欢，原名苦情树，不开花。有秀才十载寒窗苦，准备进京赶考。临行时，妻子粉扇指着窗前的苦情树对他说："夫君此去，必能高中。只是京城乱花迷眼，切莫忘了回家的路！"秀才应诺而去，却从此杳无音信。粉扇在家里盼了又盼，等了又等，青丝变白发，亦不见丈夫的踪影。生命即将走到尽头，粉扇拖着病弱的身体，挣扎着来到印证她和丈夫誓言的苦情树前，用生命发下重誓："如若夫君变心，就让这苦情开花，夫为叶，我为花，花不老，叶不落，一生不同心，世世夜合欢！"说罢，气绝身亡。

第二年，苦情树果真开了花，粉柔柔的，像一把把小小的扇子挂满枝头，飘着香气。花期很短，只有一天。从树儿开花时起，所有的叶子居然随着花开花谢日出而开，日落而合。为了纪念粉扇的痴情，苦情树改名为合欢。

她觉得，粉扇，就是合欢的魂吧，赖此以安抚心神，缓释忧伤。

合欢还有一个传说，虞舜南巡至苍梧山而死，其妃娥皇、女英遍寻湘江，终未寻见。二妃终日恸哭，泪尽滴血，血尽而亡。她们的精魂与虞舜的精魂合二为一，成了合欢树。树叶随着花朵，昼开夜合，相亲相爱。

那么，虞舜及其二妃的精魂，亦是合欢的魂魄。

附了这么多精魂的合欢，真真都是因了爱情，悲情也好，痴情也罢，缠缠绵绵，总关情。

她总会在合欢树下流连，细细地看着它，抽出嫩芽了，叶子吐绿了，长出花苞了，开花了，一朵、两朵、三四朵……就像千树万树梨花开似的，一下子就开了满树。像一场盛大的宴会，舒缓的乐曲在空间潺潺流淌，西餐、精致的高脚杯、盛装的宾客，尽兴，也有期待；也像无所顾忌的青春，大胆地追求，热辣辣地表白，有的是勇气去僭越成规，尽情，却也诱惑；亦像演出正酣的京剧，铿铿锵锵的锣鼓铙钹，伴和着京胡、月琴，唱念坐打功，生旦净丑角，气势磅礴而又婉转悠长，尽意，还达极致。

不记得对合欢的迷恋是从何时开始，亦不记得因何而起。就如《牡丹亭》中的那句话："情不知所起，一往而深……"从初春到盛夏，再到萧瑟的秋天，甚至是凋敝的冬季，她都会去看合欢。即使光秃秃的枝丫也是那么吸引她，耐心等待着来年吐绿。就像粉扇等待她进京赶考的丈夫一般，而她与粉扇不同的是，她踏实地知道，他，不久必会，归来。因为在他们心底，曾共同植下一株合欢，缠绵着他们爱情精魂的合欢。

粉扇定是携了她夫君的魂魄，痴缠在合欢树上，一往而深，世世合欢；而虞舜和二妃的精魂化作的合欢，更是生生世世不离不弃。她愿是那株风中妖娆的合欢，悄悄地开在他的心尖，散发出沁心的芳香，媚惑他，不为别的，只为爱情。

合欢花开了，缀满了枝头，把整个夏天渲染得香艳迷人，它不自知地妖媚着，不是招摇，只是专注。就像爱情，爱了，就爱得忘我，爱到极致吧，今生今世，只求与他共华发。

深爱，合欢。

朱砂

朱砂，轻轻读出，有神秘的味道。

的确，单看那醒目的红，就牵魂摄魄的，却又拒人千里。它守着它的清贵，完全是一副事不关己的模样，即使被帝王奉为上宾，炼取长生不老的丹药，用来批点状元，也全然没有被青睐后的受宠若惊，仍是肃杀杀的红，仍是磊落落的红，仍是凛凛然的样子，兀自地红。

于是，张爱玲笔下的朱砂痣就更有了高不可攀的感觉，与蚊子血相比，那就是阳春白雪与下里巴人。谁说各有千秋，但杨春白雪终归比下里巴人来得唯美来得浪漫。其实杨春白雪与下里巴人哪有那么明显的界限，不过是考量的维度不同罢了。爱人是不是适合自己，唯有身在其中的人知道。适合的，就是好的，哪管是朱砂痣，还是蚊子血。

深秋，去了趟湘西，被导游带到"晶彩武陵博览园"。我在熙熙攘攘的人群中走来走去，目光扫过令人眼花缭乱的朱砂做成的各式饰品，没有任何购买的欲望。物以稀为贵，当众多的朱砂饰品聚集在一起，真真假假难以分辨，做工也少了精致时，却是倒了我的胃口。倒是柜台上一块含着朱砂的石头吸引了我，那朱砂未经打磨，更没被雕琢成代表某种寓意的形状，它小小的，像一粒豌豆般被包裹在一层泛着白光的细砂里。透过细砂朦胧的银白，看到泛着暗红色光华的朱砂，安静地、素朴地存在，是它最原始的样子，不粗糙，有着楚楚动人的诱惑。

这样的诱惑，像刚刚割过的青草的味道，直接而霸道地弥散在空气中。我忍不住抬起手，用指尖反复摩挲那粒包含在细砂里的朱砂，有一股隐秘的力量把我和它紧紧连接在一起，我的心灵走进它的内核，观望它。它是那么安静，安静得只是自顾自地存在；它又是那么倔强，倔强得透着清冷和孤绝，像冬天树上的鸟巢，高高在上的寂寞，一意孤行地睡在风里。我喜欢这安静和倔强，是自我的，又是完美的。也许是我太矫情了吧，只是一味地执着于自认为完美的东西，即使简单得如一滴水，但那完美是最初的，是一见钟情的，是无以替代的。

指尖离开那粒朱砂的瞬间，我仿佛穿越千年踏风而来，经过世事颠沛，路过风吹雪成花，苦乐悲欣自在心头。这朱砂，有独立小桥的风骨，也有刹那惊鸿的冷艳。我与它曾有过电光石火的交集，即使短暂得如闪电划过天宇，但识得朱砂，便好。

元代杂剧家王子一在《误入桃花源》第一折里写道："远奢华，近清佳，火炼丹砂，水煮黄芽。"我更喜欢朱砂生于这种境界，有着凤凰涅槃痛并快乐的傲然，有着不着尘俗任他东西南北风的清逸，而不是难辨真伪地被人甄来选去。如若，在黄昏悠长温暖的时光里，你为我在颈前系上一枚含着朱砂的红玉髓吊坠，这样的宁静与温情，是我无法抵御的。不要说是含着朱砂的红玉髓，就是一块带着你体温的石子，也会令我心生喜悦。

可能是太过性情，总是用近乎纯粹的想法睹物识人，即使受伤，也不能世故。可这世上，往往拴牢的不过是心猿意马罢了，一心一意太稀世。

我也有一颗利锁名枷的心，然而在爱情上，却是禀性难移地我的眼里只有你。爱情，是种信仰，是一个灵魂对另一个灵魂的认同与承诺。如果只是一味地追求新鲜、刺激，就遑论爱情。我的命里，有你，足矣。

没为自己选一件朱砂饰品，即使它被赋予了开运、祈福、避邪的意义。那是形而上的朱砂，我则更喜欢它养精神、润心肺、安魂魄的形而下的实质。这样的朱砂，对芸芸众生而言是不是更切身？

潮湿的风吹拂在耳际，远山近水，加上不甚熟悉的景物，让我有些恍惚，这是我的前世，还是我的今生？我是相信轮回的，前世，我定是你脚下的一朵小花，你曾把我捧在手心，许了来生还要相见的诺言。于是，你隔山隔水地寻我而来，有了今生的相依相拥。那么，来世呢？就让我们再约定一次吧。来世，我将是一株植物，生长在你耕种的麦田里，和你一起日出而作，日入而息。你温情的目光抚慰着我，你温暖的双手触摸着我，我为你而生，为你而长，结出累累硕果，为了来世的来世更丰硕……

然而，世间变数太多，走在光阴的阡陌上，看不清谁是谁的永恒。也许，更多的时候，只是一个人孤独前行。其实这些都不重要，重要的是心意间是不是有那么一个人如影随形地在精神上恩护着你。春风吹开陌上花，时光追不上白马，面对世事风云变化，我宁愿蹉跎在今生，蹉跎在眼下，蹉跎在和你一起沉醉的现世河山。

不想成为你心头的朱砂痣，也不想成为你命里的蚊子血。我是一个身着布衣的平凡女子，与平常普通的你深深相爱，去过家常烟火的生活，有深情的缠绵，也有俗世的争吵，有小资的浪漫，也有柴米油盐，如此，可好？

木蝴蝶

　　认识杰，是我与瑜伽结缘那年。屈指数来，已有八个年头。八，作为数字，实在不大；但作为一段岁月，足以成就些什么。这八年，成就了杰皈依瑜伽之心；这八年，成就了我与杰的如水之交。她像一只翩翩而来的蝴蝶，浸润岁月的沉香，透着木的质感，有切身的暖意。

　　丙申年后半年，经历了一段仓皇忙乱的岁月，浮躁的心终于能够安然下来。蜷在柔和灯光下的沙发里，怀念酣畅的瑜伽岁月。

　　八年前，我在一场不可左右的风波中载浮载沉，身心灵经受着世俗的煎熬，难以超脱。情绪、身体每况愈下，却不能自己。明知，所经历的一切不过都是浮云，终将会在不久之后烟消云散。也清醒地懂得，生活是自己的，不为作秀。可，内心还是一片兵荒马乱，在现实与落差间苦苦挣扎，自渡不得。白日里，人前微笑；夜深处，钝痛噬心。

　　朋友懂我，知道一路走来的艰辛，也知道我隐忍的个性。看不过笑容背后的苦熬，极力推荐去上瑜伽课。那时，哪有心思顾及其他，虽嘴上答应了，却还没有行动。友从千里之外赶来，拖着我去瑜伽学校报名。这样，被逼迫着走上了与瑜伽结缘之路。

原本敷衍之事，却在接触后喜欢得一发不可收。

此时，与杰相识。更令我欣慰的，是杰的出众与体己。

在许给自己短暂的瑜伽时间里，关闭与外界的一切连接，放下所有社会角色，只在于当下，做一个普通的瑜伽习练者。静谧中，杰引领着我，触摸到那个原初的灵魂，简单，朴素，低回而昂扬，温婉也狂热。在每个体式里，探索着，找寻每一次能够到达的新高度。杰教会我接纳，接纳自己的缺憾，接纳不能够达到最佳境界的不完满，接纳被自己视为鲠在喉咙的鱼刺般的现实。我学会了只做自己，学会了只活给自己看，不把自己过成千军万马，内心可以强大，但也允许脆弱。

杰分明是那只飞舞于身心灵之间的蝴蝶，帮我在身体、心灵与灵魂之间建立起信任、连接。学会心的觉知与调整的能力，内心逐渐清晰、清洁、回归纯朴，获得更宽广的自由。杰带着我冥想，在一片森林间，看到空无而透明的光芒。行过黑暗隧道，通向高贵的宫殿。生命里围观的人渐渐散去，留下懂得的人，于是把美好交付。不是我在给予，而是被懂得的人成全。心间是那样饱满喜悦。我为自己的心做出选择，是真实的自爱。再不会觉得被世间什么负累所辜负，遵从内心。这样的过程，同样使我轻盈成一只蝶儿，飞在林间。

杰带给我的感觉，得未曾有。

看杰上课严肃专注的样子，根本想象不出生活中的她是那么随性随情。与杰熟稔了，才真正识得她。杰是喜欢动漫的大孩子，她的情思融入宫崎骏的动画，纯真浪漫；杰是下得厨房的小娇娘，道道精美小菜令人馋涎欲滴；杰是专注赤诚的瑜伽习练者，不断提升自身的同时乐施他人。她那么瘦，却充满力量；她看似柔弱，却执着坚韧。她能在调皮戏谑间，让我的瑜伽体式做到正位；她在手起手落时，让我落枕的颈部轻松舒然。在我惧怕她的严厉与上课的强度时，她能以春风化雨的温柔抚平心头的忐忑，却又能在无意间激发潜在的能量。

对杰的情感，就是一个欲罢不能啊。

杰，就是一只穿行于平凡与浪漫，飞落于活泼与庄重间的蝴蝶，翩翩而飞，蹁跹而舞。想起她，就会想起蝶儿，会想起木蝴蝶，有过破茧重生的蜕变，华丽耀目而又温暖平淡。这样的联想，是因为她既有木质的淳朴与笃厚，又有蝴蝶的轻盈与绚烂吧。然则，作为中药的木蝴蝶看起来也是那么质朴又特别，轻灵又温润。在为人清肺利咽，舒肝和胃的同时，亦给以人美感。定是隐秘中这样的相通，令我把杰和木蝴蝶联系在一起。

怀想中，心端对瑜伽的渴望不断绵延发酵，于是，与杰联系。也为我的灵魂，我的身体，来一场轻舞飞扬的洗礼。

芦花

秋意酣，雨纷纷。

独坐窗前，听雨。想起那天大雨，开车到海边，坐在车里，眯起眼看大大的雨点噼噼啪啪落在天窗上，车外风雨交加，车里，心是宁静的。雨声是天籁，伴着不远处的海浪声，奏响一场无人指挥的恢宏交响乐。我是这交响乐中的一个音符，时而低回，时而高亢，时而短促，时而悠长，摇曳着身姿，自我陶醉。纵容自己这样妖娆，做个风情的小女人，有什么不好？

而这场秋雨，下得有些缠绵，有种不尽的绵长感，牵心牵肺地要让人沉在回忆里。想下楼，开车，再去海边。但也只是想了一下，仍然未动，继续听雨。

抬眼，餐桌上插在瓶里的芦花在微光里泛着特有的光华，白而微黄，从某个角度看过去，闪着银光，并不清冷，令人心间温软。这芦花，妩媚似眉弯，窈窕生风月。安静中，还有股子谁也征服不了的狂野，不论生于田间，还是插入花瓶，都是那么美，不傲慢，不萎靡，有柔中带刚的风骨。

我喜欢芦花，一见钟情。

提起花，定会想到姹紫嫣红的缤纷，想到几个花瓣或单或叠，烘托着花蕊。这是惯常的花，不是芦花。芦花，是那么特立独行。一丛丛芦苇荡里，芦花从翠绿色细长枝干中超拔而出，穗状的花形顺势低垂，绒毛满布，细而软，看似柔弱无骨，实则野性张扬。这样的婉转豪放，只属于芦花。

雨依然，想起那年一个人的西溪。也是同样的雨天，江南的雨，多了诗意多了愁绪。然而，我不是小巷里撑着油纸伞的丁香般的姑娘，是许了自己一段美光阴的走在雨中的塞外女子。任由大大小小的雨滴落在身上，内心却是欣喜，感恩江南赐予我这么一场秋雨，让我在雨中邂逅那一荡荡牵魂摄魄的芦花。

雨中的芦花风华依旧，风起处，似雪飘飞，仿若寄托了某种情丝的精灵，随风起舞，逆风飞扬。这样的芦花，令我想起故乡的大雪。一片片洁白的雪花，厚密无声，纷扬而至，犹如奔放自得的舞者，于不经意间倾覆了整座小城。离开故乡的日子，这样的情景常会毫无预兆地侵入梦来，令我念念不忘。

那天，一直在西溪的雨中流连，路过一片又一片芦花，走过乡愁。那芦花好似懂我心思，一路摇曳，一路相陪。

办公室对面是小汤河，河床里长满了芦苇。清晨静谧，河床里的芦苇在晨曦中妖娆，顶着一头晶莹的芦花，在那里站成妩媚。日落时分，隔窗凝望，那芦花铺陈成一张宣纸，悬腕泼墨的人是谁？四季更迭，芦花以它特有的风姿伴我，像水墨画上的留白，令我浮想，让我神驰。

芦花是情怀，是寄托，是乡恋，是回不去的惆怅。命里的某个不经意，就让我充当了"游子"的角色，即使再不情愿，也无济于事。于是，把怀恋凝寄于某种风物，踏实温暖。

面前的芦花，静静地，张扬或不张扬，只是做好自己。看着它们，心端的喜悦弥漫而出，驱走了秋雨的凉薄。是啊，总是想把细碎的美好留住，用心记下。在孤单寒凉的日子里，偷偷温习。

　　一切的美，不是生命中的浮华，也不是空洞的感怀，是在时光中生长起来的各种生活细节。细节并不实用，而在于美感、诗意，在于能够生发出生命的无限意义。细节，使灵魂得以栖息，使生活得以充实，也令日子一环扣一环地温暖延续。不会偏执到枯等美好，也不会偏执到等光阴转身，烟花易冷世事无常，与那芦花的缘分落地生了根。只想说，我是认真的。

　　雨纷纷，秋意酣。

　　西溪的芦花在，河床里的芦花在，它们在水中生长，在风里飞扬，在日子的流转承启间美好。这芦花，成为一个细节，成为岁月更迭中诗意的延展。它柔弱而坚韧，它狂野而泰然。作为植物，它是朴素的，给大自然添一荡绿，赋一荡风雅；作为装饰，它是温婉的，许我的餐桌、案头一袭锦衣，沉静却不乏野性地狂放；作为中药，它是无私的，为病痛的人止泻解毒，止血疗伤。它的美，不虚浮，不空泛，散发着坚实自若的光辉。

　　爱极了做一个温柔的小女人的感觉，被恩护娇宠。可我也是个内心需要极大空间的个体，装独立的思想，装私密的心事，装自由自在的念头，就像一匹狼，不能没有它空旷的荒野和清冷的月光。这样的我，可似芦花？

　　在秋雨中，守住芦花的美，静待命里注定的延宕的高潮的到来。

白玉簪

白玉簪，花如其名。

每次遇到它，心里都会战栗，每次。像遇到心爱的人。

喜爱一切白色，白色的花，白色的衣饰，甚至白色的墙。白色在我心间，是最盛大、最饱满、最清澈的色调，安静素朴，令我欲罢不能。

第一次见到白玉簪，是在北戴河东海滩沿海的路边。初秋暮色中，和朋友一起自东向西散步，南边隔着马路，听得到大海潮汐涌上沙滩，又款款退去的"哗哗"声，轻柔执着，退去了白日的喧嚣，这天籁之声显得更加纯净，更加空灵，洗净铅华，让静谧的更加静谧，让安详的更加安详。北边路灯昏黄的光影里，树影绰约，把我们的影子拉得很长很长，倏而又缩得很短很短，走过一盏又一盏路灯，有种穿行在古老岁月里的恍惚。旧识，旧时光，即使默默无言，懂得的暖意也会缱绻在彼此间，只想就这么走下去，直到地老天荒。

刹那，和一种香气撞了满怀。这香气，唤醒了走在旧时光里的我们，两个人的目光在夜色中寻觅，昏暗中看到朵朵白色的修长的花儿，或婷娉，或低垂，或含苞，或微绽，馥郁的香气自它而来，霸道地弥散在空气里。这先形夺人的香气啊，霸气地钻入鼻腔，洞贯肺腑，侵占了血脉、细胞，整个人都变得净澈起来。脚步明显钝重了，不舍得移开，仿若与这香气曾有过私密的约定，我越过千山万水而来，在这个有风有月的夜晚，就是为了赴这场盛大而私己的约。所幸时光匆匆，我还未曾老去。一切，都来得及。

问路人得知这花儿的名字——白玉簪。

白玉簪，从此不再陌生。

每次遇到白玉簪，总忍不住多看几眼。它的叶子圆而宽大，弧形的叶脉疏落在叶上，飒爽利落，泛着玉的光泽。纤细的花梗从叶间抽出，顶着一头白色的花儿。花儿是修长的，管形漏斗状，盛开的花有六个花瓣，黄蕊白花，简单大方，自成气象。我曾轻轻抚摩过它，看似柔弱的花，却有玉的质感。指尖起落处，是坚实的，透着骨子里的清贵。尤其是未开的花骨朵，更有玉质的坚硬和凉滑。再仔细看花儿的形状，的确像插了美人发髻的白玉簪。

白玉簪，名副其实。

收拾旧物，衣柜底层的角落是我不肯轻易触动的地方。那天，却破例动了一下。伸手进去，触到一个锦缎的盒子，心头犹豫着是否继续。还没想清楚，手已经把盒子拿了出来，呈在眼前。红底锦缎上灿黄丝线绣出牡丹的形状，团团簇簇，层层叠叠地开着，有光阴的痕迹，却永不凋谢。手心轻抚，抚不平心头的涟漪，拂不掉经年的风霜。

心思凝结，也知道心间筑好的堤坝还不够牢固，会在打开盒子的瞬间溃散。索性，就任性一回吧。

盒子里，两个发簪并排放在一起，银簪和玉簪。它们独自散发着光华，金属的和玉质的。此时，我已泪眼蒙眬。透过温热的泪光，看到那两个簪子静静地躺在那里，不为我动容，不为我忧伤。这是外祖母留给母亲的念想，如今，它在我手里，成了牵系三代人的老物件。

我没见过外祖母，所有的旧事，都是从母亲那里断断续续听到的。之所以断断续续，是因为当年外祖母决绝而去，是母亲心底永远愈合不了的痛。在我的记忆里，母亲每每提及外祖母，都会言语凝噎，泣不成声。就连放有外祖母照片的相册，也是被深深尘封在五斗橱最深处，那是旧疾，也是顽疾。我曾偷偷看过外祖母的照片，黑白的光影里，一张沉静端庄的脸，发髻高绾，看不到发髻上用的是什么样的簪子，我猜，一定是白玉簪，就是母亲传给我的这只白玉簪。只有白玉簪，才和这样一张沉静端庄的脸相配；只有白玉簪，才和这样高贵清雅的气质相配。

外祖母是个美人。照片中的外祖母，即使迟暮了，也美，安然惊心地美。宽阔平展的额头，高高挺直的鼻梁，深陷的眼睛，大而有神，双眼皮，鹅蛋形的脸，棱角分明的唇线，圆润的下巴，自内而外透着股子清贵，傲骨铮铮的，贞静在光阴深处。她是家乡远近闻名的美人，嫁给家乡远近闻名的好地主。可是，地主，不论是好地主，还是坏地主，只要是地主，在那场浩劫中，就不得安生。

作为地主的外祖父去世了，地主婆首当其冲地成了被批斗的对象。白天，不是挂着坠着砖头的牌子游街，就是打扫脏不堪言的公厕；夜晚，还得躬身而立，读认罪书。她何曾这样卑微过，她何曾这样屈辱过，她又何罪之有啊！然而，在这场不分青红皂白的浩劫中，她逃不掉。那天，她倔强着，不肯挂耻辱的牌子；那天，她穿着清洗得干干净净的旧布衣，高高绾起发髻，云鬓斜簪；那天，她看了看没能力再呵护的儿女们受难的背影；那天，她喝下了藏了很久的敌敌畏。

任母亲再撕心裂肺地哭喊，也唤不回决绝的外祖母。她去了，与这个混浊的世界果断诀别。她，留给母亲无尽期的想，无绝期的念。小时候，我一直懵懂于母亲每每梦及外祖母时的悲戚。觉得时光可以冲刷一切，可以疗愈悲伤，母亲怎么就走不出去呢？直到那一天，母亲在睡梦中离我而去，没给我留下只言片语，没等我与她坦然作别，她就那么走了。想象中的床头尽孝，想象中的医院奔波，想象中的为她洗脸梳头洗脚换衣，想象中一切的一切，都成为不可能，我就这么永远地失去了她。此后，漫长的时日里，我都难过得不能自拔，我都温暖不了自己冰凉的后背。夏天，温度那么高，我却觉得寒彻骨髓。这时，我懂得了母亲的悲，懂得了母亲的哀，懂得了母亲的难以割舍。

如今，发簪仍在，有了我掌心的温度。然而，我的母亲，我母亲的母亲早已化为青烟，消散在风中。睹物思人，教我如何不想念？光阴之上，阡陌纵横。可是，我的外祖母，我的母亲，哪一条阡陌上能够寻得到你们的足迹？我是那么孤独，只能在静夜里悄悄舔舐无法愈合的伤口，只能在梦里重温往昔的欢愉；我又是那么欣慰，我的身体里流淌着你们的血脉，我的骨子里有着你们的傲气。原来，我们还是那么亲近，你们并没有走远……

夜深了，收回游移的思绪，收起手心里的发簪，合上锦盒，把它们轻轻地放回原地。锁住一段年华，让日子在烟火中安然继续吧。生死轮回的光阴里，逝者已逝，生者即使悲戚，也不能让生活过断在悲戚里。埋在心底。

又是初秋，于暮色中漫步林间，再见白玉簪，大片大片地兀自生长在路边，香气氤氲。遇见，我仍会心头战栗，也会心生暖意。

白玉簪，是无私的植物，整株入药。花朵既能做芳香浸膏，又能清热解毒，叶可治疗蛇虫咬伤，根有解毒、止血、消炎的功效。它对自己的美，自己的无私，是那么地不自知，只是扎根、飞扬。任我对它心牵意挂，任自己活色生香……

那深藏于岁月中的白玉簪，是不是也可以疗愈我的心伤？我想，会的。

花在，香在，香自花生，会有花和香的分别；若花香弥散，哪有两者？道是无常，人有情。

白玉簪，一期一会。

银杏

　　每个秋天，走进这个熟悉的院子，我的心都会充满无端的喜悦，笑容不自知地浮上脸庞，脚步跟着轻盈起来，眼睛呢，被缤纷的色彩迷得惊了心动了情地狂乱，不知该把目光落在哪里。心端洋溢着喜悦，除了喜悦，还是喜悦。

　　喜，是尘世中最平凡的快乐，是俗世里的好，是小孩眉间额头上的小红点，透着欢快，透着喜欢。悦，有婀娜的曼妙，是你我的初相见，刹那间倾了满城的江山。就是这样的喜悦，占领了我的整个秋天。

　　高大的法桐绅士地立在院子一角，居高临下地挺拔，却不傲慢，像一个稳妥的中年男人，笃静地安驻在岁月里。阔大的树叶在风中招展，叶的颜色沿着树枝向树梢的方向由绿而黄，直至娇黄。从我站着的角度看过去，清晨的阳光投射在粗壮的树干上，在接近树冠的地方，凝成一个光点，继而像将一团金色光球投掷进凋敝的沉寂里，光球碰触到坚硬的树干，绽放成烟花般四射的光线，将沉寂粉碎得片甲不留。那些光线，穿过交错的树枝、黄绿色的树叶投入眼眸。于是，那棵树，便形成一种金光四射的具象印入我的脑海。

　　看着那棵法桐，我无法移动脚步。怔忡之时，一条优美的弧线从天而降，什么，这是什么从我眼前飘落？收回注视法桐的目光，寻找从眼前划过的优雅身姿——是两枚结伴而来的银杏叶。蹲下身，将它们轻轻拾起，小心翼翼地放在手心里，仿佛拾得了一个极致的世界，它们定是与我有缘。在这个秋日的清晨里，穿越冰川纪，离开枝头来赴我的约。

　　这两枚扇形的银杏叶，静静地躺在我的手心里，它们的叶脉很独特，从叶柄的端点向叶子的每个方向伸张出一条条温柔的线，放射状，直至叶子的边缘，不似其他树叶的叶脉那样横生枝枝蔓蔓。线与线之间，默契着，保持恰当的距离，却又不游离于轨迹之外，彼此依存。就如心意间的你我，不论身在哪里，也能感觉到缱绻缠绵的温暖。叶子的边缘，是连续起伏的缺刻，透着雅致，蓄着风韵。整个叶子，似被世上最纯粹的明黄浸染过，温润饱满，像一幅逼真的工笔画，光色艳发，妙穷毫厘。

　　这叶子，定是在秋夜的某个时刻，与那澄明的月光有过心神间电光石火的契合，被天地间最灵气的明黄，赋了爱，赋了情，赋了妖冶的媚惑，笃定在枝头，等我。待我在树下流连之时，便来投我的缘。

　　远处的法桐，依然被笼罩在晨曦中，金光四射，显得遥远而不切身。我只能远远地观望，却无法贴近。抬头，看身边那一排亭亭而立的银杏树，俊朗挺直，昂首云天，正直得容不下丝毫通融，即使枝头缀满果实，也像直起胸膛的壮士，有着风萧萧兮的凛然。那凛然中，分明又透着秀媚，不然，满树的叶子，怎么会有那么勾魂的色调？把秋天洞贯得端丽明艳，给我的心底带来无尽清欢。

　　天空蓝得像幕布一样，银杏满树的黄叶与碧蓝相衬，是世间最和谐艳丽的搭配，唯有秋天，才承得起这绝色激滟。秋日里的晨阳清冽明媚，阳光照见的银杏叶，透着艳亮，闪着华丽的光泽；暗处的叶子，于光影里瘦出一种次第的美艳，没有单薄的嶙峋，只是我行我素的端然，直抵人心，让人觉得这世间，有一种寂寞叫高不可攀。

我，终于移动了明显钝重的脚步，捧着掌心里的银杏叶，告诉自己，不可以再贪婪。

把这两枚叶子带到办公室，用墨水笔在一片叶子上认真地写下"来与不来，你都在我心里"，在另一片叶子上郑重地写着"见与不见，你都在我命里"，再将它们交错地放在一起，像相依相偎的恋人，做成书签，送给你。

经年之后，那个书签，仍然会静静地停留在光阴的纵深里，不论你看与不看，它都安稳地存在。两片明黄的银杏叶，完美得没有丝毫瑕疵，干净、明媚地定格在你我的秋天。那么，就将这银杏叶做成的书签，当作我们"生死契阔，与子成说"的约定吧。在有限的生涯里，让我们相知相悦相承欢，不要刹那间的惊鸿，只要细水长流的浪漫。从此，我们做了那最柔情的人，为一朵花低眉，为一片云驻足，为一滴雨感动，为两枚叶倾城。

一整天，我都沉浸在秋天明丽的喜悦里，再美的绿肥红瘦，再惊心的姹紫明橙，都比不上这两枚银杏叶带来的欢喜，因为这叶子上，有你我的秘密。这场心意间的盛宴，就让它悄然隆重着隐蔽起来吧，贞静成简单的书签，静笃在云烟里，亦是永恒。这世上，不是只有烈酒才能醉人，不是只有热恋才会刻骨。有时候，一份清淡，更能历久弥香；一种无意，更让人魂牵梦萦；一段简约，更可以维系一生。

其实，我知道，最映衬内心的光辉，一定是最纯粹的。就似那银杏叶上艳烈烈的明黄，那是宁为玉碎的肃杀之色，那是高山流水的裂帛之声，就是一个绝。在时间的旷野上横刀立马，放眼望去，或许会雨井烟垣满目荒愁。有多少人擦肩而过永不再回头,有多少人有过交集亦终成陌路。唯有你我,是的,唯有你我,相惜相守不离不弃。在浮世狂滔中,修得一颗旷世的昭昭之心。你懂得,我的所求那么卑微,不要富丽堂皇的外衣,只要最烟火的相守。今后的今后,我不会再叩问因果,那懂得的慈悲,足以温暖我半生凄清。待华年老去,风霜满鬓,守着寂寥的黄昏,你我一起静看日落烟霞,与山水共清欢。

　　傍晚,我又从银杏树下经过,看到落在草地上的那一片片明黄的银杏叶,层叠交错,不言不语,顺应光阴的河流,春发夏华秋染冬萧,似磊落落地无牵挂。而我却知道,它们是沉落于人世间的活化石,有着孑遗物种的执着与清高,内敛风华,透出清冷的嚣张,把一份殷殷的情含蓄在张扬的明黄里,只等赶赴那场生命中爱情的饕餮盛宴。

金银忍冬

上班的路边，生着一种树，从春到冬。一次次与它相遇擦肩，却不知道它的名字。每每遇见，心底总会漾起小小的遗憾。春发夏华秋实冬藏，它以不同的姿态迎接我，以不同的风情等待我。我不知，它不愠。

萧冬已至，落叶纷纷。其他植物都显出颓败之相，只等来年再度荣华。而它，浓密的叶仍旧葳蕤苍绿，小小的果始终红亮剔透。与严寒相抗相生。我一而再再而三地从它身边走过，频频注目回首，却不能唤出它的名字，何等尴尬，何其歉疚。

知道它叫金银忍冬，是数月之前。偶然看到张茗老师的文《忍冬》，配以它的图片，才恍然而悟。

金银忍冬，忍冬，金银木，都是它的名。

金银忍冬，有金石之声，有负重的气度。一个"忍"字，给人坚毅壮阔的感觉。更何况"忍"的还是"冬"。我喜欢这个名字。

知道它的名，便开始细细回忆它每一季的样子。从记忆板上一一撷来，没有丝毫生疏，倒像是怀念旧友，心里漫起无端的温柔。

金银忍冬有两季最动人。

花季的金银忍冬，简直忘记了自己是棵树，拼着命地开花，那花像生在叶子和枝条的腋窝里，成双成对地开。花并不妖娆，初开为白色，随着时间的推移变成浅黄色。花型像手掌，从掌根生出嫩黄的花蕊，还有蜜腺。花蕊蜜腺交缠着，不细看，分不出彼此。

总觉得金银忍冬的花是佛手，是手捧莲花的佛手。即使它开得再拼命，再繁复，那白的花黄的蕊看起来也是那么清宁，安静。轻拂尘世的烟云纷扰，度人也度己。这花，的确是度人的。祛风解表，消肿解毒。当它于水中舒展时，会不会也是佛手的形状？

我从一树花开的金银忍冬旁走过，它送我满眼繁花，扑鼻芬芳。花开花谢，它的身旁，都曾有过我流连的目光。

雪后的金银忍冬，更有惊心的美。

大雪纷扬而至，落在地面，落在肩头，落在树梢。路过金银忍冬，忍不住停下脚步。倔傲的枝头上，叶子还痴心地长着，即使已被寒冷侵袭得面目全非，露出颓败之色，也不离分。这样的相守，似爱情。有一天，光阴老了，满面皱纹，相爱的人还会像金银忍冬的树叶这般相守如初吗？

日暗风横，不禁裹紧大衣。风吹雪落，那枝头上，分明还有另一种更夺目的颜色——红。晶亮的，小小的，红红的忍冬果，没在雪里，红白相间，是触目惊心的美。我屏住呼吸，看过去，不瞬目地看。仿佛一呼吸，雪就落了；一眨眼，忍冬果就掉了。是真美呀！不似雪后寒梅那么凛然，那么野性，小小红红的忍冬果楚楚可人，晶莹中透着股子韧劲儿。

经过严冬风雪洗礼，最后，金银忍冬的树叶到底还是落尽了。那小小的红果，有的随着树叶落于泥土，有的被鸟儿啄食，剩下几个倔强的，零零落落地挂在枝头，只是没有从前晶亮圆润，像经过打磨的红玉髓，透着暗红色朦胧的微光。风起时，在枝头随风颤动，在召唤，在等待，还是在暗自骄傲。是的，它的确值得骄傲，以金石之气，忍过了寒冬。

金银忍冬是有骨力的，可这样的隐忍，想来心疼。

初春，重读《廊桥遗梦》。窗外风吹树动，坐在窗边，泡了普洱，翻开书页。以为经历过世事磨砺的心已足够苍老，不会再像青春的女孩那样容易被感动。可是，我还是无以抵挡罗伯特·金凯德与弗朗西丝卡缠绵悱恻的爱情，以及由此衍生出的丝丝入扣的忧伤。在这样料峭的春寒里，我的心却滚烫滚烫的，眼眶温热，一如二十年前。原来，岁月改变得了容颜，改变不了易感的心。那么，就保持这份至纯至真的情怀吧，至少在循规蹈矩的日子里知觉没有结痂，亦没有在生活的茧壳里沦为奴隶。

八月里，罗伯特·金凯德开着旧卡车从华盛顿州贝灵厄姆驶向艾奥瓦，当他在路上蹭来蹭去寻找第七座廊桥时，一抬眼，看到弗朗西丝卡穿过草地向他走来。浑然不觉中，有一种无意识的注定的缘分在轻轻吟唱。他们不知道，这不经意的相遇，是命中的必然。在他的相机记录下她生出的第一道皱纹的这一年，他们在一起。相遇于幻想与现实夹缝里的爱情，激迸出炫目的光华，交缠于彼此的血脉里。分明，他们已向彼此走来很久很久了。虽然相会之前，他们谁也不知道对方的存在。这是两个灵魂之间的吸引与相遇。

夕阳，廊桥，厨房，阳光茶，香烟，指尖的碰触，摄影师，专职农家妇……越来越多的词被我从跃动的指尖敲出，形成一幅幅具象的画。

女人在夏天的早晨倚在一根篱笆桩上，或是在落日中从廊桥走出来，她疯狂地爱上正在照相的男子。他凝视着她，目光穿过她，绕着她，一直看到她身体里面。他给她拍出"模糊的透亮"的照片，她向他讲出生命里的渴望。不是眼前的平静宁和，是骨子里痴缠着却无以抵达的彼岸。这一刻，陌生的人不再陌生，而是产生了一种非普通意义上的亲近。

厨房是最容易拉近距离的地方吧。为陌生人做晚饭，让他切萝卜，也切掉了距离。暮霭转成蓝色，薄雾擦过牧场的草，烩菜还在慢慢炖着，弗朗西丝卡对罗伯特·金凯德产生了一脉温情，希望他不要太早离去。是的，做一顿饭的工夫，就足以让灵魂间相爱了。这个过程无须太久。

夜，星月都睡了。他的目光落在她身上，无法再离开。他洞穿她的空虚和悲哀。一种古老的，令人心荡神移，摄人魂魄的情愫滋生、蔓延。他无法克制地想触摸她皮肤的感觉，想她后背曲线是否同他的手合拍，甚至想她在他身子下面会有什么感觉。一树花要开了，要忘记自己是树了，要拼着命开花了。难道不是吗？花儿怒放的瞬间，有多大力气呀。谁也阻止不了花的开放。金银忍冬树上两朵佛手一样的花，相向而生，相对而开，自渡彼岸。

杉树桥下，罗伯特·金凯德豹一样敏捷地工作，让弗朗西丝卡着迷。所有与他有关的事情都开始使她觉得性感，连空气都透着暧昧的气息。然而她又是犹疑的，不知道他在多少家厨房、饭馆、灯光暗淡的客厅待过，不知道他见过多少纤纤玉手捏着白兰地杯子的高脚，也不知道有多少双蓝色圆眼睛、棕色长眼睛通过异乡的夜空凝视过他……这样的犹疑透着深刻的关切，和更深层次的爱，也是弗朗西丝卡更迫切的需索。她把她的私人浴室借给他用，为他做饭，为他给自己买新衣。他为她的灵魂和自然的美而倾倒。所有的感觉，所有的寻觅和苦思冥想，一生的感觉、寻觅和苦思冥想都到了他的眼前。我似乎看到灵魂因爱撞击出的火花，光艳夺目，摇曳生姿，穿过夜幕，划破寂静，绽放在夏夜的天宇。而这火花，又分明是金银忍冬于树草蓊蔚时开出的那一树花呀，不管不顾地开，芬芳繁复，肆意。花季有多长，它们就开多久。

弗朗西丝卡的灵魂，寻到了皈依之地，能翩翩起舞的天地回来了。多想时间就定格在一九六五年八月那个星期二的晚上，多想这个晚上能够被无限拉长。这样，就不会有分离了，就不会有忧伤了，就不会有思念了，就不会有隐忍了。《秋叶》在无风的夏夜响起，他拥她入怀，烛光下，厨房里，最烟火的地方，凝起最烟火的浓情，舞着，舞着……

　　托马斯·沃尔夫提到的"古老的渴望的鬼魂"在他们体内蠢蠢欲动，又宛若一江春水倾泻而来。一切都期待已久，一切都自然而然，温柔如水，又激越似火，越过河流、森林，闻到篝火的味道，听着火车汽笛呼啸而来，看到穿着黑色长袍的旅行者沿着结冰的河穿过夏天的草场坚定地披荆斩棘向着天尽头走去……一遍又一遍，他似豹子般掠过她的身体，她像一个奉献给寺庙的处女，献祭。此时，罗伯特·金凯德是物种演变终端的生命，是古老的最后的牛仔，弗朗西丝卡是那不勒斯翩翩起舞的姑娘。花儿开到荼蘼了，用力到忘了自己。抵死缠绵啊，我甚至为他们祈祷：天不要明！天不要明！

　　天还是明了。我看到心神绞痛，心力交瘁。

　　他对她说："我在此时来到这个星球上，就是为了这个，弗朗西丝卡。不是为旅行摄影，而是为爱你。"他求她为他做一件事："套上你昨晚穿的牛仔裤和圆领衫，还有那双凉鞋，不要别的。我要照一张相，留下你今天早晨的样子，一张只给我们俩的照片。"镜头里，她倚在一根篱笆桩上，穿着褪色的牛仔裤、凉鞋、白色圆领衫，头发在晨风中飘起……

　　周二到周四，三天，七十二小时，恨不得掰开以分钟来过。终是要面临抉择的，走，抑或留，都有道理。事实上，他们已完成了灵魂打破与重建的过程，有过了整个爱情完满的经历。只是乐曲刚刚演奏到高亢激昂之时，只是还没来得及演奏低回婉转的部分，这时结束，定会是意犹未尽的殇。

即使疼痛难当，也是必须要承受的。责任把弗朗西丝卡冻结在原地，她看着雨雾中罗伯特·金凯德的车子向西驶去，直到红色尾灯在雨和雾中消失，内心挣扎，撕裂地痛。一别天涯。

还好，爱情在心底，记忆在心底。但要忍着，抗拒着彼此的吸引，冲动悬于一发，当捕鲸船出没在海上，当长风掠过大漠，当日出爬上危地马拉独木船的桅杆，思念无处不在。罗伯特·金凯德离开艾奥瓦，弗兰西丝卡坚守在他们曾经痴缠过的地方。厨房、洗涤池、旧餐桌、盛白兰地的杯子、铜烛台、粉色连衣裙……一切还都在，只是没有罗伯特·金凯德。她订阅了《国家地理》杂志，仅仅为了能寻到他的一丝消息。甚至，她在《国家地理》杂志对摄影师介绍的图片上，发现他银项链上的小圆牌刻着"弗朗西丝卡"，这样的细节，她都能看得到。我看到弗朗西丝卡的目光摩挲过罗伯特·金凯德的照片，从灰白的长发到睿智的双眸，从高耸的鼻梁到性感的双唇，从颈间的银链到干净的衬衣，还在他额间的皱纹上流连了一下……那温情，漫散在照片的角角落落。方寸之地，爱意满盈。

多年后，西雅图酒吧，每周二晚上，罗伯特·金凯德都会到那里听夜鹰吹《秋叶》，在他们成为朋友之后，夜鹰被他的痴情所感动创作《弗朗西丝卡》。当麦克风传出：我现在要吹一支我为一个朋友作的曲子，名叫《弗朗西丝卡》，当夜鹰的管号吹出从来没有过的声音，那声音是为他们分离的那些年月，为他们相隔的那千万里路而哭泣，当第一小节的一句小主调像是在呼唤："弗朗……西丝……卡"，罗伯特·金凯德的内心一定是雨季，一定波涛汹涌，一定潮湿缠绵。多少个日夜的思念熬煎，多少次抑而又抑地遏止疯长的念头，那些风云过往啊，定在瞬间蜂拥而出，冲垮堤坝，冲毁防线。可是，罗伯特·金凯德只是用他两只蓝眼睛直勾勾地看着夜鹰，乐曲终了，笔直地站在桌边儿，笑着点点头，付了账，走了。我想，在他转身离开的时候，一定有大滴的眼泪冲出眼眶，那泪珠如雪后的忍冬果般晶莹透亮。

对罗伯特·金凯德和弗朗西丝卡的爱情，我只想说：这是两个灵魂的相爱与缠绵，是灵魂间的风云际会，是世间最纯粹而炽烈的情感。因灵魂间的吸引相爱，因尊重与责任擦肩。罗伯特·金凯德给弗朗西丝卡最后的信中写道："我把宝押在这个包裹不会扰乱你的生活上。……从一九六五年到一九七五年我几乎常年在大路上。我接受所有我谋求得到的海外派遣，只是为了抵挡给你打电话或来找你的诱惑，而事实上只要我醒着，生活中每时每刻都存在这种诱惑。"罗伯特·金凯德以一种近乎自虐的隐忍克制着去寻找弗朗西丝卡的念头，这样的隐忍，宛若严寒中的金银忍冬。梦短，天涯远，此情比水长啊。

"'当白蛾子张开翅膀时'，如果你还想吃晚饭，今晚你事毕之后可以过来，什么时候都行。"这个以叶芝的诗为引，被弗朗西丝卡钉在罗斯曼桥上的写给罗伯特·金凯德的字条还留着他的余温，而罗伯特·金凯德却已离开了这个世界。他把陪他浪迹天涯的相机、银镯、银项链等遗物留给了至爱的她。曾经抵死缠绵过的爱人，就这样一点点从她的生命中抽离，是怎样的裂痛。

罗伯特·金凯德走了，他的骨灰撒在罗斯曼桥。弗朗西丝卡走了，她的骨灰也撒在罗斯曼桥。他们的爱情，忍过了生命的寒冬，从此不会分离。我落泪了。说不清的情绪，也不愿意去弄清楚，有什么关系呢？凡·高说：没有某一种疯狂，看不见美。至少，他们的灵魂疯狂地爱过，他们看见过灵魂相爱缔造的纯美，虽幽幽孤索，却也潇洒风华，足够了。

忍冬属的英文是 honeysuckle，字面意思是"可以吸食花蜜的"。原来，金银忍冬的忍，是含着蜜的忍呀。这么一想，心里也就释然了。罗伯特·金凯德与弗朗西丝卡的爱情，是隐忍的，是含着蜜的忍，他们知道彼此在对方心意间的分量，为了现实中的责任而隐忍，而且也只有他们自己体会得到隐忍之中的甘甜。这样的爱情，是风中树头的忍冬果，被光阴打磨，沧桑却也含蓄生辉。

或许，我此生也不会有机会抵达罗斯曼桥，不能够亲眼看看红色斑驳、饱经岁月的而略有些倾斜的横跨在一条小溪上的古老的它，不能够像弗朗西丝卡那样从桥的一端看过去。这些似乎都不重要，重要的是一九六五年的八月，四十五岁的弗朗西丝卡和五十二岁的罗伯特·金凯德相爱，而这灵魂之爱会像部落民族的口述历史，代代相传直到永久。

暮色四合，风住了，书读到无字，茶泡到无色。金——银——忍——冬，从我唇边轻轻吐出，跳宕着，像调皮的孩子，漾开在初春的阳光里。明天，明天，明天就是惊蛰了，我的树儿，就要醒了。

夜交藤

夜交藤，这三个字一落笔，就变得鲜活起来了。

夜色下藤缠叶绵的撩人之境扑面而来，不着风流，却又尽得风流，有携风带月的妖气，有石破天惊的巫气，情而不色，狂而不野。藤原本就够缠缠绕绕了，一个夜字造出了氛围。夜色掩盖了很多东西，也赋予了更多内容，给人宽阔延展的想象空间，可情可爱，可歌可欢，可忧可喜，可寂可寞。交字就更不用说了，于无声处春雷滚滚呀。有境界，有动作，有事物，夜交藤，就活了。

这哪儿是植物，分明是诱惑。

夜交藤是何首乌的藤，每当夜色来临，两条藤就会相向攀爬，直至交缠在一起。晨曦冉升之时，交缠的藤蔓又渐渐松开，恢复日常。那状似人形的根，长出来的藤也是这般不同凡响，不得不叹服大自然的神奇，造物主的任性。

夜交藤昼分夜合的习性，让我想起合欢。合欢的叶和夜交藤相似，也是晨展暮合，但夜交藤三个字不似合欢那般内敛。合欢两个字有粉色的气息，是温存的暖意。夜交藤是火辣辣的红艳，有张扬的力道，霸气忘情。

　　我总是感性地将植物与一些日常事物联系在一起。仿似追求唯美的情怀，并不刻意，心里却始终有这么一粒种子。在不经意的时候，会冒出小芽来，探着稚嫩而追索的脑袋，好奇地张望。

　　将暮未暮时分，看怀素的狂草，真是一个绝。宛若看到怀素的银毫挥过之处，变成了极尽风情的夜交藤。那络绎而来的行云流水般的草体，这笔和那划缠连在一起，这字和那字神交已久。就那么落了笔，还又携了风月，看得人心旌摇摆，意兴连连。就是个和尚写的字，怎么会让看的人这么动心？那些字，仿若是一条条带着巫气的翠绿色的小蛇，吐着芯子，有十二分的诡异，就有十二分的媚惑。

　　我不懂书法，很自我地看。只觉得那狂草既亲切又疏狂，既铿锵又风情，既遒劲又饱满，是骤雨旋风，闪着电鸣着雷，是落花飞雪，着了春色夹着冬寒。每个字里，都有一个吃酒的和尚，身披袈裟，挥毫掣电，御风呼雨，墨香四溢，那般任性随意。每一笔都有破空之声，每个字都有裂帛之感。这些字是一场明目张胆的浩荡私奔，是一次无所顾忌的素色狂欢。看似凌乱无章、率性颠逸，实则从未丧失魏晋之风而法度具备。字字醉意横生若龙蛇行走，左盘右蹙翩似惊鸿。

　　根根狼毫是怀素的千军万马，他指挥着他们攻城略地，开疆辟土。时而吹角连营，时而狼烟四起，时而挑灯看剑，时而醉卧沙场，就是一个尽致淋漓。那一个个字，似夜交藤般冷艳性感，抵死缠绵。

　　放下怀素的狂草，坐在窗边的沙发上，看着被夜雨润湿的地面，这春雨真是懂人心思，清明时节纷纷而下，润物无声。是怕扰了我的清梦？其实，这个春天，我还没有开花，没敢开花。怕花开的声音惊醒土地的尘梦，怕裸露出那一世最深情的牵挂，我的心会想得疼。可是，我的眼睫怎么会挂着雨滴，不肯落下呢？是雨滴怕碎成一地的珠泪吧，会因无从拾起而痛。

暮霭从地面漫起，迷蒙出一眼的深情。那渐渐升腾的暮气，笼罩了我的河山。我陷落在阳台的沙发里，不思不想，不言不语。夜雨缠人，夜色撩人。夜是我的情人，与我可清可欢。似乎只有在夜色中，才能读到自己。已经逝去的记忆在夜色中趋进，现在在退场，未来在远方，而我简单得只会守住一处，没有多余的心思，因为我从来没有多余的爱情。

我和我的灵魂像两条何首乌的藤蔓，在这个独属于我的夜晚紧紧交缠。夜交藤就这样缠绵不息，让我与灵魂对视、交谈、互相抚慰，心生爱怜。这样的缠绵，把我和灵魂真实地连接在一起，摘下假面，星光的清辉涤净我的妆容，唯留素颜。于是，我们从开天的盘古到三国的江湖，从腕上的烟疤到飞扬的短发，从唐诗的丰腴到冰雪的北国，从黑白的江南到宋词的瘦婉，甚至赤裸裸的人性和体内原始的洪流……心到之处，无所不谈。

我感觉到灵魂的低温热烈，感觉到灵魂的狂野浪漫，甚至感觉到灵魂的放荡与呼啸。那些温婉与狂浪，那些温柔与犀利，那些妥协与不甘，都属于我。

我与灵魂夜交藤般的交缠，让我看到日常里不一样的自己。那些迷茫中不断地追索叩问，那些不肯放下的执念，那些曾以为的伤痛，那些自认为不能原谅的过往，以及那些浇而不灭的欲望，在这交缠中变得无足轻重。多欲则苦，想得太多，求得太多，便让自己的心不得安生。这样的交缠，让我放下陈疴轻装而行。

似乎懂了怀素，似乎懂了怀素的狂草。他的酒，他的笔，他的墨，他

108

的芭蕉叶，是他修行的道场，不论烈日如煎似熬，不论北风刺骨裂肤，从不停止。在他醉意横生之时心怀禅意，他在与他的狂草交缠之刻悟得禅机。那一个个夜交藤般的狂草，是他的修为。怀素的欲求只工于书法，锐意草书而心无旁骛。这样的纯粹，使得他的狂草超拔脱俗，洞达跳宕得无人能够超越。

怀素是大家，但"大家"这两个字太过正式严谨，我更愿意叫他和尚。总觉得"和尚"这两个字更生动单纯，与他那夜交藤般的狂草般配。"和"为三界统称，"尚"是至高无上。怀素，还是称你"和尚"吧，这个称谓于你，更贴切。

岁月无声无情，如砥砺内心的利刃。即使再不情愿，也挽留不住光阴的脚步。怀着一颗平常心在刀锋上行走，人生如此不易，更要对人慈悲，对己慈悲。学会慈悲，便得般若。

再看夜交藤，它常与合欢一起入药，养血安神。难怪我会由夜交藤想到合欢，原来它们真的有关联。很奇怪，这么有情有色的两味药，居然可以安神。也是，激情过后，归于平和。繁花落尽，云烟过眼，即使情未央，也是风烟俱净了。如此一想，也就懂了夜交藤。

是的，夜交藤，它是植物，是味中药，依自己的习性而生，集天地之精华而长，兀自修行，自渡彼岸。

第二辑

山水清欢

愿是那尾白鲢

我定是那水中的白鲢

在古老的村落守候

待你倦了漂泊

便来赴我的约

素心素面，素素的几行字，动了我的心。

倦了，累了，所以，我来了。

然而，我只是驻足，不能停留。

那销魂的桂花酒啊，余香还在唇间袅袅，却只剩下了怀念。对，是怀念。怀念那个月色迷离的夜晚，怀念那杯酒贪欢，怀念那曾经斑驳的心事，却不敢奢望永远。

我的眼，有了湿润的温热，即使那美妙的记忆如吉光片羽，毕竟稀世，藏起来，放在心尖，在孤单的夜晚，温习……

是夜，星稀月朗，你又翩翩而来，在我的心端，盛放那一树的温柔，尽情、尽兴、极致地回味吧！今晚，我是那尾白鲢。

夕阳无限，给绵延的山镀上微醺的光晕，给近处的水蒙上暧昧的薄纱，水边的绿柳拂呀拂的，叨扰我的思绪。湖的对岸，荷已败落，高举的莲蓬静植于水中，像一个骄傲的男人。那孔桥，南湖的画桥，牵马而来的，可是我的李慕白？再回眸，却是感时花溅泪的柔软。

深秋，将暮未暮的黄昏。宏村，这幅鲜活的中国画，驻扎进了我的心底……

宏村是世上少有的仿生村落，形似卧牛，那雷岗、那南湖、那月沼、那水圳、那民居，便是牛头、牛肚、牛胃、牛肠和牛身，而村头的白果树和红杨树是巨型牛角，村西虞山溪上架四座木桥，作为牛脚，形成"山为牛头，树为角，屋为牛身，桥为脚"的村落。它，做活了一篇水文章，做就了世间大传奇。

到宏村，是期然的，似与它早已有约，命中有这么一个必然。就如有缘的那个人，不论缘深缘浅，他总是会在某个转角处等着你，注定会有与他一起的或电光石火、或惊鸿一瞥、或擦肩。当然，也可能会是你爱的终结者，就此一生。

《卧虎藏龙》虽然斩获诸多大奖，却没吸引我。仅是宏村那映在水中的白墙黛瓦，就足以让我心旌摇摆，面对这遗世宁静的清白，我总是会失去抵御力，只那么一眼，就融进去了。

高高低低的石板路，走起来却不陌生，无暇顾及，投射到湖里的，是两眼的贪婪。山是水的发际，田野里摇曳着的麦穗，是逆风而飞的发丝吧，那桥洞和水中的倒影，便是明眸了，岸是水的唇线，我在唇边流连……

吻上吧，多想吻上啊，胶着在一起，就不会再分离了。

客栈老板大抵见惯了，也不催我，只是笑眯眯地站在那里等着，我甚至无力秒杀相机的内存，只是看过去，看过去。

薄暮，老村洗去了喧闹，湖边写生的孩子们收起画板，伸伸有点酸的腰身，隐进小巷的一扇门里。于是，想起已逝的青春，心微疼，那时的岁月，青青的，不染一丝一毫的纤尘。遇见和爱，都是那么干净。

漫无目的，就那样走着，踩着青石板路，听着脚步声，仔细听，有水声悄然应和。那轻微的潺潺之声，有如天籁，从遥远的时空传来，弹奏在心弦上。忽地，有想要贴近那水的冲动，随着它流淌，从日出到迟暮，度过一岁又一岁荣枯。

停下吧，停下脚步吧，月沼中绰约着大红灯笼的剪影，新月如钩，印在水中，此良宵，谁与共？执一盅桂花酒，怀旧的淡黄，是我喜欢的色调，几碟小菜，一个我。

水边，清风起，月色迷离，我愿是水中的一尾白鲢，守候命定的尘缘，是谁弄乱了清影，惹尘埃是非？我举杯，饮尽了风雪；我薄醉，面北思君；我参透，白了发鬓；红尘冷啊，红尘冷。

我不会迷路的，即使醉了心神，但有缘为引。

推开吱呀响的木门，昏暗中，老板坐在客厅看电视，古旧的大部头，木墙、木椅、木桌、两只净瓶，旧时光。像父亲在等待晚归的女儿，没有嗔怪，递过一只暖水瓶和一句关怀："天凉了，早早休息吧！"是家的温暖，淡去了漂的凉薄。缘在哪里，哪里便是家。

木床，是旧婚床，雕着一对孔雀，修长的雀尾，从容而美好，像过去的日子，和着烟火，才有味道吧。灵芝如祥云般环绕着孔雀，宁静欢喜。

被是新被，锦缎的被面，喜相逢，浅底，艳丽的花，旖旎着缠枝莲，红嘴鸳鸯缠绵着浅浅的忧伤。我总是不厌其烦地唯美，像在心底种了一粒种子，或者喜悦，或者破碎，倦了为止。

其实有起有落才是人生，明知缠枝莲会枯萎，明知鸳鸯会老去，明知艳丽的花儿会败落，明知喜相逢会褪色，却一心一意地想有朝一日拿起绣针，时光里，绣那么一个我的喜相逢。

枕着手臂，筑梦。

心底总有那么一幕，挥之不去。早春，水边，我是一尾白鲢，等待那个剑眉星目的少年，殷切得如荼蘼花开，放肆惊心。

光阴里，茶，喝到无味。书，读到无字。人，爱到无心。景，看到无形。

我还不想说再见……

一个人的法华寺

从宋城辗转回来，已是深夜，躺在床上，却不能很快入眠。半梦半醒间，恍惚听到诵经的声音，绵长、悠扬，带着美好的祈愿，虔诚而执着。在这诵经声中，又沉沉睡去，梦里有你的身影，于是，把脸贴在你的肌肤上，是我熟悉的味道和温暖。这味道与温暖，是尘世中颠沛流离时，最强大的依靠和最深情的照拂。梵音中，等来了那一声晨钟，天明了！

一个人在屋里兜兜转转，心里仿若被什么牵引着。简单吃了早饭，问客栈老板娘附近是否有禅寺，老板娘的回答令我踏实。附近确有一座法华寺，从客栈出去左转，会有路标。是座香火旺盛的寺院，许多人会在天未明时去上香。凌晨的诵经声，便出自那里。决定一个人去探访。

客栈出来，一路向东，走了二十多分钟，都是上坡路，微汗。路的两旁，有许多香和火烛还在幽幽燃烧，法华寺香火旺盛可见一斑。再向前，抬头便见法华寺的牌楼，十余米高，三进门，中间大门牌楼上，镌刻着金色的"法华寺"，高高独立于尘世之外，俯看众生，宏大而慈悲。因走上坡路而急促的呼吸平静了，我款款而行，冥冥中似有引领，沿着树木葱郁的路向上、向前。

寺院离牌楼不远，居于闹市而独具清幽，青烟悠悠，香火袅袅，凌晨上香的人已散去，安然静谧中透着庄严。法华寺，我怀着一颗恭敬虔诚的心来膜拜。站在法华寺的照壁前，读《重建法华寺记》，一缕韶光从照壁的檐角洒下，落在身上，清澈温暖。站在寺院山门前仰望，内心别无杂念，我是虔诚的信徒，怀着一颗赤诚之心，一腔执着之意，孑然而来，却并不孤单。山门边伏卧着一条小黑狗，睁着一双亮亮的眼睛看着我，没有丝毫戒意，或许人来人往它已司空见惯，或许它已被佛主点化，参透世事，不再用吠声表达情感，只是默默地注视着你、我、他。看到我，便是机缘？

寺院宁静，缓步迈进高高的门槛，左侧是鼓楼，右侧是钟楼，两边的植物在暮鼓晨钟的悠长里，繁茂生长，叶子闪烁着光泽，安静美好。这叶子有佛缘，知道该生长在哪棵树上。拾阶而上，怀着虔诚的心意和执着的祈愿，面佛。在庄严宏伟的大雄宝殿前，我微如芥子，却虔诚似磐。双手合十，佛前许下心愿。我静静地跪拜在那里，在诵经声中，听到你的真言。我的膝头，贴着你的温暖，额头触碰的地方，是你的鼻尖。轻轻地，佛知道我的心愿；静静地，你知道我的心愿。

大雄宝殿后，是法堂和藏经楼，正欲举步而上，却听到水声潺潺，循着声音望去，是一眼法华泉藏于法堂和藏经楼的台边，叮咚之声不绝于耳，在这肃穆清幽之地，有此天籁之声相伴，真是大造化。难道佛主也喜欢亲近自然？是的，万物皆有佛性，何必执着于某种形式，某个仪式，只要在心意间，足矣。难怪说"烦恼即菩提"，有了烦恼，离开悟已不远。

一脚迈进法堂，只见里面值守的出家人在打坐，怕惊扰了他参禅，又把伸进门槛里的一只还没落地的脚缩了回来，门前拜过，也是我的谦恭。再走回大雄宝殿前的广场，总觉得有种心意未了，却又捕捉不到，心底一一细数，没有找到出处。仰望大雄宝殿，它承载过多少人美好的祈愿？又被多少人恭敬地膜拜？曾保佑过多少人的喜乐平安？大雄宝殿静默，宝殿上的每片檐瓦静默，甚至宝殿的空气也静默。我知道自己的卑微，也知道自己的平凡，但我更知道佛前许下的昭昭心愿，不能靠等来实现。

徘徊在大雄宝殿的广场上，我还在寻觅心意间的那一念。广场两侧两棵树长得粗壮挺拔，枝杈错落，叶子密布在枝丫上，泛着光华，晶亮却不耀眼。这树受着佛光的恩泽，生得宁静慈悲，于无声中坚韧生长。走近树旁，想知道它的名字，当目光落在那三个字上时，我惊呆了——玉兰树。眼泪夺眶而出，模糊了双眼。任它流淌，任它的温热与汹涌纵横在我的脸上，然后再顺着双颊滴落在我脚下的佛土。

玉兰，和母亲有着相同名字的树从容地静植于土壤，不因承蒙佛光恩泽而受宠若惊，不因经历风雨沧桑而衰老颓唐。我就那样痴痴地仰望着它，它的每片叶子都散发着柔光，像母亲注视我的爱抚的眼神。透过泪光的晶莹，我仿若看到远在天国的母亲慈祥的面容；透过诵经的梵音，我仿若听到远在天国的母亲对我疼爱的叮咛。浮躁的心在那一刻平静下来，悬于心意间的一念化为一只蝶儿，翻飞在明媚的秋天。

岁月无痕无涯，悲欣无常无边。生死有命，何必苛求永恒。我是幸福的，在有限的生涯里，有母亲对我无限的疼爱。生有涯，爱无际。就在这佛前，就在与母亲有着相同名字的树前，有我最虔诚的祈祷，便是全部的现世河山。

回首，法华寺庄重依旧；低眉，我心愿依然。我愿与你在风一更、雪一更的华年里觅得禅音，愿与你在山一程、水一程的光阴里修得菩提。轻轻走出法华寺，心端是满满的慈悲与感恩。

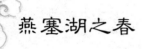

燕塞湖之春

　　整理电脑中的老文件时，看到一张和朋友在山海关燕塞湖船上的照片，尘封的记忆，在看到照片的瞬间，如水涌现，刻在记忆板上的文字依然清晰如昨。

　　那年春天，正当我在忙碌的职场东奔西突、不胜其烦时，朋友的一个电话解救我于危难之中：暖和了，出去走走吧，去燕塞湖。我像抓着救命稻草似的，连声说愿意。说来惭愧，在秦皇岛生活了二十多年，还真没去过燕塞湖。

　　去燕塞湖，是个阳光明媚的日子，我的心情也和这天气一样灿烂。春天的小岛还是很冷，海风刮在脸上，让我时时想起"二月春风似剪刀"的诗句。清新的空气、蔚蓝的天幕，还有无处不在的美景，在很大程度上抵消了我对"二月春风"的畏惧。湖见过不少，虽与燕塞湖还是初次谋面，但觉得没什么悬念，也就没抱太大期望。从从容容地在路上走着，一会儿看看刚探出头的小草，一会儿仰望头顶的白云，当那片湖出现在面前时，我却被震撼了。

那片平静湛蓝的湖水，就这样突然横陈在眼前，我失语般面对着那片湖，只是看着，看着……那水，静若处子，如平滑的镜面，映着两侧的山峦，嶙峋的山石、崖上的柏树、岩壁的棱角清晰地呈现在水面，似大自然拍的一帧照片。时间仿佛停滞了，只能听到耳边的春风低语，只能感到身后的阳光暖意，我已融进这景里，化身为岸边树上的一只鸟儿，却不敢鸣叫。

　　须臾，风起处，那帧照片变成了一幅长长的画卷，凹下去的地方深邃辽远，凸起之处澄澈清丽，一路迤逦，一波荡漾，山崖变得灵动起来，树儿摇曳生姿，山石峭然，岩壁的棱角泛着温柔的光晕，与水共舞。

　　燕塞湖原名石河水库，是万里长城东起的第一座人工湖。石河原是一条害河，每年夏秋两季，群山峡谷中的洪水在峭壁悬崖间狭窄弯曲的河床里奔出山口，泛滥成灾，冲毁庄田，断阻行人。但石河又是山海关城这座军事要塞的一道天堑，历史上隋、唐、辽金时期的许多征战，便发生于此。隐去金戈铁马的峥嵘，遁去剑斩楼兰的豪情，劈山筑坝，蓄水为湖，把往昔放荡横流的石河水，锁在山谷之中，被收服了的水，便像一颗明珠，镶嵌在巨龙长城的一侧，为城隘增添了奇光异彩。

　　穿过历史的尘烟，燕塞湖仍静静地横亘于绵绵山峦之间，两岸的峭壁悬崖重峦叠嶂，映得湖心苍翠晶莹。崖畔怪石嶙峋，又恰似石林景色，使人目不暇接。舟行湖上，时而狭窄无路，恰如三峡，时而豁然开朗，一片汪洋，给人以"山重水复疑无路，柳暗花明又一村"的诗般韵味。

　　此时的我，完全沉浸在燕塞湖的春色之中。微微发绿的山崖，在湖光的映衬下俊俏挺拔，湖心的"洞山剑峰"耸立于石河两支涧水交汇的深潭之中，遗世独立般与湖水脉脉对视。船在水中央，山在水面上，在光阴流转的纵深里，和着如歌似狂的前尘往事，一波一波地荡漾开来。我如一只投林的倦鸟隐入树丛，再也不想起飞。

橘黄色的落日余晖，给周遭的一切都染上怀旧的温情，夕阳渐渐沉没，天地间一片玄黄，而我，仍流连于这湖光山色之中，迷而不返。春发、夏荣、秋收、冬藏，在哀时光之须臾、感万物之行休中，把周遭的俗事抛开，将眼前的争逐看淡吧，世间的劳苦愁烦、恩恩怨怨，如有不能化解，不能消受的，不过驮这短短几十年，也就烟消云散了。若是如此，又有什么好解不开的呢？

于是，挺直我的肩膀与背，因为我相信那是生长翅膀的地方。在这片静谧的湖水边，放牧心灵。

姑苏流浪

　　我是一个随缘而惜缘的人，在不经意的时候，总会交到一些好朋友，萍萍便是其中的挚友之一。当你不刻意经营一份友情，这份友情却在平淡的岁月中变得醇香起来，这意外的欣喜与收获，足以让人生充满温暖和惬意。

　　当萍萍对我说："咱们去江南吧！"尽管已去过多次，但还是毫不犹豫地答应了。请假、请假、请假……过了数关，终于成行。

　　每个人的心底，都会有一块属于自己的心田，小心翼翼地种下一粒种子，等待它生根、发芽、开出灿然的花朵；而每个人的骨子里，也都会有一种放下羁绊，浪迹天涯的无拘无束的情怀。放逐我这颗名缰利锁的心，挣脱无形的牢，流浪。

　　十月江南，尽退夏日的氤氲热气，显得更加清丽、柔媚。苏杭最美十月天，十月姑苏，我来了。

　　到了江南，再有棱角的人，也会变得柔和，在白墙乌瓦的水墨画卷中，失了自己。其实"失"并不悲哀，而"得"到的那平静、那无为甚至那清浅才真正值得回味。江南是睿智的，在水的滋养中，于绵长的时日里自成传奇。

身在拙政园的时候，已是下午。阳光懒懒地撒在身上。坐在莲池边，荷已败落，只剩下莲蓬高高擎起，长满青苔的古树，优雅地伸向天际。眯起眼睛，尽情沐浴在秋天的光阴里。须臾，竟有清风吹来，没有秋的清冽，如情人的目光轻盈、抚触，我定是醉了。

亭台轩榭的错落中，任自己游走，心情亦如绵绵白云般放松，在我的世界里，没有钟表的嘀嗒声，摒弃缠附的藤萝，心端流淌着的，只是简单的、归真的快意。辗转的时候，发现这园林似遗世独立于天寰，却不着时间的痕迹，在无一雷同的诗书气华中兀自芬芳。

园林自是离不开那水、那廊桥。当你坐在水边，我愿是那一尾闲鱼，无意中闯入你的眼帘，与你永生凝眸；当你行在桥上，我愿是那桥边的小轩，在梦中与你执手相望。在每一个角度，感觉是不同的，或娇柔、或突兀、或博大、或温婉，给你不同的心情与期待，我沉溺了……

遣散了欲罢不能的情丝，夕阳的余晖却已给周遭镀上了一层暧昧的光晕。不能说是流光溢彩，只是给人一种"独立小桥风满袖，平林新月人归后"的宁静。夜色渐次袭来，我似在辽阔的空间中看见了古往今来。是告别的时候了，却不会有一丝怅然，因为是尽兴了的。

姑苏就是这样，有娇媚的神韵，也有坚硬的内涵。如果说拙政园是一群婀娜逶迤的少女，那么虎丘便是气宇轩昂、玉树临风的潘安。在虎丘，感受更多的是深厚、是跌宕，甚至还有沧桑。

因为虎丘塔、因为剑池、因为千人石、因为……因为这些因为，虎丘注定与帝王结缘，然而却未沾染丝毫霸气。大抵是江南的风骨幻化了凌厉，使得莫邪的献身不那么悲壮，吴王的暴虐不那么鲜血淋淋。

我宁愿在仰首虎丘塔时，欣赏它不露神色的变幻；我宁愿坐在千人石上，聆听隔世传来的禅语；我宁愿在风壑云泉的剑池前，让清凉浸彻心脾；我宁愿依在长满青苔的石墙上，去思念几千里之外牵挂我的人，也不愿把血雨腥风糅进这一水、一木、一石、一塔中。

　　也许，是我太过于感性。也许，正是这缠绵悱恻、正是这剑拔弩张、正是这烟雨弥漫、正是这许多高深莫测的未知，才是地地道道的姑苏韵致吧。

　　　　轻雾烟波浸东吴，
　　　　缥缈绰约夜姑苏。
　　　　重阳月桂暗香动，
　　　　水墨江南寒山孤。

　　轻轻地，留下几言，为姑苏；慢慢地，悄然远离，再回眸。

　　走出去，是为了寻觅，而归来时，必定带着妙悟。归去来兮，我，在姑苏温软的时光里，流浪……

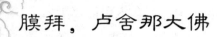

膜拜，卢舍那大佛

经常会有这样的感觉，准备做一件事，或计划一次旅行，在未开始之前，那种企盼而迫切的心情，总会因按捺不住而常常流露出殷切的欢喜，但当时间临近，却又变得释然了，仿佛一切就该是这样，该来的，终究会来。龙门石窟于我，便是这样一种情结。

在万人攒动的熙攘中抬起头来，"龙门"两个字赫然印入眼底，迎着伊水飘来的湿润的风，有一种忧郁的情绪缠绕在心端，是历史厚重的气息使然吧。

第一次见到龙门石窟的卢舍那大佛，是在邮票上，记不清是哪年发行的了。那慈悲的面容，能容纳万事的胸怀，普度众生的神态，微微浮起的唇线，令人体会到旺盛的生命力和鲜活的艺术表现力。那大佛在冥冥中一直牵引着我，终于，我来到佛前。

伊河在伊阙峡谷间潺潺流淌，分列在两岸的香山与龙门山对峙千年，这里自古为险要关隘，交通要冲，兵家必争之地，因为山水相依，使得环境幽静，气候宜人，颇得盛赞。唐代大诗人白居易曾说："洛都四郊，山水之胜，龙门首焉。"又因这里石质优良，宜于雕刻，古人便择此而建石窟。面佛的一路，大大小小的石窟星罗棋布，万象生辉。

我的心底，虔诚与感恩同在，执着与敬仰并存，走在接踵的人群中，却不觉喧闹，只觉得在空灵中款款而行，一路都是佛的指引……我似乎看到了自己的前生，那是一个碧绿的叶子，顽强地生长在大树的躯干之上，经风历雨，岁月依依，迎着阳光，温柔着无畏的光华，妩媚着生命的记忆。此时，那阳光又无私地洒在我身上，佛光穿透时空，眷顾于我。顾盼之处，皆是佛！

龙门石窟开凿于北魏孝文帝迁都洛阳之际（公元 493 年），之后历经东魏、西魏、北齐、隋、唐、五代、宋等朝代 400 余年的营造，其中北魏和唐代大规模营建有 140 多年，形成了南北长达 1 公里，具有 2300 余座窟龛、10 万余尊造像、2800 余块碑刻题记的石窟遗存。最大的佛像卢舍那大佛，通高 17.14 米，头高 4 米，耳长 1.9 米；最小的佛像在莲花洞中，每个只有 2 厘米，称为微雕。仅看这些数字，就足以令人讶然，这是何等规模、何等气势。

一路流连，那些形制瑰异、琳琅满目的文化艺术品在绵长的岁月长河中，散发着独有的光辉，虽历经风雨洗礼，却仍保持着本真的姿态，即使有的早已面目全非，但原本的佛形、佛性没有丝毫缺失，从容自若地任时光流逝，任凡世更迭。

须臾，只觉一股庄重、肃穆却又宽容、博大的氛围笼罩在身旁，目光所及，是震撼。卢舍那大佛典雅、安详地盘坐于八角束腰涩式莲座上，在神圣与恢宏交织的崖壁间，明丽秀雅、雍容高贵的气势，直上云天，那浑然天成的浩然大气，令每一个膜拜他的人油然而生敬畏之情。

站在佛前，举目凝望，大佛的发髻呈波纹状，面部丰满圆润，眉如弯月，目光慈祥，眼睛半睁半合，俯视着脚下的芸芸众生，嘴边微露笑意，显出内心的平和与安宁。他的表情含蓄而神秘，严肃中带有慈祥，慈祥中透着威严，威严中又有着神圣与威武，是神性和人性完美结合的典范。

覆盖着全身的舒缓衣褶，飘逸而浩荡，神似流水。大佛的身后光艳夺目，是马蹄形的神光和宝珠形的头光，身光上冉冉跃动的火焰纹，以及飘然欲动的飞天，给大佛以舒适悠然之感、器宇轩昂之势。尤其那三层熠熠生辉的头光，加上长长的内削而下垂的耳垂的质感，使其更加清丽幽静、厚重庄严，令人领略到含蓄而蓬勃的活力，彰显着华夏文化的博大精深。

大佛的目光永恒、恬淡、慈祥而智慧，我的心，变得恬然平静，佛光中，我的灵魂跪拜在佛前，五体投地。

伊河的风，在耳边低语；伊河的水，在眼前流淌。人生路上，已跋涉千里，历经的苦辣酸甜，都已不再重要，此时，我的眼睛是潮湿的，但我知道，那里没有苦涩，唯有感恩。感恩赋予我生命的父母，感恩给予我幸福的爱人，感恩生命中每一个帮助过我的人，甚至我的"敌人"。

我不愿意去想来生来世，只希望今生今世能与爱的人相伴相守，希望今生能过得简单、快乐，实现我卑微的愿望。

佛前，许下莲花般的心愿。

樱花树下的流连

又是"乱花渐欲迷人眼，浅草才能没马蹄"的人间三月天，丰富的色彩不断冲击着蛰伏了一冬的萧条视野，心也随着天气转暖而柔软起来。去玉渊潭公园看樱花吧！这是和朋友去北京之后，计划外的惊喜。

放飞的快乐，驱走了几天来的阴霾。清晨，呼吸着初春北京清冽的空气，走在行人还算稀少的路上，想起周总理写的小诗："樱花红陌上，杨柳绿池边；燕子声声里，相思又一年。"正是"又是一年春来到"，思绪在春天的空气里飘荡，因为想起这首小诗，平添了一丝怀旧的情绪，一直在心底深深埋藏的情愫，不断升腾、弥漫，绽放在初春北京的街头，心是那么轻快，和着微风，自由舞蹈。

晨阳中，玉渊潭公园似一个梦中初醒的少女，施施然，张开了眼，那泛着微光的湖水，是顾盼的明眸；那湖边的绿柳，是飘逸的秀发；一朵朵盛开的樱花，是飞舞在裙裾上的蝶儿，黄的迎春、绿的小草，点缀其间，而我们呢，是不是生命中那不期然的遇见？遇见这湖，遇见这树，遇见这樱花，是我们的福分吧。

　　玉渊潭公园可谓历史悠久，早在金代，这里是中都城西北郊的风景游览圣地；辽金时代，这里河水弯弯，一片水乡景色，有封建士大夫们追求隐逸雅趣的"养尊林泉""钓鱼河曲"等风景名胜。历经几个朝代的历史变迁，玉渊潭公园随着年轮不断改变，成为北京近郊规模较大的公园之一，主要由西面的樱花园、北面的引水湖景区、南面的中山岛、东面的留春园等组成。这里水阔山长，得天独厚的环境和近代较少的大规模建设历史，成就了山上杨槐林立、水岸垂柳依依、湖边水草茂盛的自然野趣风格。公园每年春季举办的"樱花赏花会"国内知名，荟萃两千余株樱花的"樱花园"，在春风中树树绯云绛雪，赏花人潮如融融春水涌动，成为京城早春特有的景致。我们，情不自禁地融入了这独特的景致中，乐而不返。

　　走在园中，满眼都是粉嫩玉白的樱花，一团团一簇簇，有的含苞，有的怒放，有的半开半合，有的欲诉还休，有的落落大方，有的风姿绰约，有的……看迷了眼，看醉了心，只觉得这朵朵樱花，都似一个个少女，把春天荡成了秋千，流连在初春的五线谱上，浅吟低唱着，漂泊的春情漫过富士山，在华山夏水的水墨画中，舞动着水袖。

　　我徜徉在这粉色的梦中，仿佛回到二八时光，让春风细雨打理着青春的行程，那么，我会不会也是那一朵樱花，努力地绽放在枝头，把生命中最鲜活、最真挚的灿烂和激动融入赋予我生命的大树？

　　那枝头的花朵，由栗色的萼片擎托着，花瓣的颜色由深到浅，浅的顶端是缺刻的凹形，像上唇的弧度，妩媚而有质感，嫩黄的花蕊，在风中微微颤动，那么轻柔，却又于无声中撼动着心灵深处隐秘的时光，流淌出记忆之海中最最温柔的曲线。

　　我的目光，凝视着樱花树的树干，光泽而柔滑，闪着暗栗褐色的光华，横纹错落地布于树干的表层，而那横纹的形状，却像一个完整的吻印。我惊异于那一个个近乎完美的吻印，用手轻轻地触摸，仿佛触到那树的灵魂。那是一幅深邃而激越的图画，大树用他强壮的体魄，擎起每一个枝丫，努力地伸向远方，以他宽阔的胸襟滋养着每一个叶片，每一朵小花，让她们怒放出生命中最绚烂的姿态。

　　静静地坐在树下，听樱花低语，细细切切，是在诉说对大树的痴恋，还是在感念春天的温暖？轻风吹来，落英缤纷，花瓣飘摇而落的身姿，优雅从容，没有丝毫"摇袖立，春风急，樱花杨柳雨凄凄"的惆怅。在那花瓣飘落的瞬间，我祈祷生命中一切美好永恒。

忆西溪

窗外，秋雨忽大忽小，时而丝丝缕缕，在空中画着美丽的线，时而噼噼啪啪，如热锅炒豆，且急且缓地奏着秋天的歌。明黄的叶子、绿色的叶子、艳红的叶子在风中和着雨声飞扬，清晰的脉络，诉说着生命的经纬。窗前的草地，已蓄满了水，未枯的小草努力探着头，好奇地观看着这场秋天的盛会。

思绪飘得有些远，恍惚中，竟然分辨不清自己身在何方。我似乎看到了海的辽远，耳边的雨声，可是海浪追逐的脚步？我似乎又看到了湖的清宁，那落在湖面上的雨滴，可是寻到了归依的安然？不对，我看到的，分明是那一荡芦苇、一泓碧水、一叶载不动许多愁的小船。郁达夫的文字不断在脑海中出现：一片斜阳，反照在芦花浅渚的高头，花也并未怒放，树叶也不曾凋落，原不见秋，更不见雪，只是一味的晴明浩荡，飘飘然，浑浑然，洞贯了我们的肠腑……

水边，微醺的风轻拂着我的脸庞，似有似无地在发丝间穿梭，低垂的柳枝和在水边生长的水草随风摇曳，周围是幽静的清寂，深深地呼吸，湿湿的空气中，有清冽的气息。水亦是安静的清澈，像在执着地等候着谁。是在等我吗？我不敢出声，怕因自己的闯入而破坏了这份清幽，又似想和这一汪静水捉迷藏，不小心却在水中映出了自己的影子。

这是我梦里的西溪，也是我眼前的西溪。终于，在我魂牵梦萦了多年之后，来到了你的身边。

如果说西湖是人工雕琢的翡翠，那么西溪便是不加修饰的璞玉，宛如红尘中的原始净土，到处是天然的野趣，但却又是那么淡雅、清远，不张扬、不浮躁，外界的喧嚣丝毫不会影响到她，与世无争地伫立在那里，守候着每一次日起月落，然而岁月在这里是停滞的，你能感觉到的，只是步移境生，出了这个画卷，又入那幅水墨，那天、那水便是留白，任你抹上落霞，任你添上孤鹜。

小船荡在水上，向西向北，水路一条连着一条，行到了尽头，再一回转，却是另一番景致。水依然是水，岸却变得蜿蜒，刚才分明是老樟树的树枝伸到了水的中央，现在却是那高大的桑树与船为伴。一阵清香扑入口鼻，原来是船家送来的大碗茶，白色的瓷碗盛着茶水，色泽醇厚，先不用品，光是看着，就能想象得出那茶香的馥郁。

水面被风吹出丝绸般的皱褶，又向远方荡漾开去，划出优美的弧线，一波追逐着一波，却又不急不缓，连水晕都是那般优雅。目光所及，圆桥茅舍，细竹蓼花，白云流水，疑是天上人间。那守在水边的小桥，痴望着船上的我，你知道，我是穿越万水千山，来与你相会的，只需惊鸿一瞥，就知彼此的心念。我的心，在时间与空间中游弋，心底流淌着对你生生不息的眷恋，多想与你一起抛开世间的羁绊，就此过起闲适的生活，与鱼嬉戏，和虾为伴。

船头移转时，我呆住了，不能分辨眼前的一切是真是幻，那漫天的白色，是冬雪？是棉絮？还是……不对，她分明是灵动的，绿的腰身纤细着白色的繁花，不骄不躁兀自舒展着，我被这眼前的温柔迷醉了。草长云低，风吹水皱，这漫天的芦花，就这样赫赫然地扑面而来，无声地占领了整个世界，却又透着淡然。真想浅浅地睡倒在这里，让思绪、芦絮一起舞动，变成一只精灵，与她简单地相守。

上得岸来，一条幽深的小巷，在静静迎候着我，经历过秦风汉雨的青石板路向前延伸，如今我又把足迹印在上面。那檐下托腮沉思的女子，目光流转，眉宇之间浅淡的忧伤，可是写满了思念？我的心境，与这白的墙、乌的瓦、碧的水、木的屋、静的岸悄然契合，此情此景，似在梦中重现过，这可是我的前生？我定与这西溪有缘。

面对西溪，任何的语言都是那么苍白，她以她的清丽、以她的幽寂、以她的温婉、以她的风雅，驻在每一个曾经与她邂逅的人的心底，不能忘怀！

"风到这里就是粘，粘住过客的思念，雨到这里缠成线，缠着我们流连人世间……"不知从哪儿传来的歌声唤醒了坐在窗边发呆的我。眼前的风、眼前的雨、眼前的景、眼前的人告诉我：这是实实在在的生活。那么，就在刚刚，我可是又一次梦回西溪？

初冬的海

清晨，沿着海滨栈道一路向西，身旁大海相伴，北归的鸟儿在头顶盘旋，海浪声伴着闲闲的脚步，初升的太阳把身前的影子拉得很长，没有丝毫寂寞的感觉。初冬了，平日熙熙攘攘的海边已变得清寂。但我喜欢这种空旷，冷清却不萧瑟，贪婪地享受着蓝天大海、晨曦候鸟的陪伴。就这样走下去，简单地走下去，不思不想。

空气是新鲜的清冽，从鼻腔直到腹肺，整个人像刚刚被这清冷沐浴过一样，自内而外散发着朝气，没有丝毫瑟缩，这种通透的感觉，有多久没体会过了？一直混沌在自己的世界里，麻木地行走在每天的时光中，倏然清醒时，却发现这一年又要稍纵即逝了，没有总结，不愿回顾，只想倒空。在这个清晨，面向大海，倾心所有。

海面泛着微微的亮光，那海水是有灵性的，一波一波地向沙滩涌来，不急不缓。那节奏，是低语倾诉，也是按捺不住地欢唱。即使这海水知道，下一刻，可能会被冻成凝固的姿态，也仍然执着地奔向沙滩，海水清楚，不能错过与沙滩的每一次相拥，而它也相信，终会有来年冰雪消融的一天。

当你面对大海时，会发现压抑的不快、积累的沉闷，已经不知所踪，甚至让你沾沾自喜的小快乐，也在心底不留痕迹。能放下的，都会放下，不能放下的，也悄悄躲了起来，怕被这海风涤去，再没时机占据你的脑海。

多年来，习惯了海的陪伴。喜欢海浪拍岸的雄浑之声，海浪涌来，以昂扬的气势拍击岸边的岩石，那浩瀚之气，那无以抵挡的声势，破空而来，全力一击，浪花飞溅，在空中化为精灵的舞蹈，闪着晶莹的亮光，之后再回归大海。即使是海浪击岸退去，也尽显着恢宏的气象，全无英雄末路之感。喜欢海风的吹拂之力，秋去冬来，海风变得愈加强劲，这种时候，人们往往不愿意到海边，那些偶尔冒出的"去海边吹吹风"的小资念头，不是真正喜欢海的人具有的。一个对海有感情的人，同样喜欢那凛冽的海风。迎风而立，临海而歌，那透彻的快感，你可体会过？站在海边，任海风把头发吹得如菊花般绽放，任海风把衣衫吹得像面包般鼓胀，在耳边呼啸而过的，是海风的呐喊，脸上感觉到的，是海风的凌厉。那是有性情的风，那是豪迈的风，那是不折不扣的风！

记得上学的时候，每个早晨我都会从学校跑步到海边，站在朝阳初升的海滩上，尽情享受晨阳的抚慰。这时的海边，静静的，走在松软的沙滩上，看着自己深深浅浅的脚印，听着海浪"哗哗"地低唱，新的一天，便在笑容满面的清晨开始了。那些时光，基本是无忧的，即使有心事，面对大海时，纷扰心神的事情也会变得渺小，只会专注于海的韵致，专注于心灵与海的交流。

最喜欢的是，小雨的时候，去海边走走，打着伞，让雨水和着海水舔着光脚丫，耳边是雨滴和伞协奏的天籁，脸上是潮湿的微风轻拂，清凉惬意。通常，这种时候，我总会和姐姐一起享受，说着闺密的知心话，发着"少年不识愁滋味"的牢骚，听着喜欢的歌……那份舒适与温馨，是刻在记忆板上最甜美的回忆。

慢慢地，疏离了海，一年去海边的次数，越来越少。借口很多，忙事业、忙生活、忙这忙那，唯独没有留时间"忙心灵"。终于，在这个初冬，让自己回到了海边，涤荡尽心底的尘埃，深呼吸。

这世间，每种事物都有自己的生存之态，金骏眉不会因为自己的浓郁而羡慕龙井的清澈；铁观音不会因为自己的馥郁之气而模仿普洱的浅淡之香；沙滩不会因自己的安稳而追求海的灵动；初冬的海，不会因为清寂而放弃对严寒的向往。同样，我，只是我，不会因为遭遇寒冬，而拒绝对春天的畅想。

初冬的海，在我身边，以它特有的寒冷、特有的风情、特有的性格陪伴着我……

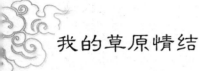

我的草原情结

在一个城市生活了二十几年，却仍觉得自己是一个游离于这座城市之外的人，也许是根植于骨子里的对塞外的热爱使然。钢筋混凝土的森林，阻挡了倾泻而下的阳光，川流不息的四轮铁家伙，污染了清新的空气，令我更加想念家乡那湛蓝的天空、团簇的白云和跑马扬鞭般的畅快。

终于等来一个和同事相伴去张北中都草原放纵的机会。草原虽不是家乡的草原，但只要是逃离城市，回归自然，心底的快意便会油然而生。

坝上草原千百年来，是畜牧与农耕文明碰撞与交汇之地，铸就了历史上无数次的辉煌。而美丽、神奇的中都草原便位于这块广袤无垠的土地上。中都草原是内蒙古锡林郭勒大草原的重要组成部分和精华，是纬度最低，距北京最近，保护最完好的原始草原。

中都草原度假村沐浴在大自然的怀抱中，是大自然给予它生命，从而形成了源自生命本真的最纯洁、最朴素的美。除此之外，悠久的历史，辽远的文化，更使中都草原显得灿烂深邃。

一路颠簸，顺利到达目的地，当那片绿色闯入眼底，我的心啊，飞也似的，仿佛要跳出胸膛弃我而去。真是束缚得久了，压抑得久了，稍微的放松，便是这般欢喜。

脚踩在茸茸的小草上，有些受惊吓，怕踩疼了它们。一定是被平日城市里无所不在的"小草青青，踏之何忍"的标语吓坏了。看别人坦然地走着，这才长出一口气，放下心底的小心翼翼。

奔跑，耳边是"呼呼"的风声，像心底发出的呐喊。宣泄着的情绪，如滔滔长江水，汹涌而出。张开双臂，仰望苍天，在这天与地之间，我是如此淋漓。此时，我似那空气中的氧离子，轻盈地落在草尖，在阳光暖暖的抚摩下，跳着幼稚的舞蹈，怀揣孩子般简单的喜悦；此时，我又似那风中的一粒尘埃，随风而飘，四海为家，轻得没有分量，却又执着着自己的执着。我听得到自己因奔跑而显得粗重的呼吸，这种彻头彻尾的无拘无束，已经有多久没享受过了，久远得寻不到记忆的线索。奔跑吧，尽情地奔跑。

当我坐在地上，同伴已经被我甩得老远，他们一定以为我疯了，疯到了不知疲倦的程度。可他们哪里知道我的快乐？恣意地躺下，穿的衣衫有些单薄，小草尖钻到了衣服里，扎着皮肤，痒痒地舒服。喜欢这种感觉，这是和大自然最亲密的接触。几朵小花点缀在草间，黄的、红的、粉的、白的，随性生长，这是自然的地毯，像小时候一样，打几个滚吧，感受那投身大地的不折不扣。听到同伴在不远处惊呼，他们一定是被我惊着了，没想到平时看起来文文弱弱的我，会这般不羁奔放。

白云从头顶飘过，像一只只小羊儿放在牧场，闲闲散散地漫步，我也想像那云朵一样，自由自在地飘来荡去，无边无涯、无牵无挂。眯起眼，尽情地让阳光晒着吧，这时候，还怕什么紫外线，直到晒成古铜色，更会令我狂喜。几年的城市生活，使我原本像小麦一样的皮肤变得白皙，可心底，还是怀念本色的自己。同伴的脚步声近了，坐在我身边："丫头，是不是找到回家的感觉了？"我笑而不答，忽然起身，把她推倒在草地上，在她的高呼声中跑开了。我也挺坏哩！

撒着欢，打着滚，兴奋着，不知不觉到了中午，这时才觉得肚子已经在打官司了，午饭的丰盛，远远出乎我的意料，这也体现了坝上老乡的厚道吧。凉拌野菜和手抓羊肉是我的最爱。在城市里，我基本不吃羊肉，那入口之后的老柴之感，总会颠覆我对羊肉的向往，干脆拒绝，免得破坏了心里尚存的美好记忆。这儿的羊肉，光是看着就知道它的鲜嫩，那味道自不用言说，下手吧，还矜持什么。酒，是烈酒，入口之后强烈的刺激感，让你忍不住呼出一口气，粗犷豪放的气概在胸中陡然升起，恨不得现在就骑上骏马，策鞭狂奔。

马定是要骑的，狂奔却有些忌惮，许多年未在马背上纵横，我这已经被养娇了的筋骨还经得起颠沛吗？骑上马背的那一刻，忽然找回了自信，我可以！马儿奔跑在草原上，风在身旁做伴。这时，我想大声高歌："我立马千山外，听风唱着天籁，岁月已经更改，心胸依然在，我放歌万里外，明月与我同在，远方为我等待，心澎湃……"跑调了，跑调也唱，唱给自己听，唱给草原听，唱给马儿听，怎一个"爽"字了得！真是"极目青天日渐高，玉龙盘曲自妖娆。无边绿翠凭羊牧，一马飞歌醉碧霄"。

老舍的《草原》，不知读过多少遍。每读一遍，都会勾起浓浓的乡愁，却又忍不住再读。想从那字里行间闻到家乡的气息，找到熟悉的留恋："这次我看到了草原。那里的天比别处的天更可爱，空气是那么清鲜，天空是那么明朗，使我总想高歌一曲，表示我的愉快。在天底下，一碧千里，而并不茫茫。……"

欢乐的时光总是稍纵即逝，我试图挽留再挽留时间的脚步，可终是徒劳，依依惜别之情从心底弥漫上来。我原本是一个拿得起、放得下的人，今天却变得犹疑。默默站在草原，心底萦绕着一句王维的诗："大漠孤烟直，长河落日圆。"这里不是大漠，却与大漠有异曲同工之妙，有血脉相连之感，苍凉的无奈浸入心头。远处，牛羊已牧归，红红的太阳像一个硕大的圆盘挂在天际，柔和的光芒，温暖我因离别而冷冻了的忧伤。同伴已在呼唤，我不禁跪倒在草地上，双手合十，放在胸前，默默地，在心底和草原约定：明年春暖花开的时候，我会再来看你。

俊山美水醉龙潭

再到九龙潭，就是旧识。"旧识"两个字，多了欢喜心。仿佛冥冥中有了某种隐秘的关联，只在彼此心意间，不足与外人道。怀揣着这隐秘的喜悦，踏上了去往九龙潭的路。

是的，我看过了九龙潭的春情，如今，又来一览它的秋怀。

四季里，一意孤行地喜欢秋天。这个季节，是稳妥的，踏实的。蛰伏过冬天的寒冷凛冽，走过春天的轻曼绚烂，经过夏天的欢躁热烈，那么，秋来了。秋，带着特有的艳阳与硕果，带着高朗的天空和绵绵的云朵，带着与春天姹紫嫣红不同的浓烈却不张扬的色调，款款而来。

这样的季节，去见心怡的风景，该是多么欢喜的情事。

山水，一定是恋人，要不怎么常常被同时提起？没有水的山，是孤山；没有山的水，是独水。山水，也一定要一同读出，才有味道。舌尖轻抵下齿，声带轻轻一振，嘴微微一张，"山"就被读了出来；只要把嘴风情成小喇叭的形状，舌尖柔柔一翘，那么"水"也就脱口而出了。山水，更一定要相伴相生，才会横生出千般妙趣，缠绵出万种风情。九龙潭，就是这样一个山挽着水，水绕着山的地方，山因水而俊，水因山而美，人因山水而迷醉。

被我屡屡提及的九龙潭，藏在承德兴隆县大山深处，是清东陵"后龙风水禁地"的后封山，被赞誉为"京东绿色宝库"。九龙潭在沉寂了三百多年之后横空出世，宛若沉落于地壳深处的一块璞玉，未经雕琢，兀自散发着原初的光华，水秀山清，野趣横生，却朗朗然地不自知。被赋予了皇家之气的九龙潭，稳稳地横亘于华北平原，集天地之灵气，泽草木于繁茂，并未因身份特殊而骄躁。这世间最清贵的境界，莫过于大善大美而不自知。

在钢筋混凝土丛林中穿行久了，整个人都变得消颓木讷，仿佛日子就这么一眼望得到老了。而真正踏入山俊水美的九龙潭时，我分明感觉到心底易感的纤维在渐次复苏，像一粒破土的种子欣欣然张开了眼，甚而贪婪地张望、呼吸、倾听，脚步明显轻快起来。潺潺流水的天籁之声不绝于耳，伴和着草木清香的空气洞贯肺腑。视野之内，蜿蜒清澈的溪水穿山绕峰，奇美险峻的山峰直插云天，神笔马良必曾在这里天马行空地泼墨纵横！

沿着栈道前行，仿佛走在一幅绵延不绝的画卷里，又仿佛走在一个传奇故事中，不知不觉自己成了画中的景，成了故事中的人。

溪水一路叮咚而来，蜿蜒出青蛇一样的性感，迤逦在大山的梦里，紧缠着山的腰身，流淌出袅袅娜娜的温柔。那水，又是豪放的，腾挪跳宕出恢宏的气象，于千仞崖壁上似千百斛珍珠自空而来，珠随风势，飘洒飞扬，在大山硬朗的肩膀上迸出七线音符，继而落入山的怀抱，奏响大珠小珠落玉盘的高山流水之绝响。

驻足霸下潭，我移不动脚步。那碧似翡翠，平滑如镜的潭水啊，可是龙子的泪滴？分明潭头又有溪水在欢快地流淌，如一群能歌善舞的少女，奏着时而低回、时而高亢的歌，跳着时而舒缓、时而激越的舞，在这个石头上驻足，在那两块石头间的小落差上流连，或碧波荡漾，或湍急而下，或变作细流，或倾泻跌宕成银光闪闪的溪布。溪水与水下的石头，斑斓出一身锦衣，令我沉醉不知归路。

走过睚眦潭、囚牛潭、蒲牢潭，行过嘲风潭、狻猊潭、霸下潭，看过狴犴潭、负屃潭，终于，到了隐藏在绝壁深处的螭吻潭。翻过天然巨石屏障，别有洞天。只见一条白色锦缎般的瀑布自两山之间飞泻而下，落入潭中。那瀑布，如蛟龙欲飞，似利剑银刃，出神入化间击碎山的寂寞，打破岩石的冷峻。水落潭中，飞花溅玉，洋洋洒洒。风起处，水花飘荡。此时，我却想隐入水帘之后，酣畅淋漓地梦一场。

流连于飞瀑、潭边，忘却了尘世间的纷纷扰扰，如孩子般在错落的石头上腾挪跳跃，哪管溪水打湿了裤脚，哪管和风吹乱了发丝，只是尽情尽兴地挥洒。不辜负这美景，不辜负这好光阴，不辜负彼此欣赏包容的伙伴们。徜徉在峰回路转间，邂逅这一山一水的缘分。

钩沉九龙潭，遥想沧海化桑田龙王随海东移时，不忍心未成年的九子一女迁徙劳顿，与龙子龙女毅然而别，以全部的父爱在龙窝外开辟了九潭一瑶，并以自身之鳞化成鳌、羚、鹰、鱼、虾、蛇等动物忠诚守护。父爱绵绵无尽期啊。

那周围的山呢？可是以石填海的精卫翩然飞过时，不小心掉落了的石块儿，令一望无际的汪洋大海变成高耸入云的巍峨险峰？神龟只能望洋兴叹，掉落的石块儿披上了万丈碧绫。然而，这也仅仅是十六亿五千万年前元古代震旦纪的浮光掠影。

面对这样的山水，我总是情难自已。山水之恋，贵乎于纯。水慕山之坚韧俊朗，山恋水之柔婉清冽。愿这山永远屹立于岁月之巅，愿这水亘古流淌于光阴之纵深吧。我只是这里的过客，带走一缕清风，留下一行足迹，便好。

天色向晚，一路流连一路返。且把欢声笑语留在山水间，且把名缰利锁的心放下放空，相约次日的清晨再见。

九龙潭的山，我不想说你有多么雄浑，也不想说你有多么伟岸，单是你沉稳的身形、陡峭的崖壁就足以称得上俊；九龙潭的水，我不想说你有多么清澈，也不想说你有多么净冽，单是你蜿蜒的韵致、跌宕的气象，就足以称得上美。山如斯，水如斯，我醉而忘返……

然而，再缠绵的眷恋也终有一别，只要山在，水在，九龙潭在，你在，我在——这样的存在与相约，足矣。

记忆深处的乌镇

　　乌镇，这个水乡小镇，曾记载了我好多个第一次：第一次坐飞机出游、第一次去江南、第一次见过的水乡。因为这些第一次，所以印象愈加深刻，深刻得经常在记忆深处被我悄悄回味。在那些林林总总的印象中，她的迤逦、她的柔媚、她的底蕴都是被我珍藏的理由，以至于在后来很长一段时间，都迷恋着《似水年华》，跟了电视剧，又看书。先是因为乌镇那温婉的美，后是感念于乌镇与台北之间演绎的那隔着山隔着水的爱情童话。于是，记忆中的乌镇，又被赋予了许多缠绵的感情色彩，甚至寄托了美好的期待。

　　这个温柔的夜晚，鹅黄的灯光倾泻在面前，深藏在心的记忆，也渐次苏醒。那高高的屋檐，黑黑的窗棂，长长的青石路，窄窄的街衢，幽幽的水巷，瘦瘦的乌篷船，烟起雾落，日复一日，年华似水。就这样，乌镇，无尘无埃地停泊在我内心一隅，古旧、清净、安详而且悠远。

　　到乌镇那天，薄雾，面纱一般笼罩在水乡上空，在这里，小桥流水不再是一种意境，而是一种生活。我小心翼翼地掀起这层朦胧的薄纱，张开新奇而欣羡的眼睛，怀着一颗虔诚而体己的心，一点一滴地解读生命中遇见的第一个水乡。

走进乌镇，只觉得眼前一片素色，白的墙、乌的瓦、青的水、蓝的天，像一个素颜女子，清清丽丽地伫立于那里，在江南的水墨画中自成传奇。走过"逢源双桥"，踏上乌镇的老街，光滑的青石路，无言地诉说历史的痕迹，一片片青苔在石板间生长，以苍翠的绿色装点单调的青石小径，像在告诉人们：这里不仅有历史，更有现在和未来。游人很多，但丝毫未影响我的兴致，就这么兀自悠闲、兀自快乐。

乌镇有名的酒叫"三白酒"，是由白米、白面、白水纯手工酿造而成。举着一份醪糟，边走边品，那悠悠的酒香，伴着闲闲的步子，看着流水人家的水墨画，是不是很美、很醉？那蓝印花布，悬挂在高高的架子上，倾泻而下，走在一挂挂花布间隙，自己似乎变成了一个江南女子，把心事染在布上，然后飘扬在雾一般的乌镇上空。那感觉，有一丝怅然，却又怀着一份美好。

步移景换，眼前的老屋，透出一股淡淡的书香，这便是《似水年华》中的"东山书院"。"晴耕雨读"四个大字，遒劲有力却又透着江南特有的温婉，时光斑驳的印痕遍布其上，虽沧桑却淡定。轻抚一部部老书，让岁月在指尖流淌。乌镇的历史，一页页翻开，深厚的积淀和亘古不变的生活方式，使乌镇成为东方古老文明的活化石。智慧的传承伴随着脉脉书香，展现出一幅迷人的历史画卷，这是一种与生俱来的美丽。

乌镇自古名人荟萃学子辈出，古代最显贵著名的名人是南朝梁的昭明太子萧统，他曾在乌镇筑馆读书多年，并编撰了《昭明文选》。此书对中国文坛影响极大，可与《诗经》《楚辞》并列。近代更有文学巨匠茅盾从乌镇走出，胸怀水乡的博大、聪慧，在中国和世界文学史上书写了永不磨灭的浓彩重墨。

　　沉思之际，沿着长长的青石板路且行且看，忽然一阵乐声吸引了双眼，那些花花绿绿的人物，在简简单单的戏台上，凭着铿铿锵锵的唱腔和翻腾挪移的动作，展开了一段别开生面的叙事。热闹之中，有些感慨，舞台啊，人生啊，说来说去，不就是一场戏吗？年轻时，我们眼里除了爱情，别无其他。行年渐长，越来越觉出活着的不易，这时候，活着——健康地、开心地活着，比什么都重要了。

　　夜，无声无息地来临，星星点点的昏黄灯光次第燃起，照亮了石桥下汩汩流淌的河水。喧嚣渐次退去，骨子里的幽寂弥漫而来。临水而居，看那窗前一波一波荡漾着的水面，红灯笼的光晕变得蜿蜒，此时的乌镇，酷似美人，典雅、精致、温和、端庄、玲珑而且剔透，完全符合"蒹葭苍苍，白露为霜"的古典韵致；而此时的乌镇，又类似诗歌，细润绵长，甜美芬芳，花好月圆地终日沉醉在小桥、流水、夕阳烟波深处，如同大梦一场。当晨曦渐渐在天边亮起的时候，微风轻拂着杨柳岸，浅浅的雾气氤氲在流水边，就连水草和鱼儿的呼吸也变得像丝绸一般柔软。风，并不温暖，从水面儒雅地掠过，带来潮湿的气息，又是云蒸霞蔚，草长莺飞的一天……

　　生活在继续，年复一年，和平宁静。不管人事怎么变迁，乌镇永远是乌镇。在这江南水乡最美的一隅，像一艘靠着岸的航船，静静地泊在水乡，一任青苔与水藻爬满了古老的身躯，一任世间的故事在这里演绎，它依旧宁静高远，依旧暗香浮动，气息缱绻，那么温润。如黄昏里的一帘幽梦，又如晨光中一枝摇曳的蔷薇，以它独特的气质，驻扎在我的记忆深处。

赏荷

　　去白洋淀看荷花，已经是几年前的事了，却一直没留下只言片语，只因为面对那一片出尘的清丽，我的语言是那么匮乏。然而，那荷、那叶、那香、那水、那色、那艳一直根植于脑海，挥之不去，欲罢不能，干脆就用我这支拙笔写荷花吧，以飨心愿。

　　古往今来，有多少文人墨客写荷、绘荷，不亦乐乎，留下了不计其数的佳句名作。但在课堂上学过的北宋学者周敦颐的《爱莲说》却是我最钟爱的："……予独爱莲之出淤泥而不染，濯清涟而不妖，中通外直，不蔓不枝，香远益清，亭亭净植，可远观而不可亵玩焉。予谓菊，花之隐逸者也；牡丹，花之富贵者也；莲，花之君子者也。……"短短几言，把荷描绘得淋漓尽致。虽然我爱菊，并非思其隐逸，只是喜欢它傲霜而放，但荷的清丽、荷的飘逸、荷的从容，亦深深地吸引着我，一睹芳容才心甘。

　　朋友深知我心，不期然的时候，给我一个惊喜："带你去白洋淀，去吗？"明知故问。我毫不掩饰自己的喜悦，迫不及待地说："好啊！好啊！去，去！"似唯恐答应得慢了，这个机会就会稍纵即逝。

　　去白洋淀正值盛夏，热浪滚滚，阳光无私地普照大地，我觉得自己快被晒蔫了。那荷在烈日下，会是什么样子？千万千万不要让我失望哟！怀着惴惴不安的心情，来到目的地，还没到水边，便觉一股清风袭来，携着脉脉香气，那风似懂得我的心，拂着我的脸庞，吹起发丝，耳际一阵清凉，口鼻之间，却已沁满了清香。我那有些蔫儿的心情，立刻被激发得热情高昂。荷，没让我失望！

　　走到近前，那一泓水浩荡着迎面而来，轻轻拍打岸边的石坝，远处波光粼粼，在阳光的照耀下，泛着银色的光华，一丛丛芦苇生长其间，然而那荷，却迟迟未来谋面。坐上小船，船夫摇着橹，游刃有余地在一片片芦苇间穿行，随着水波荡漾起伏，我坐在船上，看着一圈圈水晕由前向后荡开，一圈追着一圈，顽皮而优雅，想着那仰慕已久的荷花，看痴了，想痴了。

　　猛一抬头，一片荷塘闯入眼帘，来得那么突然，那么炫目，没有任何思索的余地，我的脑子仿佛停滞了一般，只听到自己的心跳声，只看到水中擎起的一片片碧绿圆润的叶子，随风摇曳。船家说："看，快到荷塘了。"耳边传来别人的惊呼和称赞，原来大家和我一样，都被眼前的美景震撼了。慢慢地，呼吸才变得轻缓起来，目不转睛地看过去，怕眨眼的时候，它会消失。

　　觉得过了好久好久，船才划到荷塘边，我的心里一直在翻来覆去地念着两句诗："接天莲叶无穷碧，映日荷花别样红。"这里岂止是别样红，还有粉得娇艳、黄得欲滴、白得纯洁、绿得清澈，我的眼睛要应接不暇了。脚也跟着忙了起来，走到这里看看，走到那里闻闻，乱了心，乱了神。而那荷花，仍如初般茕茕孑立，散发着淡淡清香，直入心脾，并未因惊讶声、赞赏声而有丝毫动容，不枝不蔓，亭亭而立。如清雅的仙子，施人于美颜芬芳，却不沾沾自喜，虽无拒人千里的疏离，却也不容人有丝毫亵渎。

一阵风吹来，圆圆的荷叶随风摆动，似不施粉黛的纤纤少女，缓步而来，走得端庄，行得优雅；那盛开的花也微微颤动。花瓣开合有度，层次分明，一瓣瓣花，怀着嫩嫩的蕊，母亲般呵护，敞开胸怀接纳着一只只蜂一群群蝶，蜂飞蝶舞，花香沁心。我看得入了迷，移不动脚步，索性坐下来，以荷为伴，三生有幸啊。

朋友看我傻傻的样子，笑了，指了指我的右侧："看，那边！"顺着他手指的方向看去，水面迤逦，一片片圆得可爱的叶子浮在上面，随着水波荡来荡去，一朵朵玫红的莲花镶嵌在碧水绿叶之间，婀娜却不妖冶，面对众人的赞许，却是那般坦荡磊落，谦谦君子般不亢不卑。我似乎读懂了周大学者的内心，好一片"出淤泥而不染，濯清涟而不妖"的荷。就连那荷的败落，亦是大方、从容。放眼远望，水澹澹兮生烟，荷落落兮飘逸，荷缘水而生，水因荷而媚，好一幅人间美景！

白洋淀这个海河平原上最大的湖泊，古有"北地西湖"之称，今有"华北明珠"之誉，诗赞"北国江南"，歌咏"鱼米之乡"，是帝王巡幸之所。这里不仅是荷的家园，更是游击队的故乡，既有骚人墨客的诗情画意，又有雁翎神兵的荡气回肠。迎着徐徐而来的风，怀想前辈轻摇船桨引敌深入，穿行于芦苇荷塘，就着清风明月，把那狼子野心的日本鬼子赶尽杀光，真是既酣畅又痛快。

赏心悦目的时光总是过得很快，不知不觉到了黄昏，是回去的时候了。我仍是恋恋不舍，脚步明显钝重，朋友安慰我："以后有机会，还带你来。"即使有朋友的承诺，我的心底还是觉得有些遗憾，因着未看到朱自清笔下《荷塘月色》的清贵、淡雅。罢了，且留着这份憾吧。人生本无完美，犹如维纳斯的断臂，却使其更具魅力，那么，这浅浅的憾，令那月色下的荷，便多了一丝朦胧与神秘。

石河之秋

最近有些厌倦工作，可能是压力大了些，也可能是到了倦怠期，明知，却调整不得。这种状态持续了半个多月，似乎一直在关注心底那些虚慕的得得失失，框定在自己画的牢中，挣脱不出。拖着疲惫的身体，走在回家的路上，漂泊的感伤在心底蔓延，多想还像小时候一样，在爸妈的庇护下，无忧而简单地生活。其实也知道，这是在逃避。

夜风，打在身上，透着凉意，阑珊的夜色里，流淌着朦胧的神秘，期待一场"蓦然回首，那人却在灯火阑珊处"的相遇。在这深秋，能给漂泊的我带来一点儿温暖担当，而"那人"，却遁形得了无踪迹。唯有子影，在暗夜里独行。真的是糊涂，一不留神把自己过成了千军万马，咬紧牙关的笑容背后，便将这颗真心交付给长夜吧，静默、成长。

路灯的光，穿过树枝，斑驳地照在身上，站在人车如流的街头，有些迷茫，何去何从？想找一个安静的地方待着，安抚一下盘桓在心头的忧伤。漫无目的地走了几步，想到了瑜伽学校，真的是好久没去了。想到瑜伽，仿佛找到了方向，脚步已经迈向那里。

瑜伽馆还是老样子，离开它月余的我，却有隔世的恍惚。换好衣衫，席地而坐，亲切的感觉漫上心头，庆幸还没走得太远。悠扬的乐声弥漫在空气中，盘膝端坐，闭目叩心，放下社会的角色，我只是一个普通的瑜伽习练者……

　　湿润的风吹在脸上，眼前是一条静静流淌的河，清澈的河水，涓涓不息，似蕴藏着无尽能量。河的中央，有一个捕鱼的人，穿着防水衣，大半个身体浸在水中，这样清冷的天气，不能想象他站在水中的感受，毕竟那防水衣不是保温的。是出于喜好，或是生计所需？我的心底漫起一种痛痛的感觉。看着水中的捕鱼人，想到曾有的经历，那不过是淡淡的苦味罢了。

　　空气中清冽的秋意，有不同于城市混沌的新鲜，贪婪地深呼吸，让这难得的鲜活充满肺腑，滋养身心。卵石铺就的小路，蜿蜒在小河身旁，随形就势，陪伴着河水。走在路上，没有目的，只是走，不思不想的走，这是最原始的放松。

　　深秋了，种在河边的树，都掉光了叶子，光秃秃的树枝，怪异地在空中伸展，全然不顾路人冷落的眼神。小草也萎靡了，黄黄地蜷着身体，等待来年春风的幸临。看着这小树小草，我的内心全无萧瑟之感，唯有坚定地等待，相信必能抗过严寒的考验，抵达温暖彼岸。

　　远处，一座宏伟的大桥横跨在河的两端，给这野趣横生的周遭，赋予了现代气息，却又是那么和谐。这是山海关城边的石河，几年不见，原来古老破败的河岸换了新颜。那座岌岌可危的桥被取而代之，原来污浊的河水变得清澈，荒芜的土路穿上了卵石的衣裳，就连路的对面，原来那些低矮破旧的平房，现在也变成了环境优美的小区。时间真是一剂良药，在潜移默化中可以改变一切。而这改变又是矛盾的。人们在固守自然常态的同时，渴望变迁。怎样实现既保留原汁原味的天然，又能渗透进时代气息的矛盾统一，是对人类的考验。

我的思绪，在河水、小路间游荡，又似有什么意外惊喜等待着我，引领着我，去寻觅。

再往前走，看，那在风中摇曳着的一片雪白是什么？难道十步之外，便是飘雪的冬季？定睛凝望，原来是一丛丛芦苇，在水边随风飘荡，一簇簇芦花，迎风舞动着怒放着，像要去赶赴一场秋的盛宴。这芦苇遗世生长，路人的目光、欣羡的感叹，都与它无关，为生而生，为秋而媚。

这一丛丛风中的芦苇，让我感觉到的，不是随波逐流的摇摆，而是顺其自然的坦荡。我愿像那如雪的芦花，兀自绽放在浅渚高头，寂静欢喜；我愿像那飘逸的芦苇，顺势而居，随心而动，不再奔命于疲惫。人生如戏，有时会上演战争，有时则又会演绎和平，需战斗时则战斗，需袖手时则袖手。战斗有战斗的成就，袖手有袖手的幸福，这难道不是活着的智慧？

想把自己融进这河边、这小路、这芦苇丛中，做一株风中瑟瑟而立的小树，把根深深扎进泥土，为自然奉献一片绿色，为人们送上一抹荫翳，为叶子安放归依，因光合作用而清新空气。在一切天清地廓之时，在叶嫩花初之际，在霜之初凝、夜之始静、鸟之回翼，在婴儿第一次微笑的刹那，想及我的生命，感恩……

我，就此放下心的负累。

"请收回意识，调匀呼吸，松动一下手指……"瑜伽教练温柔的声音把我从冥想中唤回，我为自己完成了一次心灵的放牧。

易水情丝

和朋友出来，并未告诉我要去的目的地，我也习惯了一切随他，只要相随就好，是我们之间不用言说的默契。当他的同学说："去易水湖吧！"我的心，为轻轻说出的这几个字起了波澜。

易水湖，一个听起来有些伤感的名字，就这样被别人云淡风轻地提起，却深深刻进了我的心底。一丝忧郁的情愫，在心端久久徘徊。"荆轲"的名，一次又一次在心里唤起。那"风萧萧兮易水寒"的悲怆，被反反复复地默然诵念。

于是，无由地生出期盼，却又有些怯怯地迟疑。期盼与那泓被壮士出征的豪迈渲染的湖水相会，迟疑于那"壮士一去兮不复还"的瑟瑟离情愁绪。易水是燕太子丹与荆轲的作别之所，荆轲在这里和着乐声高歌而去，"风萧萧兮易水寒，壮士一去兮不复还"的绝唱，见证了荆轲的千古壮举。易水湖亦是著名导演吴宇森执导的电影——《赤壁》的拍摄基地。整部电影，以这湖光山色为背景，气势恢宏。荆轲刺秦的历史故事，使易水湖蒙上了历史的尘埃，而《赤壁》演绎的历史画卷，又把易水湖的壮美展现在了世人面前。掀起历史的面纱，在这个炎炎夏日的午后，我与易水湖，邂逅了。

这泓位于保定易县境内的湖，因锁住易水河上游的水流汇集而成，湖的南侧与狼牙山相连，北侧是紫荆关，西侧是海拔高达1283米的五峰寨，东侧是九龙山。四周被青山环抱的湖水，如同母亲怀中的一颗璀璨珍珠，在日月轮回的宇宙中，散发着脉脉光华。它悠久的历史，和着这山的雄浑多姿、水的烟波浩渺而被世人瞩目。

记得那天，我是喝了些酒的，不胜酒力的我，借着微醺的醉意，泛舟湖上，清风徐徐，水波荡漾。眼前，是朋友相伴的温馨，远处，是山水相偕的美景。温暖的快意和悦目的欢喜，很快驱散了初听到"易水湖"三个字时的沉郁伤感，甚至有些兴奋起来，踏歌而行的欲望蠢蠢欲动，于是，"让我们荡起双桨，小船儿推开波浪……"如此怀旧的歌曲，被我在心底轻轻吟。大抵，真是有些醉了。

湖水随着船的行进，不断变幻着色彩。离岸近的地方，是清澈的浅蓝，一颗颗卵石静静地躺在湖底，小鱼无忧无虑地畅游其间，还有那些水草，随着水波摇曳，婀娜着腰肢，好像知道，定会有那么一个人，因迷恋于她的身姿，而在此驻足观望。湖的中央，蓝色变得深邃起来，仿佛蕴藏着神秘的内涵，小草与卵石早已遁了形迹，只觉得小船随着水波上下起伏，吹到脸上的，不再是酷暑的热风，而是清凉夹携着温润的气息，在耳际萦绕着，潮潮的，似情人的手，温柔地抚触。抬眼之间，忽见山的倒影浮现于水面之上，此时的水面，已变成藏蓝的清明，山水相依，温情对视，山中有水，水中映山。

可能是借着酒意，我有些恍惚，觉得这山这水，分明是一对恋人，因水的妩媚，而衬出山的伟岸；因山的峻挺，而彰显水的柔情。这世间，因缘际会，有谁知道，在自己的命盘里，如何卜问得出，谁是谁永恒的山，谁是谁契阔的水。且用真情的过往陪伴对方一段人生的旅程吧，如此安放真心，生命亦是无悔。

思绪飘得有点远，若有所思的样子，引起了朋友的注意，他推了推坐在身边的我，轻声问："不舒服了？"我怔忡了一下，继而有些不好意思，好在酒力依存，脸色原本微红，朋友没看出我的失态，可我的心底，却有涟漪。与朋友，是不是亦如这山水，即使相守一季，也有一季的欢喜。

山在近前，仰首观望，壁立千仞，绿树、藤条生长其上，由于山体长期受风雨侵蚀，层层岩石似斧劈刀削般凌厉，又似精雕细琢般优美。细细看去，在巨壁峭岩之上，现出一个慈悲的佛面，此山被称为"佛头崖"，旁边又有几尊形似罗汉的石像，或盘膝，或默立，如静如动，形象逼真。"山不在高，有仙则名"，那么这山，在大自然鬼斧神工的修饰之下，便增添了几分名气与灵动。

由于山峰阻隔，广阔的湖面被划分成南北两大部分，整个湖面呈"凹"字形。船循水而行，山势不断变幻，山上怪石嶙峋。放眼远望，山顶形似大门，门旁有巨石，状如石狮，当地人称之为"狮子看门"。再往前行，几块巨石似散落在棋盘上的棋子，那生长在旁边的树木，便是下棋的仙人。此情此景，能够荡去积蓄于心底的虚慕，半生执着，就此看淡，放下。

湖的西部，是"二凤迎面"的凤凰山，山形似凤凰展翅，山顶上有一株翠柏，像一只小凤凰蹲立其上，二凤相辅相成，景观奇特。西北侧的五峰寨，由五座山峰连绵而成，五个峰顶是伸向湖边的五条支脉，与大坝遥遥相对，把易水湖分割成中间半岛。这半岛便是易水的心脏，镶嵌于五峰之中，如盛开的莲花，令这山水多了几分禅的意境。

时光在身边悄然而逝，终是要分别的。不期而来的易水，让我懂得，旅行的目的地并不重要，重要的是人的心境。在山水之间，寻找到心灵的安静与归依；在天地之间，任思绪飞扬飘荡。这自由、这旷达、这洒脱，对人生来讲，是弥足珍贵的精神财富。

把我怀揣的候鸟般细腻沉默的心情，放逐在这青山绿水之间吧。经历过万千风景之后，在价值混浊的现世留恋夏花冬雪、春雨秋叶，是一种与世隔绝的漂泊与执着，就让这易水驻留在心间，偶然一刻，它会牵出一条记忆的线索，于回味中，了然生命的意义。

别了，易水湖，在某年某月的某一天，我定会与你再次蓦然相会。

印象西湖

题记："印象西湖"是著名导演张艺谋、王潮歌、樊跃"铁三角"导演团队再次联手打造的山水实景演出，也是世界上唯一的著名都市山水演出。以波澜起伏的西湖水为舞台，柔美的水面，变幻的美境，使演出分外生动。西湖的神话和传说在演出中自然复苏，恍惚间，仿佛进入一个千年美梦。

当那流光在水面印射出月的圆润，当一只白鹤从遥远的天际飞来，幻化成身着白衣的书生，潇洒落下，信步而来，当另一只白鹤翩然而至，羽化为女子，与书生默然钟情，千年美好的湖光，此刻被二人独享。我的心被那光、那景、那情吸引、震撼了。感觉不到深秋晚风的寒意，感觉不到身处尘世的包围，只觉得一切都那么空灵。这场邂逅，只为我。

快乐的时光，如烟花般短暂，那女子幻化的白鹤在挣扎中死去，就像许仙与白娘子的悲情，人鹤的凄美离别，揪心地痛。当书生踏梦重来，美景尤在，斯人已去。为二人而落的那场雨、曾经结发盟誓的那条船、那曾经的爱人，只能在一个隐约的空间里闪烁，只能在冥冥中，用心灵召唤。

　　周遭是那么安静，静得能听到自己的心动，张靓颖忧伤的歌声从远处传来："雨还在下，落满一湖烟。断桥绢伞，黑白了思念。谁在船上，写我的从前。一笔誓言，满纸离散……"这歌声似有魔力，无影无形地浸透到了骨子里，手背上被凉凉的东西冰了一下，我知道，那是泪滴，眼睛却没模糊，定定地注视着水面上那书生落寞的身影。爱，本是彼此心灵的一句承诺，本是两心一次朴素的妙合。只要心神相依，便能在无比美妙的爱之世界里，品得亲密，而亲密之后的离散，却是那般刻骨，痛之再痛。也许，爱过，便是圆满。

　　许是看得太投入了，回过神来的时候，只觉寒意袭来，空中不断变幻的彩光，交织成迷离的画面，似又要把我吸引进去，再次姗姗而来的女子，伫立于船头，可是在期待千年之后的再回眸？此时，所有的感悟，都聚敛为看似简单的相逢，其背后却蕴藏着诗般的痛。也许，相见就已注定了离别。那离别，正如这夜色下、光影中的湖，优美、婉约、厚重、空灵，哀而不伤。

　　心底沉聚的忧伤在不觉中散去，西湖传说中的爱情，周而复始地生生不息。温情在书生与女子踏水而去的湖面缓缓而来，传到心端，引领着我走入一个不可雕琢、谜一般的终极瞬间。所有的一切，都好似一个个零零星星、散散点点的印象，不是轰轰烈烈，不是惊天动地，却是无法忘怀。

　　曾三次和不同的人在不同的时间去过杭州，曾三次与西湖静默相守，带给我的，亦是完全不同的感受。西湖仍是那般闲雅宁静，而我的心境，由孤清寂寞到淡然欢喜再到丰盈释然，由浅薄到深刻，由浮躁到从容，却是经过了数度历练。我们总是在追求永恒，永恒的幸福、永恒的爱情、永恒的缘分、永恒的相守……却忽视了这世间暗合的规律，求得太过认真，便会适得其反。

　　幸福就是拿出时间来，与你珍惜的人好好相守。那么，有机会相守时，就学会善待对方吧。缘分，有时需要守望一千年，有时，它只在一个瞬间。有缘为引，不必知缘之所起，只是专注地一往而深吧，甚至超越生死，超越人间。

　　身在西湖，常常情不自禁。当那音乐喷泉在夜空喷涌而出，摇曳成妩媚光影时，那个坐在爱人肩头，被身后羡慕嫉妒恨的眼神秒杀的女子，这一刻，在她的生命中化作永恒。这印象，会被雕琢成一场无声的回忆，一缕步伐轻盈的消息，在经年之后的某个温柔的瞬间里，幸福而庄重地回味。

　　"我的告别，从没有间断，西子湖上，一遍一遍。白色翅膀，分飞了流年，长叹一声，天上人间。雨还在下，淋湿千年，湖水连天，黑白相见。谁在船上，写我从前，一说人间，再说江山……"歌声仍在空气中飘荡，参不透的聚散离合，诉不尽的爱恨缠绵，似烟花般璀璨炫目，生命中绽放过，便是无悔。

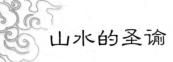

山水的圣谕

　　这一路，我都怀揣着莫大的喜悦，甚至那喜悦会不由人地漫上唇角，爬上眉梢。这喜悦是秘密，不可宣，不能宣，想分享，却又耐着性子，等着一个恰当的机会，一个懂得的人。像一个刚刚知道自己怀孕的小媳妇，急着告诉爱人喜讯，却又想卖个关子，让他急，让他摸不着头脑，然后再告诉他真相，狂喜，狂喜。我就这样喜悦着，这样忍耐着，直到现在，可以洋洋洒洒地把这喜悦无遮无拦地说出来。

　　这喜悦，是一场修行。

　　我，去了西藏。

　　曾经，用目光无数次摩挲过那片神圣而神秘的土地，它北邻新疆，东接四川，东北靠青海，东南接云南，与缅甸、印度、不丹、尼泊尔等国接壤，陆地国境线长达四千多公里。这片在地图上用目光几秒钟就能摩挲一遍的土地，虽只有我手掌那么大，而实际上它有一百二十多万平方公里，那是多少个手掌才能覆盖住的面积？

　　如果说，手的五指是山峰，那么中指就是珠穆朗玛峰，其他的依次是南迦巴瓦峰、药王山、念青唐古拉山、冈仁波齐峰吧。指间是河流，金沙江、怒江、澜沧江、雅鲁藏布江穿山绕峰，且呼啸且缠绵，且奔腾且逶迤，汹涌而来，湍流而去。手掌，就是广袤的土地。最大的掌丘是布达拉宫，其他掌丘是大昭寺、甘丹寺、哲蚌寺、色拉寺、扎什伦布寺……这些寺院，传载着藏传佛教，是藏地人民精神的承寄，藏文化的渊源。掌心的生命线和智慧线间，是圣湖纳木错，其他线间有巴松错、羊卓雍错、拉昂错……这一个个湖泊，碧波如镜，宛若辰星，是天际间坠落的翡翠。手掌的纹路，是道路，是溪流，是五体投地的膜拜之路，是转山转湖的虔诚之途，是西藏这片神秘土地的经络与血脉。

我定定地看着自己的手掌，这是上天赐予我的山水圣谕。我用右手，紧紧握着戴着戒指的左手，怀着一颗虔诚的心，要去膜拜那片神往已久的土地。

计划，看路书，订票，拿到行程单，准备，出行……做这一切的时候，仍不敢肯定这次心灵之旅一定能成行。怕万一有什么意外，满怀的期待会落空，于是，尽量压抑着，压抑着。只是在静夜里，默默对自己讲：要去西藏了，要去西藏了，终于要去西藏了！然后再抚平内心，入梦。期待这晚过得快一些，明天也过得快一些，直到出行的那天，都要过得快一些。

飞机抵达贡嘎机场，是凌晨。暗夜里，仍看得出周围山脉走势巍峨，云在夜空中不似天明那么温柔，低低地压下来，感觉有些狰狞。寒气袭来，裹紧衣衫，再次紧握双手，握紧这山水的圣谕，踏上期盼已久的旅程。

朝圣

我是兴奋的，不知是因为高原缺氧，还是因为急切地渴盼。在身、心、意极度交缠的夜里，睡着，醒来，又睡着，再醒来，如梦似幻的，而内心是那么清澈欢愉。

拉萨的清晨醒来得晚一些，快八点了，还没有熙熙攘攘的喧嚣。早饭后，喝了一壶酥油茶，熨帖腹腑。茶香伴和着微咸的酥油在唇齿间荡漾，唇是润湿的，齿间氤氲着酥油的香，身子热乎乎地暖。这样的舒适，令我恍惚。想起一句话：你在哪里，哪里便是家。此时，你在哪里？在这里，我怎么会有在家的疏懒？

去大昭寺的路上，阳光明晃晃的，有些不敢直视这么强的光线，怕心里私藏的小秘密被神灵看穿。尽管如此，还是虔诚地一步步走到大昭寺广场。信众在广场青石板上磕等身长头，默默地站在那里，偏光镜后的眸子分外清明，又分外温热。我看到，执着山水圣谕的双手合十，高举过头顶，又至面前，再至胸前，掌心俯地，双膝着地匍匐向前，我的额头轻叩地面。身到，口到，心到，我的执着，我的虔诚，苍天可见。

摘下偏光镜和帽子，走进大昭寺。人多得摩肩接踵，导游的解说打破寺院的宁静，躲着扬声器，移步向前。

站在佛前，你可看到我澄明的眼神，你可看到我澄明的眸子里饱含的深情与期许？我多想，让你执起我藏着山水圣谕的手，一起膜拜。在万盏长明的酥油灯的光华里，在释迦牟尼十二岁等身像前，心间无比清宁，无比纯净。温热的泪爬满脸颊，心底有无端的感动与释怀的轻松，佛知道我的心愿，你知道我的心愿。

回首，在泸沽湖湖心岛的寺院，在雍和宫，在潭柘寺，在灵隐，执手相拜种下心愿；如今，在青藏高原这片圣洁的土地上，再次许下诺言。朝圣的路崎岖漫长，这里是今天的终点，也是又一程的起点。风一更，雪一更的路上，我庆幸，有你相伴。

远眺

不可否认，我有高原反应了。原以为的强大和不可能，在这里都变得脆弱而不可控。站在布达拉宫脚下，无法移动钝重的脚步。欲裂的头，令我溃散恍惚。我是那么轻渺，那么卑微，却又是那么坚韧，那么凛冽。就让我站成树的姿势，来深情凝望；就让我生成一株菖蒲，来顶礼膜拜吧。布达拉宫，今天我与你擦肩，终有一天，会再次归来，不留遗憾。

头痛，像怪兽一样无形无迹却又无时不在。我听到内心挣扎的声音，坚持或放弃都有理由。想转移注意力，可又无能为力。我与头痛共存共生，在等待天明的暗夜，感觉到有力的臂膀抱紧我的身体，执着山水的圣谕，神驰在河山林间。

我不强悍，却也不懦弱。晨曦探访之时，再次背起行囊。我要去远眺，眺望那远山，那流水，那雪峰，那林海，让我闻着山水的呼吸，在山水的臂弯里沉迷。

双脚踏上海拔 5013 米的米拉山口，有无力的绵软。胸腔仿若被巨石压迫着，做不得深呼吸。站在米拉山口眺望，听风在耳畔呼啸，看经幡在空中舞动，每一次回眸，都是最谦恭地诵念。心里告诉自己：我可以。我执着山水的圣谕，来朝圣，来膜拜。用最恭敬的心，最净澈的目光，留驻，让极致唯一的感受永恒。

雅鲁藏布大峡谷谷口，近处，松赞干布和文成公主亲手种植的桑树枝繁叶茂，宛如硕大的华盖，安静中不失威严，不知道它的身体里是不是有一千六百个年轮；远处，一片油菜花开得正酣，在周遭开阔而色调深浓的视野中，显得夺目妖娆。然而这一畦畦怒生的花田，一波波激涌的花海，甚至连同这株扎根千古的大树，都只不过是一小堆点缀，似大英雄大豪杰的一点点儿柔情，铁马金戈之余偶尔的一声低唤或一个温切的眼神，因而特别惹人感激心疼。它们得天独厚的地方完全在于那插天的青峰，在于那奔流急转的江水，如此清晰、如此厚重、如此绵亘、如此神秘圣洁。

雅鲁藏布江穿过两座海拔六千多米的高山谷底，绕过南迦巴瓦峰转向南流，在我眼前呈现出一个奇特的"U"字形大拐弯。这弯既粗犷且优雅，像天上的北斗七星，只是勺柄倒扣，仿若等人来取。可是，得是什么样的天人能擎起这自然之勺啊。不知这勺意欲舀些什么？舀玄思？舀光芒？抑或舀亿万年来人类的敬仰？我脚下的观景台，也是一只小勺吧，如若只舀一刻间共你的良辰，便也知足。我自己也是一只小勺，舀一生或痴或狂的欲情。流水无言，任我思，任我念，任我执。

举目，远处喜马拉雅山脉最东端的南迦巴瓦峰撩起神秘面纱，对我投来护佑的恩慈。我就那样与山尖深情相对，山是那么骄傲，山又是那么不骄傲，我不瞬目地看着它，只觉是旧识。

你知道当我的目光，越过莽莽林海，面对从云霓中露出神秘山尖的南迦巴瓦峰时的感动吗？你知道当我仰望它时，心底的谦卑与温情吗？你知道当我朝向它，双手合十祈祷时的纯粹与安宁吗？你知道，你一定知道的，我的心在你的胸口跳动，我的柔情在你的心意间流淌，你是那么懂我，对我是那么娇宠，我的心思，我的意想，你都懂。正是因为心底有这么一份执念，我才怀揣着纯净的虔诚，执着山水的圣谕，踏上这片神秘的土地，来朝圣，来远眺。

吟诵

蓝色是天空，白色是祥云，红色是火焰，绿色是江河，黄色是大地。五彩经幡随处可见，有多少经文被微风一次次吟诵，有多少佛像神马在风中护佑笃信的人们。这里的风是慈悲的，这里的空气有佛香的味道，这里每个人的眼神是纯净、真诚的。我在这里，我在风里，我在佛香的味道里，我的吟诵，随风、随香、随着我的气息弥散，传到你的耳畔了吗？传到你的心间了吗？

在这片神秘的土地上，我是那么卑微渺小，却又怀着倔强的心愿。鲁朗林海观景台的方寸间，昂首举目，把痴情的目光投放到山野林间，又颔首闭目，把诺言，把心愿诉说。执拗地相信，这里的天懂、云懂、水懂、雪峰懂、经幡懂，只要心意所及，虔诚所至，再低微的祈愿也能够实现。

我的唇，吻上腕间的银镯，它会更笃实地陪伴我。携着藏地的风，带着藏地的日月光华，藏着藏地佛教古象雄的神秘，与我的身、心、意相伴相生。光阴之美，在于相与的人是谁。你许我一生美光阴，我还你一世痴深情。

是的，在这苍茫大地上，在悠悠岁月中，不知道要经历多少磨难与迷茫，不知道要面对多少抉择和诱惑，不仅要学会享受激越的高潮带来的欢愉，更要耐得住高潮过后的寂寞与孤独。我只会在绵长的时光长河里，顺遂心意间的那一念。对的，我是有执念的，要不怎么会一遍遍地吟诵六字真言，要不怎么会一次次地祈愿。我将在这红尘道场注力修行，一意孤行地追随信仰，等待着我的福祉。

西藏，一路行来，云里看过，雨里看过，天上看过，地下看过，此刻却觉得特别宽阔而清楚。坦荡相见时并不觉其露，雨雾相隔时也不觉其隐。这一带山水啊，作别时，觉得它是我的，因为我执着山水的圣谕，却同时也是天下人的；觉得它无限的大，却又觉得它可做我的地毯、屏风，或床褥、倚枕。想着，有这么一块地毯、有这样一列青枕，该是多么奢华豪气。

一个人的西溪

雨天，坐在屋里发呆。

窗外的雨搭上，传来"噼噼啪啪"的声音，透过挂满床单的缝隙，看到斜织的雨丝。我喜欢雨，尤其喜欢秋雨。即使不思不想，不言不语，那样的光阴也是美得无敌。这种欢喜，让我销魂，像绵密的针脚，绣在岁月河山。绣了红嘴鸳鸯，又绣了缠枝莲；绣了绵延的铁轨，又绣了坝上的草原；绣了圣洁的泸沽湖，还有湖里纯纯的水性杨花，又绣了巍峨多姿的黄山和那一尾白鲢；绣了开满香花的合欢，又绣了两片深秋的银杏叶……绣不尽的缠绵，绣不完的缱绻。这绵密细腻的针脚里，缠进了一寸又一寸深情，织满了一分又一分爱意，日与月的积淀，星与辰的移转，都统统被染上了温情的色调，不断激发着光与影的灵感，延续着……

我的思绪，在秋雨中飘飞。

同学的电话打破了静寂，整理一下心情，想去雨中走走。沿着大街向西向北，是西溪。植于路边的行道树是桂树，正是桂花飘香的季节，人行道上散落了一层薄薄的桂花，有点儿不忍心踩上去，可除此之外也无从落脚。于是，轻轻踏在密密小小的桂花上，生怕踩疼了它们，又想着在我与大地之间，由一层浅淡的芬芳连接着，那么隐秘，那么柔软，那么私有而体己。心头就会漾起丝丝暖意，温润了眼角，那是对大自然的感恩。

这是我第二次来西溪。不是周末，不是假日，又下着小雨，西溪的游人不多。这次说不清是从西溪的哪个入口进去的，其实上次从哪个入口进去的，我也说不清，实在没有方向感。只记得西溪有条老街，老街尽头有座塔，站在塔顶，可以看到最美的西溪。于是，循着记忆，一路走来。

福堤悠长蜿蜒，看不到头，也回望不到尾，就这样一个人走。秋雨时大时小时断时续，我没带伞。任由大大小小的雨滴落在身上，这儿一下，那儿一下，像调皮的孩子和我捉迷藏，偶尔有三三两两的游人路过，间或有电瓶车呼啸而来，又转瞬即逝。这样的空廓，并不觉得孤单，倒是很享受这清幽，许了自己这么一段安静的光阴，即使清瘦得如一张吹弹可破的纸，也是美好。

不知这样游荡了多久，没吃午饭，也不觉得饿，稍许的疲劳袭来，愈加放缓了脚步。走着走着，离河渚老街越近，游人渐多，我没找到第一次来时托腮留影的地方，一间间的店铺进去出来，例行了一下游客的公事，然后静静地坐在写着宋高宗所言"西溪且留下"五个大字的白墙对面发呆，有所思，又有所不思。

我没有再次登上河渚塔，没有再次站在塔上把目光投向溪水深泽，没有再次去欣赏最美的西溪。那里曾有过我的足迹，我曾在那里看到过西溪最美的一面，这已经足够了。就仿若一生遇到过那么一个人，而恰好又两情相悦互相慕恋，只要深爱着，即使不能天天相守，也是世间最美的情事。命里的这个人，是沧海的水，是巫山的云，其他任何人都无法与他比肩了。生命中有这么一个人，别无他求。

　　站在水边，潮湿的风从水面吹来，洞贯肺腑，洁白的芦花在风中摇摆。我对芦花总有一种难以言说的情感，仿佛那芦花是寄托过某种情怀的精灵，懂我心意，知我心。每每见到芦花，都会与它久久凝望，似乎只有这样，才能放下心里的某种牵念。"蒹葭苍苍，白露为霜。所谓伊人，在水一方。……"《诗经·蒹葭》在心里被我反复诵念，婉转低回而清丽忧伤。芦苇绿色的叶子在风中摇摆，似雪芦花飘摇起伏，想起坝上小城那场浩荡纷扬的大雪，想起雪中那场寒彻骨髓的告别，想起在雪中站立的那个挥舞着双手告别的小女孩冻红的脸蛋……这些想起，令我像个孩子似的茫然无措而又无比苍凉，不禁双臂交叠抱紧自己。轻抚脸庞，是我，是现在的我。世间寥阔无边，人世悲欣无常，不求永恒，但求无悔。

　　是该回去的时候了，收起走远的思绪，目光滑落在腕间，那只银镯笃定地缠绕着，无晴无雨，无悲无喜。我的目光，向它倾注了前世的温情与今生的爱恋。就是此刻，在我一个人的西溪，面对我的银镯，祈愿。

　　雨住了，风停了，不再有一丝一毫的痕迹。又一个人走向长长的福堤，离清寂越来越远，离喧嚣越来越近，这个过程，心像受过了洗礼，变得亮丽而轻快起来。

　　低眉浅笑，笑自己的痴憨。想起李安执导的美国爱情片《断背山》，想起其中的一句话：我希望我知道如何戒掉你。

绍祚中兴的风月

绍兴，始于南宋年号。后来宋高宗赵构将越国都城越州，也就是会稽改名为绍兴，再赐府额"绍祚中兴"，意为继承帝业，中兴社稷。绍兴的确也没辜负"绍祚中兴"这四个字，实在不可小觑，是卧虎藏龙之地。

绍兴，这两个字过于有分量，以至于我不敢直视，甚至不敢想某一天我能踏上那片土地。

我真的去过绍兴，却还一直怀疑那是在梦里。

那个初秋，有机会去杭州。在脑子里快速搜索了一下，"绍兴"跃然而出。是的，我要去绍兴，一定要去。酝酿着，终于有机会去了，是个逃课的下午。兴奋之情溢于言表，感恩之意深藏在心。是的，感激岁月的恩护，赐予我这么一个难得的机会。时间并不宽裕，但却是一场我与光阴的奢华私奔。

一路辗转，我眼含热泪站在绍兴街头，百感交集。明知身是客，却又有熟悉的温暖，有懂得的慈悲，有被娇宠的幸福。恍惚中，觉得自己就是你的人，就是绍兴人。这里有过我的故事，有过我的曾经，有过我的四角天空，我在这里一晌贪欢。

百草园的草还郁郁葱葱，油蛉在低唱，蟋蟀在弹琴，一个小男孩儿翻开一块断砖，惊醒了蜈蚣的梦。听说何首乌的根有的像人形，那小男孩儿便一根根地拔起，弄坏了泥墙，被妈妈喊走。这才知道，小男孩儿的名字叫果果，淘气也乖巧。我在百草园的阳光下发呆，秋日里的光阴有金色的光芒，桂花暗香浮动，染得衣襟也醉意微醺。想要酿一壶桂花清酒，在光影深处，尽享这琼浆，对饮成三人。

秋阳下，没来得及饮桂花酒的我已经快要醉了。是百草园的草香，是光阴里的美，是绍兴的风月，是私奔的兴奋与快意，让我迷而不知返。借着醉意，我想做一条"美女蛇"，一定是青色的，去勾引我的白面书生，哪管老和尚的神秘盒子里是不是装着"飞蜈蚣"。江南的老和尚真耽误事儿，破了许仙和白娘子的好姻缘，又损了书生的艳遇，殊不知"问世间情为何物，直教人生死相许"？

我没遇到鲁迅，也没遇到鲁迅的伙伴闰土，更没机会在下雪的百草园里捕鸟雀，但却遇到一个小男孩儿叫果果。这个长着一头乌发，皮肤白皙，眨着大眼睛的小男孩儿，会不会是我前世的白面书生？心底轻轻地笑自己，在江南，整个人都变得柔软浪漫了，所思所想只关乎风月，忘记了那只是一场我与光阴的私奔。

三味书屋的书香濡染着潮湿的空气，我与我的影子走在布满青苔的石板路上，小桥流水，白墙黛瓦，有前世来生的错觉。不顾今生，我只是在寻觅。黑油的竹门还在，"三味书屋"的牌匾还在，牌匾下的那幅画还在，画上的梅花鹿和古树还在，书桌还在，旧时光还在，你在，我在，光阴在，再回眸，居然果果也在。真是与他有缘。

谦恭地站在三味书屋，有金石之声传入耳鼓，钟磬悠扬和着先生朗朗的读书声："铁如意，指挥倜傥，一座皆惊呢……；金叵罗，颠倒淋漓噫，千杯未醉嗬……"这还真是醉时光。

想起小学的语文老师，姓杨，北京延庆人，一口京腔，异常严厉。她的课上，学生是不敢捣乱的。有个同学被她叫起来背古诗《江雪》，背到最后一句"独钓寒江雪"，因为不确定是"钓"还是"钩"，有些犹豫。老师看了他一眼，紧张之下，他便背了"独钩寒江雪"，因此挨了老师一粉笔头。那粉笔头，就如鲁迅私塾先生的戒尺一样，有巨大的威慑力。我的汉字基础是那时打下的，我的普通话，也是那时学会的，这两样"本领"陪伴着我走南闯北。

夕阳西下，沈园在黄昏显得更加静谧，似乎蓄积着太多的幽怨。我错过了开园时间，轻倚围墙闻一闻陆游与唐婉的爱情味道，贞静在时光里的，是执着与坚贞。他们的离索，他们的怅然，他们的凄绝，不是我要的。爱情是毒药，是充满巫气的小兽，令人甜欢，令人悲凄，令人缠绵缱绻，令人决绝无情。多欲则苦，爱便专注地爱，不爱便转身离开，不要犹疑不决，不要藕断丝连。我信缘随缘，从来没有多余的情感。错过沈园，就错过了吧。那里的石是"断云石"，那里的轩是"孤鹤轩"，那里的亭是"半壁亭"，那里的"春波惊鸿""残壁遗恨""孤鹤哀鸣""宫墙怨柳"都太凄凉凋残，这些悲戚与残缺寡欢不属于我，错过了也没有遗憾。

喜欢陆游的《钗头凤》，是喜欢它的色调与韵律，喜欢它雕刻出的深情和凄凉之境，却不想被它的凄清渲染。用我的红酥手为你捧上黄藤酒，就着满城春色和宫墙的嫩柳，一饮而尽吧。即使东风恶，欢情也不会被吹薄。相爱的人，只会变得更加圆润，怎么会空瘦呢？惹我落泪的，是温情而不是离索。许下的山盟还笃实地在，不需要锦书来托。原本，你就是我的唯一，没有什么力量能够让我们离索，何况还有那绍祚中兴的风月为证，有这么一场盛大的私奔来锦上添花，没有离索。

沈园门外，遇到三轮车夫，可以带我去旧城。于心，是不忍坐的，可这毕竟是他的生计，相互成全吧。

穿过新城，旧城迎面而来。上坡的时候，我下了车。三轮车夫的后背已有汗水沁出的痕迹，他裤子的屁股部分被缝纫机细细地轧过，有绵密而规矩的针脚，想必是经年累月骑车磨损的缘故。裤脚用一个夹子夹着，防止骑车时裤脚绞到链条里。他的衣服缝补过，却整齐洁净，没有丝毫落拓之感，是对生活的交代和敬畏。看着这样一个凭借力气过活的三轮车夫的背影，我肃然起敬。

他带着我在旧城兜兜转转，讲着古老的故事。花雕酒坊，我与你喝过交杯酒。站在小桥上，和果果再次蓦然相遇。我和果果妈会心一笑，仿佛已是旧交。沿着时光之水，闻陈年酒香，看过往烟云，苔藓的一抹苍绿里，有过我的形迹。我随着他走，他的言谈和神情没有糊弄。此时已暮霭沉沉，历史厚重的气息在老街升腾而起，点亮了大红灯笼。那扇窗里，有一张古老的木床，锦缎的被面绣着喜相逢和红嘴鸳鸯，放下旖旎的幔帐，我的梦里，有你，度一场绝色清欢，不醉不休。

再次坐上三轮车，到吃晚饭的时候了，他说要带我去绍兴的老字号——同心楼，是家国营店。同心楼，这三个字我喜欢。那里重现儿时的场景，有我与你相遇的年代里特有的熙攘。下车与他告别，回头又见果果。很奇怪，没有邀约，却与果果屡屡相遇，是缘。

点了喜欢的鲜虾面和豆沙包，简单得没有其他看馔，却是我那场私奔的饕餮盛宴。我喜欢这样的简洁温暖，有懂得的妥帖，是生活的，日常的，似棉麻织物一样亲和，属于我的风格。只要自己钟情的，绝不贪婪。果果在邻桌，也在吃面，又一次和他妈妈对视，眸间分外清凉，无言胜有言。

天黑了，光阴在渐次收敛、抽离，我知道，那场私奔已近尾声。我已尽享绍兴的风月，那一晌贪欢，雕琢在我低温而狂野的生涯里，是生命中葳蕤华丽的一笔。再看一眼不远处的果果，我和这个小男孩没有告别，因为还有前缘要续。

　　月光下，离开绍兴。下弦月让我想起你，沉入梦中，我不愿醒来。渴望一场浪漫隆重的花事，渴望被你征服与驾驭，渴望与你相情相爱相厮守，渴望与你共餐共行共枕眠。我仰起头，月色洒满脸庞，倾山雨入盏，一饮而尽。喝过了这杯酒，定了你我的乾坤，从此，我的双眉和你的双眉衔接成一座山。

　　别了，绍祚中兴的风月，我的风月。

　　我匆匆地来，又匆匆地走，可是，足够了。

应许之地

暮秋，下午，我站在屯溪老街。

踏实地知道，不远处，有一双明眸，向这里投来柔软的温情，恩护我。

黑衣、黑裤、黑包、红色冲锋衣围在腰间，伸开双臂，面向蓝天，是我喜欢的飞翔姿态。在这块应许之地上，放纵……

应许，多么富有、多么浪漫、多么任性、多么骄傲的两个字。就这样，深深地爱上了它。是被动地应允，是赐予，是奢侈地拥有。我放肆，甚至贪婪地纵横在我的应许之地上。

温暖的阳光倾泻而下，在老街牌坊的一角凝成韶华，舞动似水流年。那些逝去的岁月，渐次苏醒，在这条八百多米流动着的"清明上河图"上，重演。

蜿蜒的老街，首尾不相闻，迤逦在新安江之滨，宋词的清韵婉约，弥散在空气中。我是谁？从哪里来？到哪里去？……

在这旧时光里，看到一个低眉的女子，用丝丝银毫，写着心事。

驿道上，一匹快马，送来相思素笺。纤纤玉手，急急打开，那皱褶的眉心，随着目光的移转，绽成桃花旧模样。他是她心底的千千结，每一个结，都是一份思情。

　　千里的距离有多远？她愿意用相思将它填满。块块褐红的麻石板铺就的路上，她不知踟蹰过多少回，每块石板都已历历在心，它们的纹路，就是她心底的沟壑。

　　白墙黛瓦，朱阁重檐，高耸的马头墙，锁不住她的心事。拿起绣针，在那大红的锦缎上，绣上一双相思鸟吧，又怎知相思似水流，缱绻时难斩难收。

　　她就甘愿这样爱着，等着，纯净、唯美。爱是她心头的朱砂，血红血红的，绚烂着，开出一朵妖娆的花，惊艳，惊心，纵情。

　　沉浸在时光里，世上任何诱惑，都撼不动她。唯有他，是的，唯有他，令她臣服，就那样心甘情愿地被他俘虏，为他守候。

　　一袭素衣，简单洁净，纯粹如处。鹅黄色麻布鞋，几朵小花精致地开在上面，粉色娇嫩，蓝色妖冶，黄色醒目，绿色艳丽。她是那么喜欢这鞋子，因为是他送的礼物。就这样陪着她，度过一个又一个不能相守的日子。

　　细碎的脚步，丈量着这条熟悉得不能再熟悉的老街，这个茶楼是她常来的地方。推开虚掩的雕花木门，那磨得发亮的门把手，泛着怀旧的光华，在她眼前眩成他的身影。浅浅地笑了，心里、念里，都是他，真是才下眉头，却上心头。

　　坐在窗边，一壶祁眉。那茶汤，如夜光杯中的琥珀，更像他看着她的目光，热烈，执着。她喜欢这茶汤的浓烈，铺陈出霸道的疏狂。他是她握在手中的茶盏，洞悉她的冷暖与缱绻。她甘愿把他放在战栗的心尖，极尽风情地品尝浮世清欢。

他的胸膛，是她的应许之地，是她纵浪行舟的港。双唇紧贴他的肌肤，深深地烙上一枚私印。就这样吧，就这样爱着吧，他是她命里的宕桑旺波，哪怕只有一夜倾城，便也会令她宿醉千年。她在他的怀中觅得菩提，在他的胸膛听得禅音。她以粉黛的妆颜，和他把酒欢歌，醉倒在澄澈的月色里。

可惜这样的日子对他们而言，太奢侈。聚短情深永，相思比梦长呀。那风一程、雪一程的锦瑟，山一重、水一重的年华，杂沓着相思，望归期，忍凝眸。

若要起誓，但守天荒。

暮色沉沉而来，她敛起心事。对面的酒肆已喧闹起来，是该回去了。

隔壁的墨庄，正要打烊，一方歙砚吸引了她，鱼子的罗纹，由芙蓉溪里的子石雕琢而成。两枝荷花，交缠在一起，盛开着，不香艳，却彰显不着声色的妩媚。那砚，观之温润细腻，抚之似美人肌，扣之铿锵玲珑。

只一眼，她就喜欢上了。就像当年和他相遇一样。

风吹来，薄凉。裹紧衣衫，低垂的眼睫下闪烁着晶莹的光，她知道，今晚他会在烟火的纵深处，等她。

她的身影，令我看痴了。

仰头，凝望，一剪流光洞贯千年，光束中，一粒尘埃舞出动情的缠绵，似我。

我知道，我是在应许之地上，来赴命中那场春花秋月的饕餮盛宴。

第三辑 月满西楼

心头的好

心头的好，对这素素的四个字，就那么动了情。眼睛有些湿润，使劲眨了眨，还是温热的暖。随意吧，还会动情，是件令人高兴的事，不是吗？

阳台上有些凉，但还是喜欢这里，能看到窗外的雪。那雪，以纷扬的姿态飘洒而来，铺天盖地的恣意，不管别人喜不喜欢，只管下着，下着，把道路、车辆、楼顶，甚至人的眉睫都染上纯净的白。

想起小时候，穿着厚厚的棉衣，花布条绒棉鞋，两脚呈外八字，在一片白茫茫的雪地上走，左一下，右一下。一个小脚印挨着另一个小脚印，两排交错着，回头看，像极了大拖拉机轮胎压过的痕迹。那是我心底的卡通画。

顾不上冻得红扑扑的脸蛋，只是任性地把银铃般的笑声撒在空中，和小伙伴比比看，谁的画更美。

雪，是我心头的好。

出神地看过去，低低地说："下雪了！"舌尖轻抵下齿，就那么一婉转，唇的动作轻得不经意，这三个字就说出来了，不似"我爱你"那么用力。可这雪和爱，又关联着，爱得雪样纯洁，爱似雪般晶莹……这样的关联，让我想起她的爱。

塞外小城的冬天，雪是常客，经常无声无息铺天盖地地就来了。转眼间，就给房顶盖了雪被，给枯树着上白衣，给大地换了衣裳。大片大片的雪，在空中以卓绝的舞姿潇潇而下，轻灵却也动人。

那年冬天，雪格外的多。那场雪，又格外的大，是生命里见过的最大的雪。那雪整整下了一天一夜，最大的时候，雪花一片连着一片，稠密得分不清彼此，就在大雪迷住眼睫的时候，他走了。冻结了她的冬天。

看她蹲下身子，抱紧自己，那无助，令人心绞痛，却又不知所措。我想借她肩膀，让她依靠；我想给她怀抱，温暖她。可我也知道，他，是无可替代的。

这痛，只能由她自己慢慢消化。任何语言，都那么苍白；任何动作，都那么多余。冰天雪地里，只看到她和漫天飞舞的雪花。

他，是她心头的好。

之后，我也离开了那小城，离得远了，隔着山隔着水隔着沧海与桑田。浮浮沉沉地遇着，遇知己，遇坎坷，遇美好，遇昏暗，唯独不遇旧人。

手机蓦地响起，惊醒了一帘梦。

陌生的号码，来自不陌生的城。

她的声音，隔得再久远也能听得出。"他找我了，他找到我了！"甜美的声线，带着明显的颤抖。我的心缩作一团，越来越紧，越来越紧，兴奋，还是兴奋，还有埋怨和委屈，替她。缩得急了，缩得紧了，会有一点儿疼。

也是在阳台上，泡了一壶龙井，叶子在水里载浮载沉，像人生。看着那清澈的茶汤，我哭了。为她，为她等来的爱情。等来了，终于等来了。虽然来得有些晚，但终归是来了。

我的泪，似茶，茶苦茶香。那一片痴的情，付得一颗琳琅心，值得。

茶，是我心头的好。

雪还在下，纷飞了流年。

看着雪，耳畔响起张靓颖的歌：雨还在下，落满一湖烟。断桥绢伞，黑白了思念。谁在船上，写我的从前，一笔誓言，满纸离散……

饱满而幽怨的声音，似有魔力，隔着西湖传来，摄魂摄魄，无影无形地浸透到了骨子里。离散，人生总是会面对离散。自古多情伤离别。这雪和雨，也是离别。相见时难别亦难呀。

真是任思绪飞，怎么就到西湖了？是了，是她和他曾经去过的地方。仍记得她和我说起西湖时，那动情的脸庞，满面红霞，满目含情，满心欢喜。

音乐喷泉在夜空喷涌而出，摇曳成妩媚光影，那个坐在他的肩头，被身后羡慕嫉妒恨的眼神秒杀的她，这一刻，在她的生命中化作永恒。人生最美的刹那，无非如此，何需多求？

这印象，会被雕琢成一场无声的回忆，一缕步伐轻盈的消息，在经年之后的某个温柔的瞬间里，被她幸福而庄重的回味……

爱是两心朴素的妙合。

爱一个人，真是不需要任何的理由，就那么爱了，爱得无可替代。任何人都没有能力挤进来，没有一点儿余地。有缘为引，不必知缘之所起，只是专注地一往而深吧，甚至超越生死，超越人间。

断桥是否下过雪？我站在湖边，遥望北岸，水中寒月如雪，指尖轻点融解。不知何时，心里的音乐换成了许嵩的《断桥残雪》，而分明又有更怀旧的旋律缠绵而来：起初不经意的你，和少年不经世的我，红尘中的情缘，只因那生命匆匆不语的胶着。……滚滚红尘里有隐约的耳语，跟随我俩的传说。

歌，是我心头的好。

世间，总会有这样那样的诱惑，人们也总在追求永恒，永恒的幸福、永恒的爱情、永恒的缘分、永恒的相守……却忽视了这世间暗合的规律，求得太过认真，便会适得其反。

蹲下身，看阳光下自己的影子，简单安静，那些横生的枝枝蔓蔓，变得微不足道，让它们解甲归田去吧。越远越好。这样一想，心里突然有了无言的慈悲。

因为懂得，所以慈悲。张爱玲对胡兰成说的这句话，虽然已被用得艳俗了，用得泛滥了，但对于心头的好，亦是自己懂得自己。我愿意把心只紧紧地拴在心头的好。

无论，喜，或者悲。

茶·色

　　我是有色心的，要不怎么会那么喜欢色彩，尤其是浓烈的色彩，比如红茶的色调，比如普洱的色调。但我也喜欢清浅，比如龙井的色调，比如毛峰的色调。真是色心包天，窃笑。那就由着自己吧，真性情。

　　甲午年元旦，素面朝天地坐在桌边，对着太阳投射到对面楼墙上的一束光发呆，红里透着明黄，不刺眼，给人温暖的包容。那么，我的新年，就这么开始吧。十指的舞蹈，开启静好的一年。

　　泡上一壶闲茶，让无牵无挂的思绪，放荡不羁地游走……

　　茶，是红茶，是同学从几千里外顺风而来的英红九号，入水出色，浓烈瞬间充满，琥珀般，金黄艳亮，有铺陈的张力。盛茶的，是朋友送的窑变手绘细瓷茶碗，旖旎的缠枝莲，一枝怒放着艳红的妖娆，一枝含着花苞，羞羞地浅笑，枝梗交缠着，落落然地张扬。旁边一柄荷叶，亭亭而立，侧脸含情。就连那水草也清丽得养眼，几笔画来，却到了心里。一只小蜻蜓要落在水草上，水草摇了摇腰肢，是招引，还是拒绝？

　　茶汤在茶碗里显出怀旧的色调，暖暖地荡在心头。倒得有些急，碗边漾出一串小泡泡，似一尾白鲢从记忆的河流款款而来，看痴了。

　　岁月是张粗粝的砂纸，无情地打磨着，磨破了皮，渗出血，结了痂，再磨，直到犀利磨出茧，才不会有痛的感觉。有人说那叫成熟，我说那是老。

　　没必要躲避的，即使你再害怕，终是无法拽住岁月向前的脚步。坦然地看，妆镜中那张不再年轻的脸，多了一条皱纹，长了一根白发。无所谓的，各个阶段，自有各个阶段的美，就如各个阶段自有各个阶段感兴趣的事。

　　对茶的兴趣，从什么时候开始的，不记了。蓦地发现，无茶不水。

　　先是专注于龙井，不论四季，一天不离。看那修长的嫩芽在水里雀舌旗枪地舒展，载浮载沉地自在，心里是笑着的。茶汤是清浅的绿，明亮得动心，像青春的岁月，不染纤尘。

　　喝下，唇齿留香，迷恋着。想起阳光下，在那片河边的草地，拔起一根青草，闭上眼，闻它微苦、清澈的味道。安静美好。

　　就像命定的缘分，生在初初的心里，遇见时，没有一丝的生疏，就是他了。那个初春的黄昏，带着凛冽的冷意，风中，老家院子里的邂逅，对，就是他了。是绿茶，干净欢喜。这就是青春的岁月吧，清冽甜美，伴和着成长的苦涩，充满了无数的不确定和莫名的诱惑。

　　那苦涩、不确定和诱惑，如茶，心甘情愿地喝，心甘情愿地把滋味留在心头，细细品，慢慢尝，深刻味蕾最初的记忆。而那最初的遇见，最初的爱恋，便也深刻到了骨子里，无以替代，无可复制，不被消磨。

　　起初，不喜欢普洱，不喜欢红茶，觉得它们太过跋扈，还没怎么着呢，那茶汤的色彩就扑面而来，霸道得化不开。而那气味，抑或馥郁浓醇，抑或回甘舒缓，和那色彩相得益彰。就是一个浓烈。

之后，说不清是因了什么，就那样赫赫然地喜欢上了浓烈，喜欢上了红茶，喜欢上了普洱。静静地看过去，觉得它们更像是烟火的生活，浓郁，还有点颓废，意兴阑珊的，有种无法抗拒的吸引力，就那样沉落下去，沉落下去了。

　　是爱上一个人吧，只那么一眼，对，只需那么一眼，就爱上了。就像司马相如和卓文君的爱。司马相如应卓王孙之邀参加宴席，席间，司马相如用"绿绮"古琴弹奏一曲失传已久的《凤求凰》，引来知音卓文君，不就只是相望的那么一眼吗？卓文君就舍弃了鲜衣怒马的豪奢生活，做出了惊世骇俗之举——与司马大才子私奔。宁愿去过清贫的日子，甚至当垆卖酒，而司马相如则跑堂打杂，夫唱妇随。多么烟火，多么深情。

　　爱，往往没有理由，只需一眼。爱上了，便一发不可收。爱得失了自己，爱得低到尘埃里，像一团浓彩抛进了凋敝的冬季，演绎——

　　　　红色是锣鼓

　　　　橙色是缠绵

　　　　黄色是荼蘼

　　　　绿色是彼岸

　　　　蓝色是长空

　　　　靛色是岁月

　　　　紫色是妖姬

　　　　白色是天涯海角

　　　　黑色是长夜漫漫

　　心无旁骛的绝色浪漫呀！多像红茶的色调，多像普洱的色调，是了，是了，就是了。

越来越觉得，凡俗的生活更幸福。锦衣玉食，是给别人看的；灯红酒绿，更是逢场作戏。开门七件事，柴、米、油、盐、酱、醋、茶，如那浓烈的色调掺杂在一起，不分彼此，是贴心贴肺的温暖。和着爱情的明月光，成为他心头的朱砂痣。

将醒未醒的梦里，他递来一杯茶，那是霸道的爱情，色调浓烈，回甘绵长，感动得心尖战栗。

那么，我宁愿爱着，卑微到没了自己。

茶，不离；色，不弃。

不再让你孤单

谢谢你让我踏踏实实地活在你的生活里。

电影《不再让你孤单》，李佩如对方镇东说的一句话，让我泪奔。

一个拜金女和一个责任男的烟火爱情，就那样击中了我。看方镇东肩上挎着一个布袋子，里面装着几根大葱，去接下班的李佩如，四溢着浓浓的烟火味道，我的心，沦陷了……

年轻的时候，只觉得爱情是天下最浪漫、最纯洁的事，不可以和世间任何凡俗的事情有瓜葛，只是纯纯地、深刻地藏在心底。在稿纸上认真地写下：我想你！我爱你！然后小心翼翼地装进信封，在投进邮筒之前，还会把寄信的地址看了又看，生怕有丝毫差错。

之后的几天，便是漫长的等待。每天都要去收发室看看有没有来信。明知，昨天才刚刚寄走，不会这么快就有回音，但还是去看。掰着手指头数日子。收到信了，终于收到信了。怀里像揣着只小兔子，惴惴不安而又欣喜万分。拿着信封看了又看，那熟悉的笔迹，似乎是你的脸庞，蓄着笑，含着情。再慢慢打开，小心翼翼地，怕弄坏信封，一丁点儿也不愿意让它坏。举着信，沉醉着，徜徉着，诱惑着……

一个字一个字地看过去，在心里轻轻读出来，体味着字里行间的深情爱意。那信不仅仅是爱的表达，也是心灵间的相互浸润，是灵魂的偎依，是一场爱的修行。那个时代，没有网络，没有手机，长途电话需要去邮局排队打，而文字，便成了最方便、最直接表达彼此牵挂和爱慕的途径。那爱情纯得不染纤尘，甚至连牵牵手都会觉得是亵渎。就像方镇东对李佩如的爱情，刚开始的时候，只是远远地关注她，默默地帮她做事，不求回报，不计后果，只是一味地付出，私自地爱着，单纯地不想让她再孤孤单单地漂泊。

当红尘裹携着洪流席卷而来，书信维系的爱情显得不堪一击。那些靠鱼雁传情的年代，有多少情侣无辜地失散，有多少恋人怀着爱情，却要背负分离的无奈。

离散了，离散了，充满了怅然与刺痛。

经历了沧的海桑的田，岁月无情地在脸上刻下印痕，夜深人静的时候，那个镌刻在心田的身影挥之不去，久久地，久久地萦绕着。原来，见过再多的人，经过再多的事，最初的那个人，随着时光的流逝，不会淡漠，相反却是更加深刻。这就是人生初见的魅力吧，有涩涩的酸，也有缠绵的忆。

李佩如创业失败，花光了方镇东卖掉祖屋帮助她的钱，逃回香港，却逃不出对方镇东的思念。在光鲜的衣服堆里潦倒的李佩如，发现钱包里的便签上留有痕迹，是方镇东写的却没交给她的：不再让你孤单。

被打动了，被打动得一塌糊涂。

李佩如回到方镇东身边，即使他丢了工作，即使他患了失忆症，即使他的生活更潦倒，但有爱，有如初见的爱，怕什么？只要两颗心在一起，只要不再孤单，就可以抵御一切苦难。

去找回来吧，那个曾经写信的女孩儿，那个把初开的情窦吐露给你的女孩。寻找的过程是艰难的，但终归是找回来了。当你看着瘦瘦的不再青春的她，心底是酸楚的内疚和宝贝失而复得的狂喜。紧紧地，紧紧地，拥她入怀，给她一片应许之地，给她一个"不再让你孤单"的承诺。那么美，那么醉。

岁月洗去铅华，剪去枝蔓，删繁就简的过程显得痛苦而漫长，但回归简单平静后的流年，却是那么安静、美好。就这样，踏踏实实地活在彼此的生活里，交织着烟火的爱情，更加真实更有味道。

一部电影的精彩，不在于故事多么跌宕，演员的演技多么高超，场面多么恢宏，只那简单的一句话，一个朴实的镜头，就会撼动心底最动情的纤维。方镇东给李佩如"不再让你孤单"的承诺，李佩如给方镇东执着而绵长的相守。而真正的爱情，不仅需要轰轰烈烈，更需要烟花绽放之后，美丽的延续。爱是两心朴素的妙合，是在平淡岁月中，能够演绎活色生香的能力。

爱了，就深刻到骨子里吧。不再让两颗心孤单，从此，无须惧怕滔滔浊世中的颠沛流离。

共守一炉香

记得林清玄说过：所有的夫妻最后都要迈入"共守一炉香"的境界，久了就不只是爱，而是亲情。任何婚姻的最后，热情总会消退，就像宗教的热诚最后平淡到只剩下虔诚，最后的象征是"一炉香"。在空阔平坦的生活中缓缓燃烧，那升起的烟，我们逼近时可以体贴地感觉，我们站远了，还有温暖……

看着这段文字，有种贴心的慰藉。年轻的时候，我们都想找到不折不扣的爱情，和内心的企盼不能有丝毫的出入，要的是那种至死不渝，要的是那种轰轰烈烈，要的是那种"我的眼里只有你"的完美，不容亵渎，不容变通。而在恋爱过程中，因为爱，有了妥协，有了让步，有了宽容，有了许多不能不有的内容，最后走到一起……爱情随着相互之间的磨合，随着时间的推移，融合在一起，变成亲情，最后成为那共守的一炉香，为对方升起袅袅的烟，为对方散发温温的暖。

我的脑海中，常常会浮现出爸爸扶着因患脑血栓而偏瘫的妈妈下楼的情形：清瘦的爸爸扶着妈妈偏瘫的右臂，妈妈左手拄着拐杖，吃力地一阶一阶往楼下走。每走一阶，似乎都要使出全身的力气，然后稍稍站立一下，再继续……我总是没有勇气看着爸妈下楼，觉得拐杖移动的每一下都是重重地敲在我心上，痛，撕裂的痛，无能为力的痛。不看，便可以麻痹自己，便可以躲一时之痛。

和爸爸说起我的感受时，是一个冬天的午后，阳光暖暖地照在身上，话题虽然有些沉重，但阳光的温暖稀释了一些心底积蓄的情感。我问爸爸，妈妈生病的二十多年来，他是怎么坚持的？爸爸说："还要怎么坚持？我不照顾她，谁照顾她？日子一天天地过，慢慢地，二十多年就过去了，说快也挺快的。"

二十多年，就被爸爸这样轻描淡写地几句话说过去了，而其中的苦辣酸甜，恐怕只有亲历的人才知个中滋味，但爸爸的脸上，写满了平和的微笑，爸爸的身上，散发着平凡的光辉，爸爸的行动中，是平淡的坚持。我想，这便是爸爸与妈妈共守的那一炉香吧！而爸妈的爱情，早已在岁月长河中，幻化成亲情，互相依赖，彼此关心，为对方点亮微光，散发微热，虽渺小，却恒久。

而今，妈妈离开我们已近十五个月，在这四百多个日日夜夜里，我和爸爸的心端都被亲人离世的疼痛啃蚀着。我们深知彼此内心的煎熬，但却从不在对方面前表露。爸爸给我的，仍是温暖的微笑和对漫长岁月的感恩；我给爸爸的，是女儿的体己和老人是宝的快慰。妈妈走了，她和爸爸曾共守的那炉香仍在燃烧，我愿替妈妈守好这炉香，不会因妈妈的离去而失去温暖。

我们每个人，都会有那么一个"共守一炉香"的人，在累了的时候，有一个肩头偎依；在倦了的时候，有一个臂弯休憩；在病了的时候，煮一碗白粥休养生息；在老了的时候，十指紧扣走在风里……爱情的香火，幻化成亲情的延续，是境界的升华，是山一程、水一程光阴里懂得的慈悲。
燃起的那炉香，在如歌岁月的纵深里温情燃烧，升起袅袅的烟，散发温温
的热，无怨亦无悔。

一个人的海

　　一年的最后一天，难得没有事情追着。于是，给自己放了半天假，算是对一年忙碌的犒劳。总是羡慕从前慢，但当节奏真的放缓下来的时候，还真有点儿无所适从。清理了一下有些茫然的头绪，我想去海边。

　　说走就走，一路向南。

　　路上车少人稀，喜欢这清寂。降央卓玛低沉、浑厚的女中音在车里回荡：那一日闭目在经殿香雾中，蓦然听见是你诵经中的真言；那一夜摇动所有的经筒，不为超度只为触摸你的指尖；那一年磕长头匍匐在山路，不为觐见只为贴着你的温暖；那一世转山转水转佛塔，不为来世只为途中与你相见……设了单曲循环，只听这首歌，喜欢。

　　沿着海边慢慢行驶，偶尔有车驶过。近处栈道上三三两两的人在走，远处海岸线悠长蜿蜒，恰好的安静，恰好的空寂，一切都是刚刚好。把车停好，我没动，静静地坐着，享受这久违的安闲。多久了，没有这样闲适过，久远得寻不到蛛丝马迹，似乎总被埋没在繁复的事情里，浮躁着不得安宁。我是那么浅薄笨拙，无法从琐碎中脱离出来，不能许自己一段幽微的岁月，寄放这颗名枷利锁的心，只能任其在浊世狂涛中载浮载沉。而此时，就在岁末的这个下午，我终于下决心放纵一回，不去惦记家里的老小，不去关注没完没了的工作，不去寻找朋友的陪伴，只是自己，一个人，私密地和大海约个会。

这片海并不陌生，这里曾留下我青春飞扬的脚印，曾记得我大起大落的悲欣，曾浓妆过我无所顾忌的浪漫，也淡抹了我细水长流的深情。今天，我又姗姗而来，只带着一颗娴静的心。

天空微蒙，阳光有些吝啬，风虽不那么强劲，却也凛冽，悄无声息地侵入骨血却又若无其事。我裹紧大衣，走向松软的沙滩。海面波光粼粼，银光此起彼伏，散发着萧冬无尽的寒意。站在那里，任海风把我的头发吹起，像寒冬安驻在树头的鸟巢，一意孤行地睡在风里。我的心，无比澄明素静，没有犹疑不决的纷扰，没有悱恻缠绵的怀想，没有如丝如缕的牵绊，没有患得患失的过往，只有当下。

我，站在风里，是如此飒爽快意，是如此淋漓酣畅。

海水平缓起伏，款款地涌上沙滩又优雅地退去，像在等待一个久违的朋友，不需要太多语言，只要看着对方的眼神，便知彼此的心意。目光看向远方，几艘航船点缀在海面，无比开阔寂寥。我什么都不想，只是静静地看着眼前的一切，感知海的无涯无边，感知风的无色无源，感知岁月更迭的无声无畏，感知低温而热烈地活着的我的渺小……

回到车上，《那一天》又在耳畔响起，把刚拍的海的照片发到微信同学群里，我说："可还记着这片海？"很快有同学回复："和从前一样！"我说："我替你们看过了。"同学们你一言我一语地热烈回复着。是啊，到了怀旧的年纪，谁能不慨叹，谁能不回首，又有谁能不伤感，但是无悔。

不算明媚的阳光柔和地洒在大地上，我意犹未尽地驶在沿海公路，索性又把车子停在路边，随手拿出放在车里的一本书看了起来，感觉如此惬意。这样的体会，得未曾有。你分明就在我身边，我感觉到你温情的目光注视着我，我感觉到你温暖的大手抚触我的脸庞，我甚至感觉得到你温热的呼吸在我发际荡漾。其实，你离我那么远，远得非我视力所及；可是，却又那么近，近得能听得到你心跳的声音。我的心充满感恩，充满暖意，没有一丝一毫的孤单和清冷。是的，我真切地知道，不论我在哪里，你都在我心里，陪伴着我，懂我的悲喜和冷暖。

这本名叫《幸福是杯下午茶》的书还在我手里，我许了自己这么一杯名叫幸福的下午茶，一个人独享。这杯异乎寻常的下午茶显得那么珍贵奢华，是浮世抽离出来的云水禅心，是前世承诺过的握手相许。不言，不语。此刻，心海如澜。想起在杭州的那个下午，独自游荡在熙熙攘攘的街头，耳边突然响起江美琪的歌——《亲爱的你怎么不在我身边》，我呆立在那里，这首十几年前的老歌，是我八年来不曾更换过的手机铃声，下意识地摸手机，它不声不响。我仿若他乡遇故知，惊诧而欢喜，眼眸间有潮湿的暖。那个下午，这场蓦然的邂逅，带给我无可名状的隐秘欢欣。就如这个下午，我一个人与海的约。

是啊，亲爱的，你怎么不在我身边？我多想与你一起共饮这杯名叫幸福的下午茶。隔海相望，隔着一个传说的距离，握着韶华，握着风霜，山叠云重，心却仍未肯老去。怎么能甘心就此老去呢？你懂得，我所求无多，只愿在一天忙碌之后，回到家里，和你一起吃碗热气腾腾的鸡蛋面。

我发动车子驶离海边，驶在岁月纵深的纹路里。行至那座偏僻甚至荒凉的塞外小城，行至山脚下的那个下午，行至下午那一瞬间的不经意，就是那一瞬间的不经意，绽放出了世间的绝美。这绝美，散发着迷人的芬芳，氤氲在绵长柔软的时光里，自成传奇。

捧着这盏下午茶，暖意在指尖悄悄盛放，虔诚地独自静饮，纪念岁月深处这一抹微澜。即使青丝染霜，也不忘，不弃，守候着，让所有光阴都慈悲。

一个人的海，我以我的方式向旧岁告别。

飞

　　飞，很简单，只有三笔，显得那么单那么薄，我和它熟识几十载，几乎天天要写，却还是写不好。其实我更喜欢繁体字的"飛"，由两个"飞"和"升"组合在一起，有比翼齐飞的温暖。甲骨文的"飞"也好看，像两只南飞的雁，是出双入对的不孤单。只是不知道怎么就把那么有情调的"飛"，简化成了现在的样子，看似容易，要写好真是很难。不论怎样，飞就是飞，就是这么简单了然，改变不了的，就接受吧，况且，这个字，会陪伴我一生一世。

　　看着这单薄的一个字，有种茕茕孑立的感觉，孤独，却也超拔。不合群，是因为无措，以凌空而起的姿势表达自己，希望能遇到一个懂得的人，似我。

　　小时候做梦，在悬崖或高山上逆风而立，张开双臂要像鸟儿一样高飞，纵身而起，肩胛骨处隐形的翅膀没有张开，不料却做了向下的自由落体，直到峡谷深渊，心都提了起来，由心尖传递出一股麻麻的电流，倏地一下传遍全身，还没摔到谷底，像被一张无形的网网住了，定格在那里，这时忽然就醒了。醒来，心还在快速地跳，"咚咚咚"地，感觉那心要从心房跳出来，赶紧用手按在胸口。先是惊恐，接着又有种不可言说的神秘，仿佛探到了生命某种层面的隐情。

犹豫，害怕睡着了后，还会接着做这个梦而被再次惊醒；还又有所期待，梦里那飞的感觉，虽然心悸，但却如磁石般牢牢吸引着我，盼望着再一次张开双臂，尝试着飞翔，说不定这一次真的就会像鸟儿一样，穿云钻雾自由高飞了呢？又或者，在梦里我能不能像骑鹅旅行的尼尔斯一样，只需要伏身在大鸟的背上，便可以借助那一对羽翼丰满的翅膀，越过高山，飞过海洋⋯⋯

行年渐长，这样的梦也渐行渐远。私下里会偷偷地想，自己的前世会不会是一个折翼的天使，今生投胎在母亲怀里，来体会凡间的苦、辣、酸、甜，来经历生命苦难与幸福的此消彼长。只有在梦里时，才会温习到天使飞翔的感觉。也许，因为这些冥冥中隐秘的连接，父母给我取名时，用了"飞"字。

这些，不过是我一厢情愿的遐想。其实，我的名字只源于《木兰诗》里的一句诗——"万里赴戎机，关山度若飞"。大抵父母看我生得柔弱，便希望我能像花木兰那样女扮男装替父从军，飞马风烟起，扬眉剑出鞘吧。可惜的是，我没能像父母期望的那样出色，只是像株植物一样，简单安静地生长。又或许，父母根本就没对我寄予什么叱咤风云、决胜沙场的厚望，只是取一个简单坚强的名字，让我的骨子里多一些韧性，少一些孱弱，学会坚韧饱满、自在淡然地生活。

对于名字，真没和父母仔细讨论过，不论是怎样的初衷，我都知道，父母对我一生平安健康的祝福，会在契阔的生涯里如影随形。

东汉许慎的《说文》里对"飞"的解释是："飞，鸟翥也。象形。"是的，由"飞"字，定是会想到鸟儿的翅膀，那无数羽毛长成的优雅弧形，由稚嫩到强健，阳刚却也柔美，是麻雀的，是燕子的，是海鸥的，还是大雁的，我更希望是苍鹰的。那双翅膀凌空而起迅疾如风，有直冲霄汉的豪迈，也有盘旋滑翔的悠闲，更有倏而俯冲的果敢，还有凤凰涅槃的重生，它是天空的王者，天空不过是它的陪衬。

再看"飞"字，还是单薄的样子，还是孤独清寂着，却有了铮铮傲骨、安闲静雅的神韵。看着它，又想起和朋友在海边湿地看到的海鸟，落在地面上时，它的身体小小的；飞上天空后，会让你惊叹它居然拥有那么一双硕大有力的翅膀。就是这样一双翅膀，让这只小小的鸟儿骄傲地飞在蓝天，飞越海洋。鸟儿的翅膀任性地带着它穿云嬉浪，无拘无束地翱翔。因为那翅膀承载着梦想，张开的羽翼，显得那么纯洁、那么高贵、那么自由，没有"天高任鸟飞"的跋扈傲慢，只有怀揣着梦想"众鸟高飞尽"的执着。

飞，来吧，退去骨子里的清寒，不要总是被"万里赴戎机，关山度若飞"的责任驱使，还可以有"西塞山前白鹭飞，桃花流水鳜鱼肥"的闲适与轻逸；不要总有"千山鸟飞绝，万径人踪灭"的孤单薄凉，还可以有"穿花蛱蝶深深见，点水蜻蜓款款飞"的热闹欢喜。看，隐形的翅膀上，那纤弱的羽翼正在渐渐丰满。

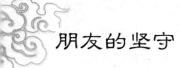

朋友的坚守

　　阳光轻轻洒在地面上，我坐在阳台的沙发上出神，手中的书摊开着，整个下午，没被翻动一页。屋子里流淌着琴声，思绪随着乐符和女儿在琴键上优雅起伏的手指游走，就这样凝固在时光里吧，不去想转角处潮湿的心，不去想今天过后，明天要去应付的事，不去理会岁月流逝带走的梦……

　　然而，不想、不理会，不过是一厢情愿！王小柔说过一段话，坚硬的语言，读来却满心温暖：有时候生活就像一场接一场的战斗，要不停地提醒自己，轻伤不下火线。好在，壕沟里还有战友，中枪了，我们依靠着还能继续坚守，我们是彼此的左膀右臂。让子弹飞吧，不怕，还有我在！

　　不怕，还有我在！铿锵的几个字，是不是给人一种坚守的踏实？生活原本是波澜不惊的，是我们自己把它过成惊涛骇浪。其实每个人，只是把设定的命途走完，不必询问未卜的结局，无须等待岁月的恩护。人生之路，是穷途末路也好，一马平川也罢，都需要有勇气去承担。承担的背后，倾注着朋友不离不弃的坚守。

"快回家，你妈妈不行了！"爸爸的电话，如雷般炸在耳畔，在我的神经没被突如其来的痛击垮之前，逐一安排了一些事情之后，脚步明显混乱，恨不得一步当作两步走。我清醒地知道，自己的心绪乱了。原本去公交车站等车回家的朋友，看到我的状况，坚持陪我一起回家，担心我应付不了这变故。朋友是明智的，到家的我，已然乱得无章，只知呆站在门边，奢望大夫能够有回天之力。直到哥哥回家，朋友才悄悄离开。事后想想，如若不是朋友一路相随，我那支离破碎的心恐怕坚持不到家就已经崩溃了。

　　处理妈妈的后事时，大脑一直处于痛的状态，常常呆坐在那里，泪却不由自主地流，还说些颠三倒四的话，又是相处多年的姐妹日夜陪在身边，在我垂泪的时候，默默倒杯温水；在我不知所措的时候，轻轻握住我的双手，对我说："别难过，有我在！"

　　那一个个难眠之夜，更是在朋友的陪伴中度过，他说："我随时陪着你！"几个简单的字，却给了我莫大的温暖与慰藉，让我踏实地知道：我，不孤单。

　　就在此时此刻，静静的夜，无星无月，像无边的怀抱，抱紧每一个奔波疲倦的灵魂。我在柔和的灯光下，回想曾经，那一件件刻在心底的前尘往事，那一张张鲜活的笑脸，给过乃至仍在给予我支持与温情的朋友们，他们给了我踏实的坚守，让我在漂萍离散的尘世中辗转时，不会觉得寂寞凄冷。

　　而我那些知冷知热的兄弟姐妹们，时光悠悠青春渐老，还是那么好！人来人去，世事变迁，一件一件回想起来无一不是漫长的起落跌宕，且伴随着悲欢交集的过程，记得你们、记得那些事，是因为在不知不觉中这一切都已成了生命的刻痕，甚至是生命的一部分。

　　人生就如一个棋局，我们不过是那些冲锋陷阵的卒子，一旦越过楚河汉界，便不会再有回头路可走。而我们走的每一步都精彩绝伦，但都不可逆转。那些陪着我们一路厮杀的战友，也许会在某个渡口离散，莫去怪怨人世的薄凉，这不过是缘深缘浅使然。佛说，前生五百次的回眸，才换得今生的一次擦肩。年华无边，人生有涯，在浩荡风烟中遇见，便值得珍惜吧。

谦卑地感恩，陪我一路同行的朋友们！

得未曾有

初秋，乍凉，早起。

泡一壶闲茶，为自己。坐在阳台的沙发上发呆，想起姐姐说的话："像猪一样生活。"笑了。的确，我还没洗脸，放任自己懒惰。安静的时光里，许自己一段任性的光阴，让内在的狂野、慵懒、不安分安放在没人打扰的清晨，换上童话的玻璃鞋，独舞。

喜欢安九的歌，喜欢她的《当我们老去》：你倚着门前树桩，我偎在你的身旁，五十年了，你的笑容还是一样……于是，想起你的笑容，温暖初秋的微凉。

在双唇触到茶汤的一刻，内心满溢着幸福，饱满的，快乐的。是的，就连这茶，也是你为我准备的。不过，今天我有点儿心急，急着品，没能把这黑茶泡出好味道。但这茶终归是好茶，即使没醒好，茶汤的颜色还是那么明黄透亮，盛在汝窑的瓷杯里，有琥珀的质感。

我的思绪，断断续续地在这个清晨弥散开来，没有因果，没有目的，没有边界……这一切，得未曾有。

得未曾有，喜悦。

《得未曾有》也是安妮宝贝改名庆山后的首发新作。读来，是完全不同于以往的感觉。没有晦涩，没有犀利，没有执念，是岁月赋予了她更多的温润，还是经历让她变得更寥廓、简单？我们常常会慨叹岁月无敌，造化弄人，无奈于不可抵挡，无力扭转，其实顺应和接受是另一种更好的化解方式。也许，我只是看到了表象的安妮宝贝成为庆山，并不懂得她内在凤凰涅槃的曾经。

相对于安妮宝贝，我更喜欢庆山。不论她的文字是怎样的风格，安妮宝贝感觉上有些矫情，庆山是简洁、自然的，越是自然的东西，越有味道。这味道不是特立独行，也不是出尘飘逸，是淳和安宁的，如一石一溪、一草一木，是至简的回归。庆山说："改名不代表安妮宝贝这个名字的消失。……这个名字始终是我一部分，我生命的组成，它包含其中。"她称自己为一个平凡而安静的写作人，十六年的写作经历，从青春过到中年，她在其中试图发现自己和寻找自己。有了当初的安妮，才会有如今的庆山。是经历，也是造化。就让我姑且妄言吧。

不论如何，得未曾有，是美好的。

庆山在《得未曾有》中，把自己置于旁观者的角度，从江南到甘肃，与遇见的四个不相识的人交谈。她是冷静而感性的，理性的表达却也无处不在，似一个客观而又柔软的精灵。夜晚，看她的文字，仿若她在你面前娓娓道来，说着那些人、那些事。爱作画也善于烹饪的厨子、回归农村的摄影师、年轻僧人、以古法弹奏的老琴人。他们的故事，铺陈出一幅幅画面，以庆山的文字描摹出来，素朴、坦率地入驻心底，不设防、不虚伪，似浮世的一扇屏风，把躁动阻挡在门外。我会在这样的文字、这样的故事中安然入睡，像拥抱着真实的自己，踏实而恬静。

庆山是有慧根的，她巧妙地把生存最基本的吃饭、居住与更高层次的喜好、精神的追求和满足安排在一起，日常而超脱。我想沿着她的足迹，去探访她书中的人物。到杭州刘汉林的"醉庐"尝尝他的柴灶鸡和滑蛋蒸黑鱼片，再畅饮主人自酿的梨花酒，醉倒在桂花树下。如果能得到他亲手做的青花瓷器，是再好不过的事了。湖南常德有摄影师魏壁的家，看看他镜头下的那些老物件，还有他从城市回归乡土后的原生态。那些被他捡回来又一次次摩挲过的碎瓷片，或宋或清，在时光的隧道里泛着幽幽微光，是机缘，也是诉说。他房前屋后的树又长高了吧，春天生机勃勃，夏天浓郁，秋天萧沉，冬天宁静。这样的日子，该是多么恬静美好。这样的生活，这样的心境，才能创作出与神相会的好照片。

拉卜楞寺，位于甘肃甘南藏族自治州夏河县，被誉为"世界藏学府"。桑济嘉措是在那里学习的藏族年轻僧人。他看书、诵经、听音乐，喝茶、写作、画唐卡，种花、野炊、看电影……像我们每个平常人一样学习、生活，甚至娱乐。世俗的浮躁没能浸染他安静的灵魂，在无边的佛陀世界里，他参悟而得，哲思而广，辩论而深，以微妙的速度成长。苏州悠长的老巷，光阴斑驳了青苔，却时日朗朗，这里住着弹古琴的老者——叶老师，点燃一炷"飞鸟"香，贯清风于指下，空气中听丝弦的摩擦声，心底生出清凉，被安抚成一匹平滑的素缎。古琴三千年的历史，在她的指端传承、流淌，十四岁学琴，直到八十几岁高龄未曾间断。因为古琴，她成为张大千的弟子，跟随张大千在成都学画。画道与琴道交合，使她更加简静、中和。在岁月的浸润下，叶老师的琴曲令听者生起欢喜和清净的心。时光冉冉，有怎样的心，才会有怎样的音，在叶老师的琴音中，安静自省……

这些人，这些事，在庆山的《得未曾有》中款款而来，亲贴雅正，读她的文字，我的心底也生出无尽的清欢与素静。

　　我曾沦陷于尘世的庸碌与追逐被人肯定的泥沼中而乐此不疲，未曾认真听取过内心的声音。内在的丛林已长得郁郁葱葱，在我不经意的时候，会跳脱出一只小兽，让我知道有个真实的自己，云淡风轻地生活在自我的世界里，不争、不怒、不妄、不痴，让我生起黄金一样的心、大地一样的心、月亮一样的心、水一样的心、云一样的心。这小兽是我的般若，虔诚地引领着我，得未曾有……

　　黑茶的味道由浓转淡，茶汤的色彩也自深而浅，安九的歌仍在空气中回荡，仰头，秋天的阳光不再那么刺眼而变得温柔明媚，收起童话的玻璃鞋，接纳内心的狂野、慵懒和不安分，做回寻常的自己，只是更加真实、更加自然。

放爱一条生路

　　如若不是手机显示来电联系人是谁，我万万听不出那是她的声音。原本甜美清丽的声线，变得喑哑忧伤，仿若暮秋风雨后凋零一地的落叶，残破而落寞。这怎么会是一贯恬淡坦然的她？

　　我怀着莫名的紧张和巨大的惊恐，是的，是惊恐地接听她的电话。她的声音，听起来那么痛楚。我甚至不敢深呼吸，唯恐我深呼吸的动静会使她的痛楚增加。显然，她正在饱受煎熬，虽然我不知道这煎熬的由来，但她传递给我的信息，就是正在一个无可名状的黑洞里挣扎，找不到方向，无所适从。她需要一个值得信赖的人来听她的诉说，以此缓解她的痛楚。而我，就是她选择的那个值得信赖的人。

　　听得出电话那边的她一直隐忍着泪水，声音略有哽咽，从她杂乱无章的叙述中，我听出了大概。她偶然发现一直深爱着信任着的男人另有他人，这人不是新欢，却是旧人。她不知道是藕断丝连，还是旧情复燃，抑或藕压根就从未断过。这些都不重要了，重要的是他们还联系，还会在一起。这样的发现，对于一个极尽情爱的女子而言，无异于晴天霹雳。我太了解她，她的决绝，她的凛冽，她的独立却又依赖，甚至她的宁折不弯。

她说，她曾无意中看到过一个女人发给他的短信，模棱两可而暧昧的语言。当时她没在意，以为不过是风月的玩笑罢了，她自信于他的忠诚。但后来又偶然在网上看到他给那个女人买东西的订单，甚至还有内衣……而有的东西，竟然是她刚刚离开他身边拍下的。后来回想，其实，即使他们在一起，他也会接听那个女人的电话，甚至避开她发一些信息。这样的发现，摧毁了她对他的信念，让她的爱情转瞬间变得面目全非，也打破了我想努力说服她只是朋友的企图，令我逼仄得越加无言。

我给不出她任何建议，我也无法给她指出什么方向，甚至不敢询问她的打算。我能给她的，只有倾听和些许无用的安慰。也许，她的确也只需要倾听。

我们都是深一脚、浅一脚走在路上的人，那些温情缠绵风日朗朗与曲折疼痛疾风骤雨都属于我们。不论怎样的经历，都需要自己消化，都得用自己的双肩去扛。扛得住，就走了出去；扛不住，便停了下来，甚至沉沦。是的，她所倾诉的，就是必须由她自己面对的事情，我只是她选择的一个倾诉对象，能给她一个有力的拥抱，能借她一个短暂依靠的肩膀，能递她一张拭泪的纸巾，仅此而已。

一个人之于另一个人的重要，一份情之于一个人的深刻，只有当事人清楚。她甚至说，如果非逼着她及时行乐，她也会。听她说的话，我的心也是疼的，为她疼，为爱疼，为纯洁疼。我知道她已经有了和他要个孩子的想法，一直在积极备孕，而如今，面对这满目不堪，不知道她会做什么样的抉择，离开或者继续，都有道理。挣扎之苦是必须要经历的，毕竟是真情真心地爱着。我想，她发现真相的时候，世界碎了，坍塌了，往昔信誓旦旦的诺言筑起的固若金汤的城，顷刻变成了吹弹可破的纸。生活总是离不开缝缝补补，都会有穿针引线的痛，针脚绵密一些，会不会就结实呢？妥协和坚持，都需要勇气。

挂了电话之后，我也经历了一个不踏实的夜，扣着自己的心，疼着她的痛。嘈杂而狂乱的梦一再闪现，睡着却又醒来，醒来继而睡着，糊涂得分不清梦与醒，仿若那事发生在自己身上。其实，如若真在我身上，也会凌乱。

这世界怎么了，既然是真爱，为什么就不能专一呢？难道辗转在不同女人身边，男人才会有面子？抑或，他们贪的，只是欲望的欢。这样的抑或，我也受之不得。可能也只有我这么傻吧，只想不枝不蔓，只愿经纬分明，只是专情于一个纯。但我无论如何也不能苟同，不能接受身边有几个女人的男人。有什么道行的人，才能写好一个"专"，做到，难道很难？狼是大草原的图腾，而狼的爱情是人类的图腾。一匹狼一生只有一个伴侣，它们可以为爱献祭，能够为对方赴死。我们不去求"不求同日生，但求同日死"的神话，我们只求纯粹、专一，不是很难吧。原谅我，我是一个有精神洁癖的人。

过程就是结局，这句话很在理。结局看似宿命，实则每个细节都包含在过程里，是必然。我们有时很难做到顺其自然，总是想让自己的想法、行动左右什么，忽略了凡事皆有定数。有些路，走着走着就断了；有些人，走着走着就散了。求得圆满便求，求不得圆满，不将就。

这天，我站在窗前凝望鲜红的落日，看那温暖并不耀眼的大太阳像一个硕大的圆盘落在楼顶，挂上树梢，隐于闹市。此时太阳的光辉，有种纯棉织物的感觉，贴心亲切，很想扯一块儿下来，披在肩上。路上人车如流，纷纷奔向自己的目的地，不会因昼夜更迭而停止。手机蓦然响起，她的声音，已退去了上次的惊诧与苦楚，恢复了往日的纯和坦然。她说，放爱一条生路，在薄情的世界里深情地活。她的决定，不论进退，我都理解。

放爱一条生路，听起来有点儿悲怆。不是执迷不悟，也不是作茧自缚，是经过深思熟虑后的选择。放爱一条生路，也是放过自己吧。对爱人仁慈，就是对自己宽容；对从前糊涂，才能给将来机会。这是我的内心独白，也是对她的祝福。学会留白，是智慧。我忽然就懂了什么是强大，所谓强大，就是受伤后好起来的速度。有人需要几年，有人需要几个月，有人仅需要几天。能自己上医院，能自己舔血疗伤，能笑对落差的女人，更强大。

滚滚红尘中阡陌纵横，再多的路，走在脚下的也只有一条。张爱玲与胡兰成，陆小曼与徐志摩，孟小冬与杜月笙……他们的爱情，不论温婉，还是豪放，不论波澜壮阔，还是静水深流，从别人笔下写出来的，就不是原本的味道，个中滋味，只有当局者品尝得到。感情这种东西，效仿不得。只有用心走好自己的路，用教养，用心智，用虔诚，用纯真去经营，才能获得尊贵的爱情。

立春了，万物复苏，长风浩荡。我不想让自己的心消磨在春光照不见的地方。尽管人生路上风尘仆仆地跋涉多年，我还不会世故，不会糊弄，不会讨巧，只是像株植物一样，简单安静地生长，会心生喜悦，也会心有微澜。

海的情绪

　　从梦中醒来，看到透过窗帘的一缕阳光，意识到自己又睡了一个惬意的懒觉。昨晚，和朋友相聚的笑语还萦绕在耳畔，茶的清香还遗留在唇齿之间，屋里柔和的光线，应和着我的心情，慵懒而放松，是我喜欢的闲适。

　　推开窗，海的气息扑面而来，初冬的风已透出凛冽的寒意，尤其是近海的高楼，强劲的风便是这里的常客了。喜欢被海风吹。春天，喜欢海风带来的温暖讯息；夏天，喜欢海风吹来的暧昧潮湿；秋天，喜欢海风裹携着清冽的微凉；冬天，喜欢海风粗犷的抚慰。

　　远处的海，在阳光下波光粼粼，泛着诱人的光华，离码头不远的海域，几艘轮船、点点白帆似归来的游子，徜徉在母亲的怀抱，若静若动，享受母亲无私的关怀。我是幸运的，可以临窗看海，与海默然相对。因为知道自己的幸运，所以愈加珍惜这机缘。每个晨昏起始，每次欢喜落寞，每回得意失意，我都会与海分享，向她倾诉我的快乐忧愁，诉说我的兴奋平和，这仿佛成了生命中的一部分，不可分割、不可或缺。我知道，今生今世，与海有约。

通往海边的路，熟悉得不能再熟悉，数不清走过多少次了，而每次的心情，似乎都很相同，那就是迫切。这个冬日，这个周末，我依然迫切地想去看看那片海。想让自己的心灵和身体做一次朝拜式的近海之旅。

我知道，这吹在脸上的风，是大海送给我的礼物；我知道，这彻骨的寒意，是大海迎接我的目光；我知道，在我抬头之际，海就会出现在眼前；我知道……尽管我知道，尽管一切了然于心，但我，还是抑制不住内心的驿动，不禁在心里低语：海，我来了！

记得多年前，读过杨锦的诗《冬日，不要忘了到海边走走》：

　　不要总是在八月去看海，

　　不要总是在人如潮涌的季节去看海，

　　　如果你喜欢海，就该记住：冬天，不要忘了到海边走走。

这轻轻的语言，提醒我的心灵：冬天，不要忘了到海边走走。于是，从那时起，我便有了冬天到海边走走的习惯。海在包容万象的同时，也有自己的情绪。既然今生与海有缘，那么就让我与海体己地相处吧。

冬天北方的海边，没有海南沙滩迤逦的南国风情，更没有碧海银沙的诱惑，有的只是静时的深邃旷远，动时的呼啸怒吼。如果接受海的温柔，就一定要理解海的暴躁；如果领略了海的妩媚与坦荡，就不该责备海的愤怒与咆哮。站在沙滩上，让海风透彻地吹着身体，用我的身影和双臂拥抱大海，以我深深浅浅的脚步，在赤裸的沙滩上书写对海永恒的眷恋。即使是深夜，即使是晚秋，即使是寒冬，我也愿意到海边走走，听海在欢乐人潮散去后的悄悄独语，洞悉海的欢歌与哭泣。

海风中，海浪在舞蹈，那是海孤独的身影；海风中，海浪在咆哮，那是海寂寞的语言；沙滩上，反扣的小船，那是海渴望的归依。悲怆、灰暗、阴沉的颜色，那便是天地混沌一体的冬之海。不管有没有雪，有没有暴风，有没有远航的船，我都会来看一看冬天寂寞的海，像看望久别的朋友一样，给海一点儿微小的安慰，不让冬日的海在孤独中感到忧伤，让海知道，有那么一个朋友，四季都揣着对海的关怀与向往。

当我像一个任性的孩子奔跑在沙滩上，海就似宽容的妈妈，轻拍海岸的浪声，是对孩子无微不至的提醒；当我如妈妈般怀着爱的心情来看海，海就像淘气的孩子，浪花痒痒地舔着我的脚丫，撒着娇，我不禁低下身体，触摸那一波一波涌来的潮水……海的情绪，不断在我心底书写着新奇与神秘，吸引着我一次又一次到海边走走。

我愿意，做一个海的痴情守望者。

人在旅途，步履匆匆，谁是谁生命中的过客？谁又是谁生命中的轮回？不管岁月如何更替，时空如何转变，我愿意守望着这片海，点亮一盏守望之灯，在夜的深处，在寒冬的凛冽中，在精神的高原上，让灵魂在海边舞蹈，让生命超越一切尘世的浮华，感受生之快乐，感知生命的凝重与多彩，抚慰心灵的创伤，纪念逝去的美好，寻找失落的梦想……也许，我对海微不足道的关怀，无以抵挡海的苍茫与辽阔，但我只是卑微地希望——欢乐人潮散去后的海，不会孤独和忧伤。

心似琉璃

阳台上的君子兰开了，柔和的橙色花朵，嫩黄的花蕊，让萧瑟了一冬的心情活跃起来。阳光懒懒地洒在地面，鹅掌木、风信子、吊兰、仙人掌，以各自的姿态生长。春来了。海滨城市对春的感知虽然有些迟钝，但终是有了些许暖意，吹在脸上的风不再凛冽，卸下冬装，脚步轻盈起来。我躲在沙发里，看着眼前的一切，有种颓废在旧时光里的沉溺，像岁月的旁观者，看四季嬗递，流年更迭，不惊不喜，不动声色。

手机里录的钢琴曲《我和你》，被女儿演绎得柔和、包容而大气，款款流淌在春光里，似乎看到她弹琴的样子，娇小的身形，修长的十指，专注的神情，是我的天使。须臾，耳边又响起班得瑞的《春野》，细腻的钢琴与优美的横笛交融出对春天完美的诠释，叮咚的清泉交织着鸟儿的啼鸣，一缕韵光穿越树林的罅隙，倾泻而下，轻风吹响了一树叶子，天籁般回荡。于是，再次深陷其中。

茶几上放着几本书，一壶红茶，一只茶盏，就这样知足于这方寸间的闲散。青花的侧提茶壶，壶把像只圆润的耳朵，与壶嘴相对，大大的肚子，显出憨厚的模样。壶壁上的青花枝枝相缠，一朵大大的牡丹盛开着，没有夸张的雍容，在蓝色线条下，倒是多了几分沉静，怀抱壶中的清茗，沉淀岁月的痕迹。喜欢这茶壶的憨实，温温吞吞的中庸，守着茶盏，守着我。鼓形的茶盏放在手心里，适当的大小，和壶相同的青花，杯壁上有茶迹和我的唇印。

时光就这样渐行渐远，毫无知觉。面对妆镜，看到一根白发，由它去吧，倒是盼着满头绽出梨花样的优雅。心已被繁复的世事，盖上过无数次印章，庆幸的是没被污染，明丽清澈着，无波无澜地停驻在锦瑟流年里。

我说：这样的日子是用经历换来的。

你说：经历是耐嚼的槟榔。

你又说：悠闲的日子里会嚼出更多的味道。

我说：只怕到时候没味道的是自己。

你轻笑。

我也笑，笑自己的傻。

傻就傻着吧，傻也是福气，是保持内心纯度的最佳方式。

春，是万物萌发的季节。心，也会随着暖意渐次苏醒。

记忆定格在海边，脑际是那句歌词：喜欢你从背后抱着我的感觉。是的，喜欢你从背后抱着我的感觉。背，是任我再用力也无法抱紧的地方，是常常感觉清冷的地方，是最无助的地方。我总会挺直脊背，不去依赖任何事物，就那样孤绝着，独立着。内心筑起一座城，会柔软，会妩媚，会绽放，但更会坚强。

深刻地记着那怀抱的温度和力度，记着耳畔温热的呼吸，记着那面庞，就那样一意孤行地陷落了。即使今生不再相见，这一切，在我心底，如泛着天青色光华的琉璃，清宁而隽永。

《药师经》记载药师如来所发的第二大愿：愿我来世得菩提时，身如琉璃，内外明彻，净无瑕秽。

药师如来的修为无法企及，但可以把红尘做道场，在你的字里行间修行，心似琉璃，晶莹静谧。

琉璃是一种境界，是一种精神，也是一种情感。

琉璃，亦被称为"西施的泪"，凝结着一段千古情殇。

春秋末年，范蠡为越王勾践督造"王者之剑"，历时三年，得以铸成。剑出世之日，范蠡在剑模内发现了一种神奇的粉状之物，与水晶交融，晶莹剔透却有金属之音。所得之物，曾经烈火百炼，又暗藏水晶的阴柔，既赋予了剑的霸气，又有水的柔和之感，是天地阴阳造化所达之极致。范蠡称它为"剑道"，并随剑一起献于越王。

越王感念范蠡铸剑之功，收下"王者之剑"，却将"剑道"赐还，并赐此物以范蠡之名，取之"蠡"。

范蠡与西施相逢于浣纱江畔，一见钟情。他遍访能工巧匠，将"蠡"打造成一件精美的饰配，作为定情之物，赠予西施。

然西施是越国灭吴大计的一颗棋子，虽是博弈之物，却无博弈之功。越王为了给自己争取喘息之机，将西施派往吴国和亲。临别之时，西施将"蠡"送还给范蠡。她的眼泪滴于"蠡"上，有情人分别的无奈与无助，令天地动容，日月黯然。

琉璃的有缘人，会看到西施的泪在琉璃中流动，后人称之为"流蠡"。琉璃之名，便由此演变而来。

经过水里来、火里去的历练和多道近乎苛刻的工序，才能得到一件唯一的琉璃。而每件琉璃制品的体内，都会有或大或小，或浮或沉的气泡，那是琉璃生命的特征。这些游走于晶莹剔透的琉璃之中，飘浮于柔情似水的色带之间的气泡，是琉璃的诉说，是琉璃的精魂。那气泡，或快意洒脱，或情意绵绵，或浩然大气，或难舍难离。每一个气泡，都是一个故事；每一个气泡，都自成传奇。

在我明彻如琉璃的心端，也有那么一个气泡，圆润而饱满，有山样的胸怀，有诗般的气质，有粗粝的棱角，有债张的狂野。这是我在岁月长河里拾得的宝石，这是我在喀什昆仑山觅得的软玉，这是我在菩提树下修得的般若。而你，便是那气泡的主宰，弥散着温情的光华，迤逦在年华潺潺的音符里。

没有"恨不相逢未剃时"的感慨，没有"世间安得双全法，不负如来不负卿"的无奈，只有滚滚红尘中的惺惺相惜。

黄昏，将暮未暮。

清梦，将醒未醒。

蜷在沙发里的我，捧着茶盏，那明丽的茶汤中，有一个琉璃气泡的倒影。

我的年

我是地地道道的少小离家。

我是不折不扣的老大未还。

家乡给我的记忆，在初中毕业那年戛然而止。之后，便是一次次地重复回家、离家，离家、回家……于是，家乡，以及那些与乡俗分不开的节日，在我的生命中成了一个个回归的喜悦和别离的怅然的名片，最终凝结成心底浓郁的、忧伤却也温暖的乡愁。

在潜意识里，自我保护地淡化那些传统节日，譬如中秋，譬如过年。因为大部分时候，这些节日，我只能在异乡度过。被我简单化过的节日，就平淡成了一个个长长的周末，没有乡俗的仪式，没有亲戚间的走动，没有……最常陪伴我的，只有一几一椅一方寸，一茶一书一世界。

这个春节，亦然。

年初一，睡了一个大大的懒觉，醒来时，窗外的阳光已经光顾了我的屋子。透过落地窗、纱帘、厚厚的窗帘，送来一缕淡黄色的晨曦，把整个屋子渲染得温柔、鲜活起来。神也清了，心也动了，眼睛却不愿意睁开，微光笼罩着，仿佛一层鹅黄的薄纱盖在双眼，轻柔妙曼。一些记忆沿着时光的脚步，款款而来，悄无声息地占据了心间，像一江溪水，涓涓流淌，看似绵柔却有沉潜的力道。拒绝，是没有用的，那记忆来得直接，来得霸道。刻意地回避，就仿若河床里的一块石头，溪水会选择新的途径继续向前。

我知道，这个被我定义为普通的日子，只是自己的一厢情愿。

打开手机，若干条短信已排队等候，连同微信朋友的问候，都洋溢着"年"的祝福与欢喜。被朋友怀记的感觉，真好。

家里弥漫着香火的味道，妈妈的遗像前缭绕着薄薄的烟雾，是我不能碰触的隐痛。这是妈妈离开我们之后的第二个春节。每逢佳节，我和爸爸彼此知道对方心里在想什么，也知道那种感受，但都不说出来，很微妙很小心却又装作不在乎。

座机电话一个接着一个，远方亲友来拜年。窗外偶尔有震耳的鞭炮声，因为雾霾吧，今年鞭炮放得不多。阳台上的君子兰也开了，每年春节它都如约而来，为我没有乡俗的节日增添一丝色彩。

被我淡化成长周末的春节，喜欢坐在阳台的沙发上看书。沙发旁边是一张藤艺小几，放着姐姐送我的青花瓷茶具，当然，少不了一壶清茶。其实有时候，书是看不了几眼，目光会落在茂盛的植物上，或闭上双眼享受阳光照在脸上的轻柔，想起妈妈的手。低头看阳光在书上移动的影子，刚才在这行，现在已经在那行了，然后没了形迹，这就是时光流逝？这样的时候，没想曳住光阴的脚步，没有无所事事的歉疚，没有岁月不再的怅然，随意得任性。

"我们去海边吧！"

不知道女儿什么时候过来了，缠着我的脖子。软软的小手，大大的眼

　　晴，黑黑的长发被我梳成了皇冠似的小辫，我拒绝不了她的请求。

　　好吧，去海边。每年初一我们都去海边，是惯例，也像仪式，仿佛去了海边就是过年了。

　　逆风而立，海风吹疼了我的脸。远处的海面上，有航船，难道他们不回家过年？还是像我一样，少小离家，老大不还？……任由大风吹起发丝，吹空心绪，却吹不走原本的自己。想起冯骥才说过的一句话："风可以吹起一张白纸，却无法吹走一只蝴蝶，因为生命的力量在于不顺从。"是吧，不顺从。然而有时又会刻意顺从，就像我的年，顺从时光流淌，任凭白发滋生。有什么关系呢？

　　时光里，分明闻到了荷的馨香散落在华年深处；分明看到了一根黑发变成银丝的妖娆；分明听到了呼啸在耳边的海风幻化成温柔的白马，疾驰在河山旷野；分明触摸到了脉络的经纬，舞动成行草篆隶，挥洒得腾跃旋挫；分明感觉到了你在我指尖留下的余温，于是在浩荡的岁月里，我不再孤单。

　　微信小学同学的群里，几个在家乡的同学纷纷留言："戎，我们等你回来，为你而聚！"中学同学的群里，从小一起长大的姐妹语音留言："戎，回来吧！我们都喝多了。但想你，不是酒话。"我的眼眶温热，我的心在乡音和怀念中跳得更快。虽然我少小离家，虽然我老大未还，但那根植在血脉里隐秘的乡情，不论在风最尖啸的山谷，还是在浪最险恶的悬崖，不论春风得意，还是黯然神伤，它都会紧紧跟随着我，不离不弃。

　　这是我的年，随意得任性的年，被咸湿的海风凛冽吹过的年，沉潜在岁月纵深里温情满满的年。

爱上龙井

母亲是教师，一辈子教书育人，像蜡烛一样，燃烧自己，照亮他人，尤其是受她资助的学生，如今一个个都成长为栋梁之材，而母亲却随着岁月的流逝，渐渐变老。小时候，记得母亲常常在灯光下备课，一觉醒来的我，总是看到母亲清瘦的背影和桌上那杯父亲给沏的冒着热气的清茶，屋子里还飘荡着茶香，我便在这茶香中，再次入梦。于是，母亲的背影和那杯清茶便定格在我童年的记忆中，成了常常出现而且历久弥新的温馨回忆。

因着母亲的影响，我对茶有种特殊的情感，总觉得那一片片翠绿的叶片蕴含着诗意，释放着清雅而悠远的韵味，渐渐地，越来越喜欢茶。起初，仅仅是喜欢它的味道和翠绿的颜色，是一种简单的喜欢，对于茶的渊源，懂得并不很多。后来看了陆羽的《茶经》和陆廷灿的《续茶经》，才真正有了概念性的认知，但也仅是肤浅的了解而已，真正的茶道，并不是如我这样的凡夫俗子轻易悟得到的。

茶真是种神妙的东西，不仅能让人清神怡性，还用它深厚的内涵及底蕴吸引着我。自古以来，有多少文人墨客为之题诗赋词，流传千古。私下，执拗地认为，茶道不仅仅是一门学问，更是一种生活态度。茶之甘醇与文之幽深，两者之间，存在着某种神秘联系。

每个清晨，和着朝阳，放几片绿色的叶子，再冲上适度的水，看龙井在杯子里翻腾，雀舌旗枪地舒展开来，既而散发出淡淡的清香，闭着眼睛，轻轻、缓缓吸入，似炒栗子，又似青草的香味，沁入心脾，浅浅喝一口，慢慢咽下，淡淡清苦夹携着清香进入体内，是种享受。每每这种时候，知足、恬淡的笑容便会浮在脸上，很惬意的感觉，这是我所钟爱的。于是，新的一天，便由此开始。

铁观音、白茶、黑茶、红茶、碧螺春……众多的茶中，龙井是我的最爱，因着它外形的秀气，因着它茶汤的浅澈，因着它口感的清丽。看着一个个叶片在水中载浮载沉地妩媚舒展，是快乐；闻着泡好的茶，那种沁彻肺腑的酣畅，是享受。生活如斯，我亦何求？

浮躁的时候，给自己泡杯龙井，坐在阳台的沙发上，过滤一下不安的思绪，随着茶叶舒展，那褶皱的内心也渐渐平缓起来。生活中的纷纷扰扰，终究会有尘埃落定的时候，就如水中的龙井，不论是什么样的水，不论杯子有多高贵，龙井会兀自散发属于自己的清香。我又何必让这些纷扰弄乱心神？

有朋自远方来，自然是一壶龙井招待，久违的喜悦伴着茶的香气，荡漾在空气中。那久远的已经逝去的青青岁月，便会席卷而来，你谈我说他聆听，好不热闹，沉淀下来的，是美好的记忆。

父亲、母亲已显龙钟老态，但相濡以沫的情怀却未曾更改，父亲每天仍会为偏瘫的母亲泡上一杯茶，给母亲读着报纸，然后叮嘱她慢慢喝，欣慰的笑容挂在脸上。茶香伴着书香，弥散在空气中，家的温馨给我的心灵带来莫大慰藉。

龙井伴随着我，喜而泡之，忧而饮之，走过许多喜乐忧欣的岁月。看着泡好的龙井，叶片在杯中上下舞动、舒展、释放淡淡的清香与绿意，绿得沁心，香得醉人，那份淡定与从容让我感动，此时，便觉得自己拥有了世间最华贵的快乐，尽饮之。

妈妈，我是您最深情的牵挂

　　每年，都会有那么一个初春的晚上，我准时坐在沙发上，专注地看《感动中国》，让心灵接受神圣的洗礼，今年依然。

　　当看到"感动中国"十大人物之一的陈斌强带着患阿尔茨海默病的妈妈一起工作、生活时，当陈妈妈面对儿子，绽放出孩子般的笑容时，当陈斌强的学生，说他身上遗留着妈妈的屎尿是"妈妈的味道、爱的味道"时……我的眼泪夺眶而出。有感动，有同情，还有深深的"同病相怜"。此时，我想到了同样患阿尔茨海默病的妈妈。

　　年轻时的妈妈是篮球运动员，退役后做了三十多年的老师，可谓"桃李满天下"。退休之后，妈妈有一个美好的愿望，那就是走遍祖国的山山水水，但还没来得及实现她的旅行计划，却因患脑血栓偏瘫在床。我不知道她是如何化解由一个曾经生龙活虎的运动员到一个行动不能自理的病人的落差，我不知道她是如何让那么一颗要强的心慢慢平复到依赖爸爸的扶持度日，我更不知道她是如何让自己直面病痛并且微笑以待。

　　我只知道病中的妈妈变了！她曾是那么严厉而又慈爱，在女儿眼里，三尺讲台对她而言是那么神圣，白色粉笔对她来讲是那么钟爱，她的心里装满了学生，有时甚至无暇顾及我们，但病倒的她，渐渐地，变得越来越柔软，不再以严厉的老师的面孔面对我们。

妈妈的书信中，温柔的字眼越来越多，关心的情感流露在字里行间，替代了原来信中的希望和要求；妈妈会深情地说：想你了，放了假，快快回来！于是，我便会小鸟般在假期的第一天飞回巢里，享受妈妈的爱抚。后来，我把妈妈和爸爸接到身边，终于能天天陪着她了。

我想，就这样徜徉在光阴隧道的纵深里，不让华发染上妈妈的鬓角，不让年华的车轮滚滚向前……而我，终是无能。任我再执着，也拖不住流年的脚步；任我再真挚，也感动不了苍天。

那天，空气闷热，楼宇低垂，莫名的烦躁不时袭上心头。下班路上，我接到了爸爸的电话："你妈妈难受了，快快回家！"

"妈妈，我回来了！"

当我扑在妈妈身上时，她已紧闭了双眼，无情的病魔趁我没守候在妈妈身边时，夺走了她的生命，匆忙得不让她给我留下一句话，苛刻得不让她再看我一眼。

看着静静地躺在床上的妈妈，因牙齿脱落而稍稍塌陷的嘴唇微张，我以为她只是睡了，一会儿就会醒来，还像往常一样唤着我的小名扶她坐起来，靠在我身上和我聊天。然而，妈妈的肌肤已变得微凉，我想把她软软的手温暖，却任我如何努力也做不到。

心电图输出的那一条直线，像把刀子直戳我的心，我扶在门框上，看着大夫在那里做最后的努力，妈妈安详的面容，仍是让我感觉她就是睡了，只是睡了！内心两个自我在争执，一个说：妈妈走了，没有任何痛苦的走了。另一个说：妈妈睡了，一会儿就会醒来，输完这瓶液，打了这个针，就没事儿了。

妈妈就那样睡了，给她换衣服时，仍能感觉得到她的体温；给她洗脸时，仍觉得她会给我一个微笑……可是，她却已长眠。

我的脑子里，一直在不停地想，妈妈走的时候，在想什么？有没有对我们的不舍？有没有对我们的牵挂？有没有和病魔抗争？会不会因为我不在身边，而觉得冷清？我甚至会想，妈妈生病这么多年，都是爸爸在照顾她，现在她自己去了另一个世界，会孤单吗？自己能照顾自己吗？……一堆我无从知道答案的问题，在我的脑海中不断闪现，纠缠着我脆弱的神经。我像一个盛满眼泪的容器，眼睛是溢流孔，稍稍掌握不好平衡，泪就会溢出来。

妈妈对我是那么疼爱。后来，她患了阿尔茨海默病，我一直担心她哪天会不认识我，可她每天都看着下班回家的我，呼唤我的名字。在她生命最后的岁月里，完全失去了生活自理能力，白天由爸爸来照顾，晚上则由我来给她擦洗身体。我读得懂她眼中因为我的付出而心疼的流露，读得懂她看到爸爸忙碌而内心不忍。

我要强的妈妈啊，您可知道，女儿做的任何事情都是应该的呀！从小到大，您为我付出了多少心血，为我操碎了心，如今女儿终于有机会在您膝下尽尽孝心了，您却是不忍。

妈妈，您走的日子是农历五月二十日，您的心脏停止跳动的时间是下午 5：20，两个 520 ！虽然您没给我留下一句话，但您用自己的生命一次次地告诉我：我爱你！妈妈，我是您最深情的牵挂。

妈妈，安息吧！我要做您坚强的女儿，照顾好爸爸，照顾好这个家。

海的月夜

冬夜，静朗。

驱车到海边，只因喜欢冬天的海，只是想去海边走走。下车，却与海的月夜蓦然邂逅。给了我确确实实的喜悦。

清晨，浓雾弥漫，天像没睡醒的样子，混沌未开。而此时，劲风凛冽，吹尽一切尘埃，天际如洗，澄明静谧。走向海边，风吹起短发，吹起衣袂。肆无忌惮地钻进鼻腔，洞贯腹腑，整个人都变得清明起来，要与这劲风融于一体了，却又在不经意间游离于外。站在风里，似要屈服于风而瑟瑟发抖，忽而又挺直脊背迎风而立，是谁给了我迎向寒风的力量和勇气？

从小在风里长大，在风中奔跑，西西伯利亚吹来的风自有万钧之力。记着被风吹红的脸蛋，记着风中飘扬的长发，那落在风里的串串笑声，还回荡在耳际，而我，已走过山叠云重，走过江来河往。

劲风下，海浪像一群桀骜不羁的烈马，随着风势奔腾而来，又席卷而去，放荡嚣张。扑上沙滩的海水，泛起层层白沫，似裙裾的蕾丝，蜿蜒妩媚又自有骨力。白浪呼啸，海风刺骨，不禁裹紧大衣，而指端，缱绻着你的温度。

仰头，与一轮圆月撞了满怀。

那轮月啊，宁静美好，高不可攀，刹那间倾了我的江山。

清月高悬，几颗星星钉在天际，寂寞空灵。没有"海上生明月"的悠然温婉，是荡气回肠的高冷狂野。让我的心间，也渐渐升腾起一种未曾有过的情怀，坚定饱满。

曾无数次来过海边，曾无数次见过海的夜，但遇见这样海的月夜，还是命里的第一次。

月色澄澈流泻，洒在海面，洒在路上，洒在掉落了叶子的树梢，仿若一双温柔的手，抚触北方寒冬的萧瑟。给线条硬朗的建筑物蒙一层薄纱，给深邃的海面洒一把银光，给我披上一袭锦衣，在风中独舞。影徒随我身，我舞影零乱。是痴了，还是醉了？

想起月下的宏村，想起月沼那一泓水，还有那杯销魂的桂花酒，袅袅于唇的香气犹在，白鲢的心事犹在。此时，在山高水远的海边月夜，人如是，情如是，景叠合。没有面北思君的凄冷，没有饮尽风雪的萧然。月色如银，涤尽心间杂念，心无旁骛地守着身边人，缘分一如参禅，顺遂心意间。

月色中回到车里，顺着沿海公路向南向西，在老虎石附近泊了车。

很奇怪，短短的时间，不远的距离，这里的风已收梢。海面不再白浪翻腾，海水像一匹温顺的马儿，款款而来，徐徐而去，宁静优雅。天空铺陈开来一张宣纸，是谁挥毫画上了这轮圆月？笔锋由浓转淡，画出月的清影，那将满未满的边缘，可是走笔搁一半？心间纵有千军万马，面对这轮清月，也会变得安静清宁起来。我不敢瞬目，怕眨眼间，失了那轮月，那颗星而心神黯然。

沿着海边走，没有一个人来打扰这清静，有种荒村野桥寻世外古道之感。月色被一张大网从海上打捞起来，洒在发间，洒在身上，洒在鼻山眼水。而我，想执一柄岁月的银勺，舀起这月色，藏进衣襟，记住执子之手的逍遥。只待春来，把这月色种于土地，开出一丛艳丽的花儿，等藤蔓越过悬崖峭壁来攀。

月色不独属于我，而我却独享月色。

走在海边，走在风里，走在月色里，我像一个精灵，悄悄享受着上天恩赐予我的这个夜晚。揣着一颗欣喜而纯净的心，守住一个甜美的秘密，只愿以后所有的日子都温柔相待。

坐在车里，不再有古往今来的怀想，只是感知夜的无际无边，风的无色无源，海的无限无垠，月的无浊无声，还有不言不语的陪伴。月色下，我想变成一尾银狐，缠绵进隔山隔水的你的梦里。

光阴里

光阴，是个让人感觉很怀旧的词。

大抵真是不敌岁月的快刀。近来，总会在不知不觉中陷入回忆。于是，那些云水过往便在脑海中一幕幕重演，有温情，有忧伤，有欣慰，有遗憾……不论什么样的情怀，都是经历。

过了激情澎湃的华年，日子显得快捷而无情，今天添一道皱纹，明天染一根银丝，后天呢？我没有焦虑，只是躲在时间之后，平心静气地接受，不是颓废，而是坦然。

清晨，读到马家辉《白天的婚礼》，心里生出莫名的情愫，缱绻在心底。他说：不知何故，算是偏见吧，总觉得大白天的婚礼较能让人信任新郎新娘的恋爱盟誓，让天地为证，以阳光之名，我心昭昭，不管来日大难抑或大富，此时此刻此心此意是对你既真且好。在晴朗的一天里，让我们筑起一道海湾，建起一座码头，让爱意在此启航，他日倦了累了，我们都可以在此避风躲浪以祈平安。

说到婚礼，想到爱情。婚礼是做给别人看的，而爱情，是对生命最精心的供养，私己贴心。

曾经深情地写过：流年中，爱情是最隆重的一笔。经年之后，还会这样认为吗？

生命就如那宣纸，而光阴里的经历，便是一笔又一笔洇开来的墨，或浓或淡，或艳丽或素静，画上了，就不容修改。人生，不过是墨多墨少的问题。

不论在滔滔浊世中如何颠沛，总是有那么一个目标引领着你向前。这个目标，是人，是事。于是，一笔又一笔地画在生命的宣纸上。深刻的，可以在今后的岁月里庄重地回忆；浅淡的，画过之后，也许洇得太浅而没了痕迹。

爱情呢？属于哪一笔？

在自己的微琐絮语中，在心的不断追问下，却不由得想起她。

她说，最喜欢的四个字是"久久不释"。

看她低眉在大红的纸上写下：久久不释。

我知道，这简单的四个字，包含了她不简单的纤纤素心。

这是一帧照片，他的左手揽着她的腰，把她紧紧搂在怀里，右手扶着她的左腿，唇追索着。她右侧脸颊贴着他的唇，右手勾在他肩上，微闭双眼，左手轻抚他的耳，欲推还就的娇羞。她优美的背部曲线在他的怀中尽显，他的执着他的霸道被她衬托得淋漓尽致。他阳刚，她阴柔。

这照片呈在我眼前时，我的心战栗了一下，而那心尖轻轻一动的感觉，却深刻地留在记忆里，如千帆过尽后的怀想，清晰恒久。

9984，是照片拍摄时的随机排序，却被他们演绎成"久久不释"。爱的久久不释，摄人心魄的四个字。没有语言，但却读着动容。

他给不起她婚礼，但给得起她爱情。这是一场绚烂而凝重的花事，是她生命中翩若惊鸿、宛若游龙的一笔。所以，他们每一次相聚，都会用力地爱，不辜负华年赐予的重逢。不求天长地久，却争朝夕。这是在向岁月抢夺时间，是另一种形式的跟永恒拔河。

她说，他们的爱，就是司马相如那把桐梓合精的"绿绮"古琴，稀世唯一。只有他们在一起，才能弹奏得出清绝的《凤求凰》。

在她看来，爱情是重量，是人站立在这世道之上，不轻易随风被摆弄的必要负担。而负担，是脱离浮花浪世，进入更深沉有质感的另一国度的入门票。生命，可以没有婚礼，但不能没有爱情。如果让她选择，她宁愿选择实质的爱情，而可以不要形式的婚礼。

大红的纸，会在岁月的滔滔江水中褪色，而墨痕，是不会被水冲掉的，如她和他的爱情，热烈而经久。

曾无数次地叩问，谁是我命盘里的永恒。万千山水，明月长空，我是那么情愿凝固在爱情的时光里，在最烟火的红尘中，被心爱的人封印。然而，世事幻灭无声，万物荣枯有定，求得太过认真，太过完美，反而要惊心度日。不奢求太多，不问太多为什么，沿着适合自己的路行走，虽没有无限锦绣，但也山水相宜。

认真地审视，我知道，在生命的宣纸上，我的爱情，仍是那隆重而浪漫的一笔。

岁月无情，如同紧压眉宇的屋檐，人在屋檐下，没法不低头。当你我以为一生长远得望不到边际，回首却只是寸步之遥。人的一生不过是午后至黄昏的距离，月上柳梢，茶凉言尽，一切都可以落幕。生命是短暂的，而宣纸，也终有用尽的时候。爱情，不论是否有婚礼，爱着，就要久久不释。只有这样，才对得起给得起你爱情的那个人，才对得起宣纸上那爱的一笔。

也许，这是借他人之爱想自己之事的纸上独白；也许，这是从心所欲不逾矩的天马行空；也许，这是祈求山长水远的人生路上美好永在；也许，什么都不是，只是新月的留白……

　　光阴里，拈一根轻巧的绣针，将一颗沉静的心埋下，让流光在蚕丝线上游走，绣一个属于自己的"久久不释"。

观想

　　下雨了，不大，空气像洗了似的干净，从打开的窗吹进来，带着地气和野性。心里种了粒种子，要破土萌发，力量和痛交织，想要找个出口。我想，我需要一杯酒，岁月酿的酒。

　　檀烧的《梦望断》在空气中飘荡，带着寂寞忧伤的味道：

　　　　长亭忆君重折柳，夜不眠兮人消瘦。

　　　　山有木兮生红豆，相思入坛酿醇酒。

　　　　光，斑驳了流年，漏断疏影弥留。

　　　　云出岫，眉深锁，一池碧波皱。

　　　　人生如梦难守，怎长久？

　　　　落日斜阳影啊，长风盈满袖。

　　　　情网何咎，谁知心忧？

　　　　重回首，小楼谁独倚啊，凭栏惹相思。

　　　　酒醒梦迟，谁记风流。

　　　　……

这个时候，想找个人说话。却没有。

总有些湿润的情怀在心间挥之不去，如同那无法干涸的泉水，在生命的过程里悄然无息。

关照自己。

以瑜伽盘坐的姿势端坐在沙发里，结一个智慧的手印，观想。轻叩心扉，倾听。

一直以来，都不知道该怎样描述自己，安静的？清浅的？孤独的？兀自的？矛盾的？……抑或都不是，我只是我，不能用一个词来形容的我。但有一点是在任何时候都改变的不了的，那就是内向的。对于不了解的人或圈子，总是保持一种远远观望的态度，不知道怎么表达自己，有时会是一种近乎无理的沉默。给人拒人千里的冷漠与疏离，实则是无措。

总是，处于一种自己和自己自说自话的状态，一个自己说服着另一个自己。一个固执，一个试图改变，最终打成平手，以和解告终。

我在自己的世界里，微风慵懒，流云散淡，放纵着，不自持。也在自己的世界里，慷慨地爱着，爱着人，爱着事，即使岁月以刻薄相欺。是傻傻地执着，也是熨帖内心的温暖。

从来不把什么希望寄托于别人，苛求得多了，快乐就少。不愿意纠结在工于心计的累，那不是我所擅长的。索性就随性随情地活着吧，即使内向，即使让人觉得冷漠或无理。

是自己，就好。

其实纠缠在当下的情结，都是撩拨过浮云之后的山高水远。时间很快会冲淡驻留在心头的线条，不会让它丝丝入扣地缠绕。可以庸人自扰，但也要学会适可而止。就像缘分，都是冥冥中注定的，强求不得，也推卸不了。即使是擦肩而过的路人，也是不早不晚地遇见。

　　那天，朋友说牡丹开得正是时候。拍了照片给我看，那大朵大朵的牡丹，盛大而寂寞地开着。原来，对牡丹没有太多好感，总觉得它太过雍容，高高在上的样子，承着"国色天香"的名，心安理得地开。看着照片上的牡丹，突然感觉到它的落寞，高处不胜寒。心里有隐隐的疼。是懂得的慈悲吧，体己而清冽，似泉，沁在心底，直到沁出泪来。

　　那牡丹，像是为爱情而开，努力地开，争着春，吐着艳。唯恐不表现，不开放就会错过了时机。其实它并不在意自己是不是国色天香，它也并不介意开在哪方泥土里，它只是愿意在该开的时候开，尽兴，无悔。就像在该爱的时候，要尽情地爱一样。

　　虽然说错过了这个花期，还会有下一个花季，但是，那不一样，绝对不一样。时间不同，遇到的人也不同。就该在合适的时候，遇到合适的人。花开的时候，就是合适的时候，不能错过，丝丝毫毫都不能错过。错过了，就不是原本的味道了。

　　爱情，亦然。

　　合适的时候，遇到合适的人，是生之所幸；合适的时候，却没遇到合适的那个人，就是江湖相忘，再也补不回来了。一旦成为过客，即使再创造交集的过程，把平行线强拉在一起，在反作用力的牵张下，也是会分开的。所以，牡丹在能开的时候，就要盛大地开，即使寂寞，即使孤芳自赏，即使花落成泥。我们在能爱的时候，也用力地爱吧，即使爱着也在经受分离的苦，即使明朝却是天涯，即使爱火焚了身，也是电光石火般爱了，是苦中的甜，是泪中的笑。

　　这么想着，就懂了，懂了牡丹，懂了自己。

　　仿佛走进了那暗香浮动的牡丹园，不早不晚，不喜不悲地看着。目光在白牡丹上流连，喜欢她的纯净和唯美。在枝头开着，磊磊落落地大方，花瓣大却不唐突，层层交错，开得百媚千娇。嫩黄的花蕊妖娆地含着艳红的花心，黄是明黄，红是亮红，似要用尽那世间的黄和红，片甲不留。

牡丹，谁曾这样注视过你？我的目光和某个有缘人的目光叠合在一起，于是，有了那么一段温暖的心意相通。在旷达的人生中获得一种坚实与淡定的快乐。

于是，想起这几句话：

> 我葳蕤鲜粉，你端正严丽。
>
> 我桃花朵朵，你玉树临风。
>
> 我和你，山河和岁月，明月和长空，依存。

何必在意聚聚散散，何必苛求爱情永恒，在尘世中流离辗转，回到原地时，你亦不是原来的你，我亦不是原来的我。即使青山依旧在，也是沧桑了岁月褶皱的青山，即便细水仍长流，也是裹携了华年味道的细水。

兜兜转转的日子像树藤般缠绵着，多少岁月流金在其中无声滴漏消散，形而上的浪漫落实到形而下的物质，这个过程，是修行。探寻相似，领悟差异，在雷同与距离之间游走，太相似则没想象，太遥远则不切身。找到属于自己的契合点，求大同，存小异，不是向尘世妥协，而是心之安释。

做自己的旁观者，静静地观想，接纳内心和外在的变化，像只蝴蝶，轻轻地飞在牡丹花间，遇见美好，遇见爱情；亦像一块磐石，重重地沉落在灵魂深处，在长风浩荡的流年，煮一壶清酒，醉里弄琵琶。不苛刻，不糊弄，心之所在，便是家园。

收回意识，拂过阳光溅落的尘埃，将思想做过一次更加澄澈的沉淀。清楚地看到真实的自己，本色的、纯粹的自己。

梦里故乡

很少提笔写故乡，因为近乡情怯，因为她承载了太多最初的、铭心的记忆……在心底，故乡是一片净土，是一块圣地，是珍宝，不能也不敢轻易示人。我是那么热爱她，爱得自私而不愿与人分享；我是那么迷恋她，以至于不敢走得太近，怕因时光的流逝变得物非人也非时，我会惆怅。而宁愿保留她旧时的模样，宁愿让我离开时的记忆隽永再隽永。

然而，每当夜深人静时，那思乡之情却会没有任何征兆地从心底滋生出来，霸道而泛滥。每每这时，我便任由这情绪在胸中、在心底游荡，任由这情怀占据我的每一条血脉，每一个细胞，索性沉浸其中。

多少次午夜梦回，故乡还是我离开时的模样。环城小河清澈安静地流淌着，那是蝌蚪和小鱼的家，当你把手伸进水里，想亲近它们时，它们摇摇尾巴，甩甩头，转瞬就钻到了水草里，接着又从另一丛水草中钻了出来，和你捉迷藏似的，围着你的手荡起的水晕游来游去。这时，你会以为自己看花了眼，再使劲看，小鱼却已游出了你的手心，在不远的地方俏皮地看着你，微笑一定挂在脸上了，这快乐来得那么直接，那么简单。

玩累了，就近躺在草地上，小草密密地生长，松松软软得像毯子似的，舒服极了。高远而湛蓝的天空，飘着几朵闲云，躺在那里，痴痴地看着云卷云舒，耳边水声潺潺。远处，诗意的白桦林和笔直的白杨树成排林立，风吹响了一树叶子，在阳光下，叶子泛着亮亮的油光，轻舞飞扬，在这天籁声中，竟然睡着了。

被小伙伴喊醒时，天边挂着晚霞，树林和不远处的石头坝都披上了一层暖暖的光晕，想着赶在妈妈下班之前到家，好装作听话的样子在那里温习功课。跑回院子里，安静的大院已经热闹起来，大人们都下班了，孩子们也放学了。每家的门都敞开着，孩子们在这家和那家之间自由来去，谁家的厨房飘出了香气，都会吸引一群馋嘴的孩子先饱口福，没等自家的饭做好，孩子们已经吃得差不多了。

夜色悄悄地来临，很快濡染了整座小城，宁静成了主旋律，只有那透着淡黄灯光的窗口，低诉着家的温馨。满天星星在深邃的夜空中眨着眼睛，"月朗星稀"在这里是用不上的，不论月缺月圆，抬头看到的，总会是满天星光，你根本就别想试图数清它的数量。多年以后，每次和在异地遇到的同乡说起故乡时，她总是会以迷恋的神情怀念那满天星斗，总是会幽幽地说："不知故乡的夜空，现在还有没有那么多星星。"

小城北依群山，山不高，连绵着伸向远方，山上种满了杏树。春暖花开的时候，漫山粉色，把小山装点得妩媚多姿。待杏花飘落，嫩嫩的树叶又挂满了枝丫，粉色渐渐褪去，绿色弥漫其上，又是别样风采，俨然小小的姑娘出落成了亭亭玉立的少女。

有些房屋依山而建，层级而上。夜幕中的小山，被星星点点的灯光点缀着，错落而妩媚，像童话的宫殿。每一盏灯，都是一个故事，吸引着你看了一眼，还想再看。恍惚中，你会觉得这渐次亮起的灯光，是天上流落到人间的星星，食人间烟火，叙人间真情。

在物质条件极度匮乏的年代，这座山，还是小城的精神家园，它曾承载着一代人的爱情。那年春天，你可曾看到有两个人走在山上，蜿蜒的山路崎岖不平，他牵着她的小手，带她走遍故乡山里的每个角落，他的青春、她的娇羞伴着山巅的绿意，盛放在初春的小城。多年后，他对她说："我想再和你一起回去看看，去那座小山上抱着你坐会儿！"也许在每个人心底，都会有那么一处景，都会有那么一座"山"，牢牢地驻扎着你和命里那个人的共同记忆。

故乡，是坝上一座小小的城，如果你不仔细寻觅，很难在地图上找到她的位置。她位于河北的西北部，西南与山西接壤，西北与内蒙古交界，素有"鸡鸣三省"之称。史上的小城，曾是匈奴争霸之地，历经秦风汉雨的洗礼，孕育华山夏水的文化。那镌刻在文学史上脍炙人口的《敕勒歌》就发源于此：

> 敕勒川，
> 阴山下，
> 天似穹庐
> 笼盖四野。
> 天苍苍，
> 野茫茫，
> 风吹草低见牛羊。

何等壮阔、何等豪放！

这座小城，有着鲜明的个性，春天的脚步姗姗来迟之时，夏天却已开始彰显热情，那时你会觉得早晚是春天，中午是盛夏，极大的温差会让你有"冰火两重天"的感受。小时候常听院子里的老人说："早穿棉袄，午穿纱，抱着火炉吃西瓜。"这形象的语言，不用亲历，也会有身临其境之妙。

秋天对小城格外眷顾，清爽的风吹来，带着谷物的香气，天空分外高远，蓝得不真实，偶尔飘过一朵白云，与风嬉戏，走走停停。杨树的叶子由绿变黄，再变得娇黄，秋风吹过，叶子留恋地告别树的枝头，投入大地的怀抱，那清晰的脉络，诉说着对树的热爱。轻轻地，脚踩上那一地落叶，会发出清脆的"沙沙"声，诗一般的忧愁浅浅地漫在心端，周围有些萧瑟，好一个"自古悲秋多寂寥"。

秋的忧郁还没来得及蔓延，冬的信息已悄然传来，小河流水不再那么欢畅，仿佛猛然间变成熟了。一觉醒来，拉开窗帘，那扑面而来的素裹银装，会让你惊得合不拢嘴。雪，就这样，悄悄地，来了。坝上的雪，厚密无声，纷扬之态犹如最奔放自在的舞蹈，一夜之间倾覆了整座小城。而那小河，已结了一层薄薄的冰，隔着冰层，还能看到小鱼在里面自由自在地游来游去，不再理会你的打扰了。山的线条在雪的覆盖下，变得圆润起来，阳光下闪着耀眼的银光。风起，雪粒随风飞舞，拍打着你的脸庞，是不是有痛痛的凉意，竟是那么酣畅。

喜欢听脚踩在雪地上，发出的"咯吱、咯吱"声，喜欢感觉一脚踩下去收获的松软惬意。清晨，背着书包，倾听雪的声音，一路走来，都是快乐，就连那昏昏的课堂也变得可爱了，只因为走神时随便往窗外一瞟，满眼都是童话的诗意。到了课间，可就乱了，只见雪球横飞，如果你坐在那里，只觉颈后凉意袭来，请不要惊慌，那肯定是冰雪在和你拥吻。铃声在此时已起不到震慑作用，只有在老师当头大喝时，大家才纷纷落座，而那欢笑声，却在空气中久久回荡。离开故乡后，我再也没有见过那么大、那么厚、那么美的雪。于是，总是想着，有那么一天，能在故乡的雪地里撒撒欢，能享受一下雪粒轻拍脸庞的快感，那该是多么美妙的事情。

小城还是风的故乡，她是新西伯利亚和蒙古国冷高压南下的必由风道，遍布的山谷、高台、丘陵，使得风儿到此驻足，风云际会间，集聚了巨大的能量后倏然消释。"一阵风来一阵沙，行走千里无人家"，这是爸妈大学毕业后支边的切身感受。草原上，你能看到一排排白色的大风车，迎风展开臂膀，划着圆圆的弧线，输出不竭的能量。而你，会是安徒生童话中的主角吗？风车下，有一位王子在守候着你，温柔的目光倾泻在你茕茕孑立的背影上。

站在烈烈西风中，吹得通透的快意，你可曾体会过？我就是被这西风吹着长大，临风而立、迎风而歌。风，吹得磊落、吹得从容、吹得豪迈、吹得开阔，那积淀在心的尘埃，那积蓄于胸的落寞，被风吹得无影无踪，留下的，只有豁然开朗的空明。耳边的风声，会让你觉得天的辽远，地的广袤，无垠的旷野中，奔马嘶鸣，号角嘹亮，此时此刻，你是不是也想跃上马背，扬鞭狂奔，任那风声呼啸，弃那尘事纠缠，桀骜不羁的放纵，一生能有几回？

风住了，岁月变得悠长，时光静谧，流转无声，故乡仍稳稳地横亘于原地。她很偏远，甚至有些落后，但在我心底，她却是那般完美。那博大的胸襟、那豪放的气质、那默默地坚守、那无声地孕育，都是我最崇拜的，也是我最留恋的。故乡，是我心中的图腾！

童年的足迹曾经遍布河岸、山尖，童年的笑声曾经回荡在蔚蓝天际，和着朵朵白云飘回云的故里；青涩但飞扬的青春，曾在这里跃跃欲试，亦曾载着梦想扬帆出海。仍记得离开故乡时，那年的天分外的蓝；仍记得离开故乡时，那年的雨分外的多；仍记得离开故乡时，那时的风分外的柔。

我知道，那是故乡对我的眷恋。

现在的故乡，朗朗而立，是岁月的镜面，已然不是我离开时的模样。年轮的流转，使她变得愈加现代，但那淳朴的民风、那无私的坦诚、那对游子深深的牵挂却丝毫没有改变。时光深处，故乡，仍是我离开时的模样。也许，在每个游子心中，都会执着于原貌的故乡，那深情，就像不愿意接受自己母亲容颜的改变。不论我走到哪里，不论我身处何方，故乡的山、故乡的河、故乡的风、故乡的云总会在不经意的时候闯入脑海，牵引着我一次又一次梦回故乡。

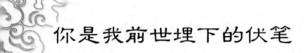

你是我前世埋下的伏笔

　　你是我前世埋下的伏笔，看到这句话，心头有种凛凛然的凄怆，透着淡淡的逃不脱的无奈。再读一遍，却读出心甘情愿的温暖。

　　这是多么有归属感的一句话呀，掷地有声的霸道，指点河山的果敢。如果有人对你说：你是我前世埋下的伏笔。你的心底会不会像揣着只小兔似的悸动？这样的话，比"你是我的"更有意味，听着绵软，却是热辣辣的艳烈。你是我的，只是说明眼下，并不代表前世，也不能延续今生，而你是我前世埋下的伏笔，却无端地概括了前世来生，前世我埋下这一伏笔，就是有预谋地霸道地让你来生还属于我。来，定他三生三世的缘，这是何等爱的境界。

　　人们都想在茫茫人海中汲汲求取一份恒久的恋情，往往因为欲望太多，而有更多意想不到的波折，心底缺乏一份静气，便容易让心浸入尘埃，被欲望牵着走，物欲、情欲纵横交错，沉静的人倒显得不入流。爱情成了速食，还没脸红心跳的感觉，就上了床，梦还没醒，却分了手。没有回味，没有殷切，没有期待，没有思念，更不懂得延宕的高潮带来的快意。太多的感情，是与金钱和权势相关联的，一切都是快节奏，那是对感情的亵渎，不是爱情，而是交易。忙着追求快速的同时，将一颗浪漫的心给丢了。从前慢，是那么不接地气。殊不知高速和财富并不代表品位，也未必有美学上的意义。

当不愿意再花费时间去精打细磨一样东西，哪怕它是我们一直孜孜以求的爱情时，是精神的没落。这样的快速，让我有种窒息的眩晕。很欣羡古人的爱情，她们所倾心爱慕的男子愿意穷尽一生的光阴为意中人留一段动听的乐曲和一首千古流传的诗句，一生慢得只够爱一个人。我期待绵长而深刻的爱情，执拗地相信命里会有那么一个人愿意为我穷尽一生的光阴。于是，我便像株长在土里的植物，一半儿在泥土里安驻，一半儿在空气中飞扬，固守着自己，养根养心。这样素朴地安静着，就像天青色等烟雨一样，等你对我说：你是我前世埋下的伏笔。

陆小曼是徐志摩前世埋下的伏笔吧，即使王庚用枪抵着陆小曼的头，她还是斩钉截铁地说"爱志摩"。轰轰烈烈地追求爱情，却在得到爱情后奢靡骄横，陆小曼终是徐志摩前世埋下的伏笔，也是他命里的劫。徐志摩为了支撑陆小曼奢靡的生活而四处奔波，他乘坐的飞机失事，从此陆小曼收敛风华，静默终老。也许，失去才懂得珍惜。我想，在陆小曼失去徐志摩那一刻，心碎了，她从迷梦中恍然惊醒之时，已失去了整个世界。

汤显祖《牡丹亭》的题记有句话："情不知所起，一往而深。生者可以死，死亦可以生。"杜丽娘追求自由与爱情，置生死于度外，这怎么会是情不知所起呢？明明杜丽娘就是柳梦梅前世埋下的伏笔，她为情而死，天都崩了地也裂了还矢志不渝。她不屈从命运与阎罗王据理力争，身为鬼魂而与柳梦梅情深似海，以身相慰，最终为情复生，终得圆满。

杜拉斯的中国情人也是她前世埋下的伏笔。在她耄耋之年，念念不忘的还是她深深慕恋过的中国情人，他们曾刻骨销魂地缱绻缠绵过。堤坝上昏暗的小屋里，薄薄的木门外是喧闹的街，人声鼎沸，他们在门后铺花地毯上疯狂地做爱，充满了咸湿和忧郁的味道。他帮她洗浴，昏黄的光线里，水顺着她胴体的一侧流下，冲洗着他们的汗液与体液，空气里弥漫着无处宣泄的爱的气息，抑郁而温情，绝望而颓靡。他说，在炎热气温的白天做爱后，会有一些伤感。大抵，是他预感到了分离。她说，答应我，再到这里来一趟。在你婚后。她等他，他没去。这样的宿命，是前世注定的。

她是他前世埋下的伏笔，他的一个电话，他的一句"你还好吗？"让她泪如泉涌，等了那么久，待了那么多年，就这么简单的一句话，便摄了她的魂。哪里还有什么时空距离，人到中年，还有什么可顾忌的呢？在一起吧！她说，世间有太多放不下，希望等他们老了之后，那些牵牵绊绊都能放得下，他们能好好地在一起，静静守几年。她的愿望很卑微，不求大富大贵，不图有权有势，只想食一粥居一舍，每天晚上能在他的臂弯里熟睡，每个清晨醒来第一眼看到的是他，不会再做噩梦，不会在梦里喊着他的名字把自己惊醒，不会……这样也不枉和他深爱一场。当她和这个世界告别的时候，心里也会是知足而甜美的，没有遗憾，因为生命里有过这样一场美轮美奂的爱情。

听着她的话，我热泪潸然，却又在心底翻滚着浓重的忧伤。双手合十，为她祈祷，坚信她的他必定不会辜负这样一颗剔透晶莹的心，毕竟她是他前世埋下的伏笔。

我看似消极，总是宿命般被动地等待着什么。其实，如果愿意，也能够葳蕤成充满巫气的蓝色妖姬，而我，却情愿就这样掩去光华贞静在光阴里，因为只想等把我当作他前世埋下伏笔的那个人。即使已生华发，即使衰老的脸上爬满了皱纹，但我有一颗朝圣的灵魂，唯愿拥有一份纯粹而尊贵的爱情。

秋末·雪·拈花微笑

　　秋天的最后一个夜晚，站在暮色环抱的阳台上，临窗看海。夜色下，看不到海的颜色，海边的建筑轮廓模糊，遥远如梦。海上等待入港航船的灯光星星点点，令我有种错觉，觉得那灯光是星星，然后不由想起家乡的夜空和满天星斗。乡愁，便会悄无声息地侵入骨血，而又若无其事。这样的想起，在心间弥漫起一层薄凉，不禁双臂交叠抱紧自己。

　　我的背，是任我再用力也无法环抱的地方，常常觉得清冷无助。我总是挺直脊背，孤绝独立，不去试图依赖什么。而此时，后背却有温热的暖意。喜欢你从背后抱着我的感觉，这感觉令我心生喜悦。

　　清晨，在夜的温存里醒来，下雪了，四顾茫茫，满目银白。昏暗的路灯下，马路、停着的车子、挂着零星叶子的树枝都被覆上一层薄雪，是绒绒的感觉，仿佛隔窗看到的是一个童话世界。

　　周遭静谧，有"世人皆睡我独醒"的自喜，觉得整个世界都是我的，可歌可舞，可清可欢，最后，还是决定烧水煮粥吧，民以食为天。再看窗外，薄雪，如若再厚些，就干脆休假了，去海边看看，然后再邀三五知己围一红泥小火炉，煮雪烹茶，饮旧时风月。不是故意要这般风花雪月的，只是想让平淡的日子多一些留记在心的光华。疼痛过，喜悦过，收获过，失去过……经历过千沟万壑，只想拥有实实在在的烟火快乐。

其实在雪将下未下时，我正与好友饮茶。

她递来的熟普，汤色红浓澄亮，入口透着蜜香，醇和饱满，回甘持久。不知是之前喝酒的缘故，还是眼前人的温润，杯中茶的陈香，令我有些恍惚。屋外寒风萧瑟，微雨迷蒙。屋里随意淡然，举手投足都那么自在，即使不言不语，也好。我喜欢这种若即若离的感觉，不拘谨不逼仄。

天马行空地想了会儿，上班去。临走从冰箱里拿了用蜂蜜泡好的柠檬，准备为自己泡杯柠檬红茶。

手中的杯子里还有柠檬红茶的味道，胃里暖暖的。窗外的雪似飘非飘，始终没有纷扬而下的气势。路上的雪经过车轮碾压，状似泥泞，没有丝毫美感。就如生活不是只有拈花微笑的美好，还有更多直接而赤裸裸的现实，如鲠在喉的鱼刺，接不接受，它都在那里。逃避不了的，只能面对。

就算是想象美好，现实残酷，我也还是会期待一场纷飞的大雪，期待在大雪飘飞时去看海。任海风把我的短发吹成鸟巢，任寒冷把我的脸冻得通红，没关系的，我会拈着雪花，微笑。

饭间，丽桥姐说她的朋友拈花微笑住院半年多，前几日去探望，为她做的最后一件事就是把棉签蘸水涂抹在唇上，就像为她涂最后一次口红，尽管她已昏迷。听到这里，我已热泪潸然，强忍着心底涌起的悲伤，然后离开。

丽桥姐的话，让我想起和母亲的告别，想起她化妆后红润的唇，想起她安详的样子，仿佛只是睡了，会在下一个某刻醒来，坐在沙发里等我。然而，这些终究是我自己的一厢情愿。站在凛冽的风里，寒彻骨髓。人生，必定要遭逢一场又一场无奈而残酷的告别，只是我们还都不擅长。其实，承受痛苦是一种清洗。

日落的时候，喜欢站在办公室窗前看夕阳。在天空最后一幕灰蓝中，大而圆的太阳，泛着橘红的色调高悬在楼顶，周围的一切都被笼罩了一层温和妩媚的光影，云不那么白，建筑不那么冷，树不那么孤零。看着那轮红日缓缓落幕，直到没入高楼背后。我才心满意足地回到座位，这是对自己一天工作的奖赏。

拿起手机，看丽桥姐的朋友圈，她说，拈花微笑走了，她以为自己淡定。在阴沉寒冷的冬日下午，喝了一点儿酒，眼泪才流出眼眶，她无法装作不悲伤。我想给她一个深切的拥抱。

每次见到丽桥姐，都是那么热情豪爽。大声说笑，大口喝酒，甚至燃起一支烟，潇洒地吸一口，吐出幽幽的烟雾。根本感觉不到她曾经历的病痛，感觉不到她精神上承受过的折磨，但我懂得笑容背后是咬紧牙关的灵魂。这样的灵魂，令人敬重。

赏过秋，看过雪，品过茶，风月过后，还是要面对生活的鸡零狗碎。生和死，苦难和苍老，都蕴含在每一个人的体内，我们终将与之遭遇而浑然难分，就如水溶于水中。什么样的经历，都不能影响到生命的丰美，即使在犬牙交错的生活里痛得打滚，也可以让日子慢下来，让精神诗意起来，把一步之遥走成千山万水。

只求与你共华发

在火车站候车，身旁花白头发的老奶奶，和对面坐着的中年妇女唠家常，听得出她们是母女。到哈尔滨的G1208开始检票，老奶奶起身拿包。这时，右侧走来同样花白头发的老爷爷，随手接过老奶奶的包，不经意地牵了一下她的手。三人一同走向检票口。

目光随着他们走，看到老奶奶把落在女儿眉睫的凌乱头发理顺到发鬓，老爷爷把手里的包挎在女儿肩上，两位老人与女儿话别。女儿走了，老爷爷拍了拍仍站在那里目送女儿的老奶奶的肩，在她微驼的背上轻轻一搂，拉起她的手。老奶奶就那样任老爷爷牵着手走了。

定定地看着两位老人，他们的华发在我眼底绽出风情的妩媚，我的眼睛里有温热的液体缓缓溢出。在我逐渐模糊的目光里，那定格在脑际的华发，仿佛并蒂盛开的缠枝莲，在沉重而苍白的岁月中，散发着活色生香的幽微之光。

候车室，这样一个充斥着陌生与戒心的冷漠空间，华发的老人，给我温暖和感动。

我只求与你共华发。这几个字，在我心里生了根。

忽然，那么盼着快一点儿老，那样，就能够实现与你共华发的心愿了。

世间的不确定太多太多，"执子之手，与子偕老"八个字，在世事面前，是吹弹可破的誓言。滔滔浊世中，一个不起眼的外因，就会把它打击得溃不成军。站在誓言的废墟之上，昨日的云烟过眼，心底沧过的海，桑过的田斑驳着什么？是砥砺内心的岁月笔触。

张爱玲想必明白这个道理，因为她确曾在婚书上祈盼过"现世安稳，岁月静好"。她汲汲求取一段平和永久的爱情，唯愿能够和身边的人相守相伴到天明天崩天塌天暗天地合，唯愿能够和身边的人不离不弃地共枕共眠共餐共行共华发。身边的人便是她的山河，亦是她的岁月。其实，沉浸在爱情中的人，有谁不是可以不要全世界，只要一对眼睛望着另一对眼睛便可以厮守一生？在一起时，脸对着脸还想你。而分开后，却不愿意再听到对方一丝一毫的消息。

爱情，令人痴缠，也令人决绝。

我想，我的心一定是长满了老绿的苔藓。看到"我只求与你共华发"这几个字时，只觉得潮湿温暖。

不论是什么话，多了"求"字，就多了诚恳。能不能感动别人先不说，这个字一出口，就已经惊了自己的天，动了自己的地。不是所有人都能说出这个字的，只有情深到一定程度，意切到一定境界，无以用他字表达时，这个字才会自然而然地浮出水面。无奈的时候，无助的时候，"求"也是表情达意的最佳选择。把自己放在势微的位置上，容易达成心愿。

如若对所爱的人，用了这个字，就是放下所有的尊严，没有自我地爱，贱贱地爱。能有这样一份爱，即使天涯海角，即使筚路蓝缕，即使颠沛流离，也会甘了心，情了愿地追随。

看朋友拍的照片，残荷，一片硕大残破的荷叶孤绝地静植在水中，另一片萎黄颓唐地浮在水面，在时间并不光滑的隧道里相依相伴。他为照片取名"老伴"。看着那照片，看着那照片的名，我的心底有暗流在汹涌，压了再压，抑了又抑，还是不能做到拈花微笑的疏淡。这样的老伴，除了感动之外，还有修成正果的欣羡。

静静坐在书桌边，细雨洗涤过的空气，从打开的窗户洞贯而入，清冽微凉，贪婪地吸入鼻腔，直至肺腑，让那些纠缠在我体内的浊气土崩瓦解。淅淅沥沥的雨声，凝成音符的舞蹈，夹携着烟火的深情，萦绕着。捧起茶盏，一朵莲半开半合，似有淡淡的香气袭来，令我分辨不清是茶香还是花香，就沉溺在这香氛里。

谁能为我退出江湖封刀隐没在寻常人家东篱下？谁能任武林谁领风骚却只为我折腰？谁能与我席地对坐饮茶？谁能以工笔画牢牢将我记下？谁能……而我，其实只求与你共华发。

翻开你的手掌，那条深刻的爱情线很长，清晰的纹路，可以把尘烟中的残垣断壁洞穿。我的目光，又滑落在围墙盛放的蔷薇上，一朵一朵的花，小而多，像一场浩浩荡荡的私奔。是因为知道自己势微吧，所以才在枝梗上生满了刺；是因为知道自己单薄吧，所以才聚集在一起开。它们像知道我的心事似的，在微风中战栗，笑我痴痴的憨。就那么一个简单的心愿，却隆重成夜空璀璨的烟花。可它们哪里知道，我这薄薄的心愿，需要修行多少年？

修行，亦是等待。繁复的人生太过做作，做减法，未必不是另一种提升。一舍一粥，一书一几，一茶一你，是我的全部。然而，等待，是我最为隆重华丽的葳蕤之举。沉落在光阴里，做时间的情人，与时间交缠，让等待的殷勤收了再收，直至瘦出销魂的骨感。

你，会为我感动吗？

就这样，懂了那只画残荷的李老十。

他用淡墨、土黄和赭色画残叶与莲蓬，秋意苍茫而惨淡。在暗灰与苍黄之间，勾勒出最深刻的秋天。看他的画，只觉得心里有凛凛然的清冷，孤傲着，出世旷远。表面看，他是在悲秋，实则，他也是在表达一种尘埃落定的释然。已经是深秋了，已经姹紫嫣红过了，已经凋敝了，已经满目疮痍了，还会有什么变数呢？

在我那如十万残荷的等待中，用滂沱的记忆慰藉着离散。燃起一支烟，暮色中，星星之火燎了心底离离的原，袅袅婷婷的烟雾紧缠着欲穿的望眼，那灼热的温度，痛了我欲语还休的唇线……

即使这样，我仍优雅而笃定地停驻在光阴深处，将院墙过到苔藓斑驳，将青春过到风霜满鬓，将一杯茶喝成白开水。去采集荷盘的清露，酿一盏桂花清酒，封存在岁月里，等你与我共饮共醉共欢共华发，哪怕年华老去，哪怕美丽荒芜。

流年淘洗着光阴，滤出的是金砂。我以蚌的姿态研磨，痛并快乐着，等待着延宕的高潮。在契阔的生涯里，唯求与你共华发。

光阴里的年初一

年初一去海边，是我身在异乡过年的仪式。年年岁岁海相似，岁岁年年人不同。相似的是海的波澜壮阔，海的无边无涯，不同的是看海的人的心境与容颜。

这个年初一，我再到海边。

时近立春，严冬还没有收梢，海风强劲凛冽，把我的短发吹成风中的鸟巢，不用顾虑的，这是海风给我的问候。它吹尽虚无，吹断浮华，唯余体己与踏实，冷就冷得寒彻骨髓，活就活得淋漓尽致，不矫揉造作，不好高骛远，活出自己的浅喜深爱。迎风而行，任由海风吹面，冷冽中居然体会到一丝暖意，是春的端倪，还是懂得的慈悲？不多想，就任海风吹。

屈指数来，离开家乡已近三十载，那些与乡俗相关的节日，都被我淡化成长长的周末。随光阴移转，能够淡去的却越来越少，存续于记忆中的乡情、乡俗，似流淌在体内的血液，生生不息，循环轮替。这是真正的乡愁，也是岁月对我的恩慈。既然逃避不了，就任它恣意吧。怀记，足以温暖回不了家乡的孤清。

　　风的那端，是谁骑着一匹白马御风而来，疾驰在岁月的旷野，携星带月，满载光阴的眷顾与恩宠？沉积在记忆里的情景在复苏，于锣鼓喧天的熙攘中，我看到一个小女孩儿，站在风里，专注地看着身边的大哥哥大姐姐们背着腰鼓，身着彩衣，婀娜的身姿挥洒无限活力，手臂轻扬飘落间，奏出铿锵的鼓点。她呆呆地看着，想着有一天，自己也能成为她们中的一员，敲起鼓点，舞出风姿，于纵横开合间迎春纳福。

　　那个痴心的小女孩儿，分明是我呀。岁月荏苒，初心不变。

　　记忆里，最深刻的年味，是家乡从正月初一开始，持续到正月十五的扭秧歌。由县里各个单位组成秧歌队，经过策划、排练，到年初一的时候，走上街头，在分好的各个场地演出。每天上午和晚上各一场。到演出的时候，几乎家家都倾巢而出，走上街头，随着秧歌队，从东至西地走。哪管寒风刺骨，哪管呼出的气凝成霜，殷切的心哪，什么都抵挡不住。到了街心花园，停下来，由舞狮子的秧歌队把场子圆好。场子围小了，舞狮人便在最里圈的人前摇摇头，晃晃绣球，人们哄笑着向后退开。紧接着，表演开始了，一场又一场，仿佛不这样连贯，就不足以表达对春节喜庆的热情，观众不舍瞬目，每个细节都不想错过。表演者沉迷，观看者纵情。

　　最喜欢看的，是小学生的腰鼓表演。

　　参加腰鼓队的都是高年级学生。寒假一开始，他们就在操场上练习。塞外的冬天，天寒地冻，他们却练得如火如荼。家与小学校一墙之隔，家里就能听到他们敲鼓——咚叭咚叭咚，咚叭咚叭咚，咚叭咚叭咚咚，咚叭咚叭咚……那鼓点碎急铿锵，密集时如锅中炒豆，稀落时似锤子打铁。不论什么样的节奏，都透着欢喜。

　　有时，我会搬个木梯子，扒到墙头上看。操场上，就是一派姹紫嫣红呀。四周冰天雪地的银白，女孩子的小袄妖出一片粉艳，裤子是小葱一样的绿，艳粉配着葱绿，一点儿都不土气，却是那么夺目惊心。男孩子白衣蓝裤，扎着红腰带，龙腾虎跃的。两端略细，中间稍粗的红红的腰鼓，斜挎在他们腰间，随着老师的指挥，他们手起臂扬，鼓槌敲击，发出的鼓点轻重有序，配合着似旋风如流火的舞步，张弛有度，进退自如。

看呆了，竟然忘记自己是站在梯子上，跳着脚鼓掌，却不小心从梯子上摔了下来。揉揉摔疼的屁股，继续爬上去看。想着，有一天，自己也能够加入其中，背着腰鼓，扭起来，那该有多美。

一直练习到年三十，他们休息一天，为第二天的演出铆足了劲。

看，他们上场了。

我踮起脚尖，伸长脖子，努力让视线高过再高过前面的人头，或者干脆弓下身从人墙之间的缝隙看。盯着每个动作，听着每个鼓点，有时居然能发现谁的节奏敲错了，谁的舞步有些乱。我眼中的他们，根本不是在打腰鼓，而是在描绘一幅精彩绝伦的画卷。以时间为轴，画卷徐徐铺开，每一段演出都是落在画卷上的墨笔，起转承合的间隙，则是留白。我是赏画的人，流连在画卷前，凝神凝心，心端满溢着喜悦和渴盼。

终于，我也可以参加腰鼓队了，在上四年级的时候。记得手里拿到腰鼓和演出服时的喜悦；记得背着腰鼓在小伙伴面前显摆时的骄傲；还记得晚上睡觉时，把腰鼓放在枕边的欣然。练习的时候，那认真的劲头，更是无可比拟。熟记每节鼓点，力求把每个动作做到完美。反复推敲，怎么扬手好看，怎样转身优美，鼓点间如何转接能整齐。睡觉前，还会在心里默默背一遍鼓点。唯恐因自己的微小失误，而影响整场演出的完美。

那些日子啊，分明还都在眼前，我怎么就离开家乡这么久了呢？

离家远了，对节日的感觉也愚钝了，但记忆里，这样的年味儿却隽永依然。不知道别人记忆中的年，会不会有我塞外小城的年那么红火热闹，会不会也有一队队秧歌舞上街头，会不会也和我一样痴迷于这样的年俗。《阿飞正传》里有句经典台词：如果我不能拥有，那么最好的是我不忘记。是的，不忘记，怎么能够忘记呢？

我的家乡，那座塞外的城，朗朗而立于时光的旷野。它以它粗犷豪爽，刚劲泼辣的情怀，辞旧迎新。

海风吹呀吹，吹乱了我的头发，吹动了一颗心，吹得心意摇曳，吹得河山铺陈出一条细软绵长的丝线，牵动俗世里的好。我逆风而立，我迎风而歌，我携风而舞，那些俗世里的好在眼前，在身边，贴着脸颊，贴着肌肤，贴近温暖。

我累了，想躺在风的怀里熟睡。于是，风云过往织成的锦被暖暖地盖在身上，一针一线绣成的喜相逢，弥散着俗世里的好。"咚叭咚叭咚，咚叭咚叭咚，咚叭咚叭咚咚，咚叭咚叭咚……"这植于血脉中的鼓点，在不经意间潜入梦来，带着家乡的年味儿，弥散。

轮回那一院的风霜

也许是离开故乡久了的缘故，也许是随着年龄的增长，对故乡的理解越来越深刻，似乎生活中任何的偶然，都能使我想起那个坐落在塞外的小城——那座是我的故乡的城。在手捧茶盏时，想到故乡的那眼水井；在凝望远方时，想起儿时在草地上撒欢的情形；在和父亲聊天时，想起那个充满温馨、童趣，甚至浪漫的小院。

母亲走了，整理她的遗物时，看到许多珍贵的照片，四十年代、五十年代、六十年代、七十年代的黑白，直到八十年代、九十年代的彩色，互相胶着、印证，一页页掀开，一张张看去，透过镜头捕捉的画面，定格了生命的精彩。那些经年往事，在一张张照片中铺陈开来，我情愿沦陷其中，于这光影的世界里温存。

那是一张放大的、做过柔光处理的彩色照片，父亲和母亲相携站在院子里，花白的头发在风中绽放成菊的姿态，皱纹纵横在他们的脸上，是时间赠予的沧桑，却又那般亲切。目光摩挲着每条皱纹，细细甄别，哪一条是因我而生？哪一条里写着对我的叮咛与牵挂？哪一条是时光的印痕？哪一条是对生命的尊重与喟叹？哪一条里馥郁着书香？哪一条里有最烟火的深情？

在父母身后，是那个令我魂牵梦萦的小院。院子并未因父母的年迈而荒芜，各种植物以其特有的葱茏为这两颗清高孤绝的心灵献礼。规整的院子，被分成六块。院子向南的边缘，向日葵满含种子，内敛着它的丰满，像一排忠诚的卫士，向着太阳微微颔首，一圈金黄的叶子，光芒般镶嵌在花盘周围，绽放出最妖娆的笑靥。

小院二点钟的方向，是一片圆脑袋叶子的油菜，白绿色的叶茎支撑着深绿的叶子，大叶环抱小叶，逐层递进，一株株骄傲地站在那里。十二点钟的方向，是一片柔柔弱弱的香菜，这根的叶子伸到了那根的腋下，那根的胳膊挽住了另一根的脚丫，好像不这么牵连依赖，它们就没法生长似的。这丝丝缕缕的联系，并不会显得杂乱，反倒生出一种自然的缠绵。十点钟方向的长势喜人，如刀似柳的叶子挺拔着，虽然看起来清瘦，但那叶子却绝对厚实，这是每次吃的时候，只需要用剪刀剪取的韭菜。任你把它随意剪秃，它依然会在今后的几天重新倔强地生出新芽，再长成挺拔的形态。

院子的这三部分在我小的时候，是一个微型暖棚加一块黄瓜的乐土。每年春天，父亲便会带着哥哥和我开始翻地，把睡了一冬的土地一锹一锹地唤醒，再施上积累的肥料，一片沃土出炉了。用竹板搭起暖棚的架子，然后蒙上白色塑料薄膜，还不忘记弄一个简易门，微型暖棚施施然坐落在了院子里。

一切准备就绪，父亲便骑上他在计划经济年代用票买来的红旗牌自行车，去县城最西边的蔬菜生产队买回黄瓜、西红柿和青椒的秧苗，哥哥和我给父亲做帮手，把那些嫩嫩的小秧子仔细种到地里去。不能种得太深，深的话，它们会长不好；也不能种得太浅，种得浅，不容易成活。父亲小心翼翼地把那些秧苗一一种下，像呵护婴儿般轻柔、精心，我和哥哥则把它们扶正、浇水。暖棚里种西红柿和青椒，黄瓜要种在暖棚外的那片空地上。父亲说，西红柿会释放出一种独特的味道，影响黄瓜的生长。

每隔两三天，就要给那些小苗浇水，院子里没有地下水，只能把一根长长的橡胶管接到厨房的水龙头上，清澈的水流就会从水管里湍急而出，像一条小白龙喷洒到地里。那些晒了一天的秧苗如饥似渴地吮吸着清水，被晒蔫的叶子很快就会打起精神。

我总是喜欢在日落西山的时候钻到暖棚里，经过一天的日晒，暖棚里潮潮的、热热的，土地特有的气息氤氲在每寸空间。虽然不是在农村长大，却觉得那气息熟悉亲切。我能记得住每一株蔬菜生长的态势，每天去看看和前一天有什么不同。在我的注视下，它们欣欣然地长大，长新芽了，抽新枝了，开花了，结出了小果，小果慢慢长大……每一个细微的变化都会让我觉得新鲜，带着孩子那简单而直接的快乐，收获着成长的喜悦。

后来，我和哥哥到外地求学，父母年迈生病，春暖的时候，院子里不再搭起暖棚，取而代之的，是二点钟、十二点钟和十点钟方向的翠绿。而八点钟、六点钟和四点钟方向，则是院子最妩媚的部分，也是我的最爱。

春天来临，父亲变成了花匠。在八点钟方向种上石竹花，那一个个扁圆黑亮的种子，像一颗颗微小的黑珍珠，被父亲的大手轻轻种在土里，像当年照顾他亲爱的女儿一样细致，薄薄盖上一层沃土，浇水，等待。

六点钟方向则是夜来香的领地。一次父亲去市里出差，看到朋友家花圃里盛放的花儿，那娇艳的嫩黄浅绿在院子里灿灿然地怒放，清澈却浓郁的香气袭人，就只那么一眼，父亲便喜欢上了夜来香。他和朋友讨来花种，宝贝似的揣在衣兜里带回来，来年开春，便为它辟了一块地盘儿。从此，夜来香在我家落户了。

照片里，母亲站在四点钟方向附近，一枝玫瑰悄悄探到她的肩上，枝头上缀着几朵红粉的花儿，为她那一身的朴素，添了几分优雅。这玫瑰，是父亲送给母亲的礼物。在母亲四十八岁生日那天，父亲从县城南边的大青山脚下移来了这株情花，于是，它便在四点钟方向的土壤里扎根生长。

春天，刚刚暖和起来，沉默了一冬的玫瑰就萌出嫩绿的小芽，在和煦的风中，伸伸禁锢了一冬的腰肢，一不留神，就长大了。那花骨朵先是深紫色、毛绒绒的小球，接着长成了椭圆形，含羞似的，萼叶紧紧包裹着花瓣，像青涩的少女，但在不经意的时候，花儿，就那么放肆地开了，一朵接着一朵，一枝挨着一枝，开得抢眼妖娆，仿佛少女出落成了熟女，百媚千娇却又优雅安静，仪态万方而又从容高贵。

每到此时，院子里便常常缭绕着沁人的柔香，推开屋门，首先映入眼帘的是一片玫红，在绿色的蔬菜和黄色的夜来香、或粉或黄或紫或白的石竹花的衬托下，显得出尘的媚。

那花儿一开便是几个月，这朵开了，那朵落了，落在脚下，无数朵。因为太多，所以，顾不得疼惜。一朵又一朵好像宿醉未醒，飘落在地上，永远落不完似的。任由那玫粉的花瓣铺陈着，毯子般柔软，有时会掉落在夜来香上，便会给那明黄的花儿戴上一顶惊艳的帽子，是别样的风情。人生如果这样凋零，其实亦是美的。

离开故乡已经二十多年了，而那小院，尤其是那株玫瑰，总会毫无预兆地跑到我的梦里来，那是母亲的玫瑰，隔着光阴，寻了我这旧人而来。

清晨七点三十六分，我站在办公室的窗边，看着天边的晨曦，初升的太阳无私地把光芒洒向万物，没有生机的建筑物泛着朦胧的光晕，带着几分冰冷的神秘，却是给了我一天温柔的开始。天蓝蓝的，没有一丝云彩，突然怀念起那个轮回着光阴风霜的小院，在院子里摆上沐浴在阳光下的案头，让我的笔尖沿着光线的轨迹移动，写下我的文字。这，也只能是奢望。行走在钢筋混凝土的丛林，在如口琴般的高楼里，能有那么一个孔容身，即是庆幸。

如今，小城依然，院子却已易手，而那满院的生机，甚至秋冬的凋敝，却总会入梦来。所以，请允许我怀念凝固在我心中的院子，在浓得化不开的乡愁里，我曾经穿过那片玫瑰的粉红，到达过一种从没有到达过的旷世彼岸……

心境

新境，是个茶楼。第一次听到这两个字的时候，心里想的却是"心境"，于是，没缘由地生出欢喜心。

喜欢茶，喜欢周末宅在屋里，素手剖开一饼茶砖，为自己泡一壶老茶，享受那个过程的宁静与充盈。但有些抵触去茶楼喝茶。这样的抵触，是对自己内心的关照。怕陌生的氛围揉碎茶趣，还是疏于和不熟识的人打招呼而被误解，抑或是因为缺了随意……太随性了，所以在意与自身关联的一切，成全每个细节的完美。但新境，是个例外。新境没给我陌生感，也没让我觉得不自在，有似曾相识的温暖。

朋友常去新境喝茶，在我没去之前，这两个字已经在眼前、在耳边出现多次。这个十一长假，没做任何出行计划，慵懒的午后，恋在床上，阳光照着脸庞，柔柔的暖意。阳光洒满的床像一个大大的鱼缸，而我是一尾只有七秒钟记忆的鱼，只记住当下的美好。朋友的电话，唤醒了我做鱼儿的梦："去新境喝茶吧。"我毫不犹豫地答应了。

就连找茶楼都那么顺利，它仿佛在那儿等我多时。或许，这就是所谓的缘。有缘，在恰好的时间，总是会遇见。

进入茶楼，光线微暗，没有令我局促的热情的招呼，顺随的感觉，很贴心。见到新朋友小范，之前未曾谋面，但他读过我的《满天星》，我看到过他为《满天星》写的评，才华横溢，印象深刻。这次相见，更觉谈吐不凡。落座，小范取出他珍藏多年的公弄山古树生普，以这样的茶待友，他的诚心昭昭可见。

已被岁月浸了精气，赋了神韵的生普，在小范手底活色生香。保留着未经渥堆发酵的茶之本色，又兼容了时光的阅历。新茶苦涩浓厚，令人充满希望；而被光阴浸润过的茶则深醇厚重，韵味悠长。那感觉，就像一个从稚嫩走向成熟的女子，阅尽世事，却不染纤尘。清丽中透着刚烈，看似柔弱实则凛冽。这样的茶，有不动声色的霸气，有高山阔野的豪气，使人不得不相信时间的力量。

金黄透亮的茶汤，在柔和的灯光下沉静清冽，亮丽中散发着青草香，入口甜润，回甘持久，唇齿留香。是否见过面，谈论些什么，都已不再重要，有茶为介，将所有生疏都融于茶水，品着茶香，和着茶韵，化为相逢一笑的懂得。

再到新境，已是深秋。

相同的地方，不同的人。老板递来一杯熟普，窑变手绘茶盏里的茶汤泛着红酒的色调，闪着琥珀的光华。放在唇边，轻轻咽下，绵滑甘甜，陈香怡人。此时，新境之于我，是随性随意的安闲。

环顾四周，一排排普洱茶饼摆放在古朴的格子上，环绕着我，有坐拥茶城之感。草木于我，总是有种不能抵御的诱惑，痴情于草木之素朴。更何况是这一叶一芽做成的茶，汲取过天地时光的精华，被赋了灵性，赋了深情，我更是欲罢不能。是的，不论是"琴棋书画诗酒茶"的茶，还是

"柴米油盐酱醋茶"的茶，无论风雅，还是烟火，都是我所喜爱的。

在新境，我是宾，但有如归的温暖。就如那一床的阳光，带给我的暖意，心生喜悦，记住美好。行走在红尘阡陌上，遇见便是缘，即使擦肩，也会记下这份暖。我们都没能力与时间为敌，在时间的旷野上横刀立马，也无法阻止它前进的脚步，惜缘而随意便好。有这样的心境，不会被任何的相遇离别所伤。

新境，就这样凝固在心意间。喜欢。

烟火里的好

　　烟火里的好，就这么定定地看着这几个字，好久好久。

　　心里有不尽的话，只化成了凝眸。

　　烟火里的好，透着暖暖的香，淡淡的念想，有牵魂摄魄的诱惑。

　　想起馒头上的小红点，想起旧屋门前褪色的对联，想起摩挲得发亮的门环，想起古旧的木桌，想起小院子里种的那畦菜，想起袅袅升起的炊烟，想起蜿蜒的小河和河边的那片青草地，想起那并不高的山，想起山脚下的邂逅，想起……这一串串的想起，伴我入了梦，还了乡，回到了从前。

　　我想在宣纸上续写从前。

　　那一炉火还在旺旺地烧，火焰舔舐着干燥的木柴和块煤，发出"毕毕剥剥"的声响，清脆的声音，带着欢喜渗进弥散着木香的空气中，使冬天的凝重抵御不了这脆响、这木香而变得温暖鲜活起来。

　　炉上放着一壶水，沸腾了，翻滚着水花，鼓出一个个大大的气泡，接着又"噗"的一声碎开了，然后再鼓出一个来。一个接一个，此起彼伏，热闹非凡，像在开茶话会，你一言我一语；又像在看扭秧歌，人头攒动，和扭秧歌的队伍一路随行。父亲把开得正欢的水拿离炉火，"噗噗"的声音由强渐弱，最后和着开水都灌到了暖水瓶的肚子里。盖好炉盖儿，父亲就把几粒大枣放上去，然后快速翻动它们，不一会儿，烤枣的香气就充满了小小的屋子。木香、枣香混合在一起，使我忍不住一次又一次地深呼吸，让那香气通过鼻腔洞贯肺腑，仿佛自己也变得异常香甜起来。深呼吸，再深呼吸，如若不这样做，怕会浪费掉这美美的气息。

炉火还能烤红薯。看父亲把两个红薯小心翼翼地放进接炉灰的地方，烧完的木灰、炭灰掉下来，一点儿一点儿地盖住了红薯，被炉火的温度连同灰烬的余温一起焐着，慢慢地，烤红薯的香气传了出来。这时，把红薯翻个面儿，再等一会儿，就烤好了。

每次父亲烤大枣、烤红薯的时候，我都会拿个小板凳坐在炉边等着，心急火燎地，盼着大枣和红薯快快烤好，大快朵颐。甚至有时闻到枣香、红薯香，还会忍不住地流口水。不停地问父亲，烤好了吗？烤好了吗？父亲总是温和地摸摸我的小辫，安慰我："再等等，再等等，一会儿就好。"可是，这"再等等"好漫长啊。

塞外不产大枣和红薯，这枣和红薯是父亲的朋友从保定寄来的。那时交通不便，隔着山隔着水地把大枣和红薯邮寄过来，年年如是，是怎样的情谊。我从未见过给我寄大枣和红薯的叔叔，也不知道他现在在哪里，只是知道有这么一个人，给我小时候萧条寒冷的冬季带来过别样的温暖和期待。

行年渐长，能让人念念不忘的事物越来越少，能让人不断回味的东西也越来越少，是时光剥落了生命内里的单纯而赋予它更为复杂的内涵，还是时光消磨了棱角，使得对细微美好的感知变得麻木寡淡。不论如何，那烤大枣和烤红薯的味道，固执地留在我的记忆中，是烟火里不散的温柔。

对粥有种特别的依赖，每天都要喝，尤其是晚上，要是缺了一碗粥，就会觉得这餐未尽而睡不踏实，总是要再煮碗粥以慰藉怅然若失的胃。与其说是怅然若失的胃，不如说是怅然若失的我。尤其喜欢白粥，更喜欢稍微稀一点儿的白粥，确切地说，是更喜欢喝白米汤。

这样的喜好，是由儿时绵延出的情怀。

塞外不种水稻，所以也没有大米，家里的大米是粮店供应的，也有父亲的朋友从唐山带来的。根本不要论米的新旧，只要有，就是好的。原来没有电饭锅，在大锅灶上做米饭，那样做出来的饭叫"捞饭"。随捞饭而来的附属品，便是浓浓香香的大米汤。这大米汤，可是米的精华。

小时候体弱多病，母亲不舍得送我去幼儿园，便由邻家的奶奶看护长大。母亲每月除了付给奶奶看护我的薪水之外，还会送些米、面、油等吃的东西。奶奶心疼我，总是把仅有的大米留给我吃。其实，我对米饭一点儿都不感兴趣，只要能喝一碗浓浓的米汤，就心满意足了。

奶奶最懂我的心思，每次米汤出锅，就会给我盛上一碗，冲着在院子里玩耍的我喊："戎戎，来喝米汤了。"这是最具诱惑力的呼唤，不论我当时和小伙伴玩得有多疯，一听到奶奶喊"喝米汤"，就会立刻奔向厨房灶头，仰起小脸，视线紧盯着奶奶小心翼翼端着米汤的手，直到那碗米汤妥妥地放在桌子上。鼻子凑近碗边，深深地吸口气，那米香啊，就会顺着我小小的鼻孔渗进体内。现在想想我那一嗅的神情，一定沉迷至极。

刚出锅的米汤还热着，我守着那只碗，焦急地等着米汤凉到可以喝的温度。这时，米汤的表面已经有了一层膜，越是黏稠的米汤，那层膜越厚，越有质感。猴急的我还时不时鼓起小嘴吹吹，那膜便像父亲额头上的抬头纹似的皱皱起来，继而又舒展开去。吹得急了，薄膜脱离了碗边，露出的米汤就会被吹出个小漩涡，再吹得劲儿大点儿，米汤就飞溅起来，落到鼻尖上，引得我"咯咯咯"地笑。在灶台忙碌的奶奶抬头看看我，再叮嘱一句："烫啊，小心烫着。"

米汤终于能喝了，轻轻端起，先是一小口一小口地喝，还会眯起眼睛，享受米汤进入唇齿，经过味蕾，再入腹中的过程。喝着喝着，就忍不住了，"咕咚咕咚"地喝起来，米汤膜就像软糖外面的那层糯米纸一样，粘在了唇边，伸出小舌头舔舔，冲着做饭的奶奶喊："奶奶，奶奶，我喝完了，还要一碗。"

奶奶答应着，手里端着另一碗已经凉好的米汤。她知道，一碗米汤根本满足不了我这个小馋猫。

后来，有了电饭锅，就不再做捞饭了，我也喝不到香浓的米汤了。再后来，奶奶走了，任我怎么喊，她也不会再答应我。经年，那米汤的醇香，仍任性地缠绵在岁月里，想起米汤，想起奶奶，想起那段旧时光，我的眼眶温热。

姥爷是地主，传说中的，因为我没有见过他。我也没见过他的朱门紧闭的深深庭院，更没见过他那成片的树林和无垠的田野，甚至，我连姥姥也没有见过。姥爷是"好地主"，也是传说中的，他的佃农都说他心软，遇收成不好就免他们的租子，对贫苦的人乐善好施。即使这样，姥爷和姥姥在一次次这改那改中浮沉，在一场场浩劫中卑微地低头，也未能求全。姥爷生病走了，留下孤苦的姥姥承受因"地主"的名分带来的厄运，最终她身心俱焚，服毒自杀。

姥姥撒手人寰，是母亲心底无以化解的痛。

因为疼痛，因为怀念，每年春节，母亲都会熏制家乡的熏肉。每次做，又情不自禁地讲她的故事。于是，在我断断续续的记忆里，逐个把碎片缝合在一起，便是母亲当年生活的情境。

姥爷家人丁兴旺，家里请了厨子做饭。母亲排行老六，好奇淘气。因为小，不怎么受管束。于是常常钻到厨房去东看看西瞧瞧，一来二去地和大厨混熟了，有啥好吃的，总是先给她吃。柴沟堡熏肉就是那时吃了之后，觉得美味无限，缠着厨子教她做，人家一是拗不过她，二是不敢得罪这大小姐，只好答应。

没想到母亲还真好学，教两回就学会了，竟然代替大厨做了几次，家里人吃了，都没感觉到变化。熏肉还是那么香嫩，肥而不腻，味道醇鲜。入口，肉酥皮滑，脉脉的柏树香气缠绵于唇边齿畔。

后来，地主被打倒了；后来，姥爷、姥姥都走了；后来，父亲学会了做熏肉；再后来，母亲也走了……

我从小就看着母亲做熏肉，吃母亲做的熏肉长大，那是世间最香最美的肴馔。

现在，每到春节，父亲就会像母亲那样做熏肉，我会带着父亲做的熏肉去墓地看望母亲，那是母亲的味道，是家的味道。

光阴越发深浓，一串串熟悉而温切的记忆，带着烟火的味道交缠到日子里。渐行渐远的路上，这些烟火里的好却变得更加清晰深刻起来，一笔一笔地画进生命这幅绵长的画卷。烟火里的好，酒成一朵凛冽而又雍容的莲，在莲香氤氲中，入梦，我情愿沉溺其中，迷不知返。

第三辑
月满西楼

颓败的美

颓败的美，是无可救药的美。散发着诱人的味道，像漆黑的夜晚闪烁着的一点儿亮光，想靠近，却又害怕，欲言又止，欲拒还休的忐忑，还又有抗拒不了的吸引。远远地观望，销魂而妖娇，不敢靠近，怕把自己吸了进去，不敢碰触，怕像烟花一样碎开。这颓败的美是易碎的，是落拓的，是红泪清露里盛开的花，有隔岸观火的玄妙，有呼与吸之间刹那的变幻。

不折不扣地喜欢银杏叶，从春天吐出小芽，到深秋飘落大地，我都会一天三四遍地去看。刚长出的银杏叶，像把张开的小伞，绿油油地嫩，是调皮的孩子的笑脸，用一双无邪的眼睛张望外面的世界；长大的银杏叶，到处散发着青春的苍郁，在风中舞蹈，在雨中婀娜，是青涩的妖娆，内敛的，也是招摇的，充满任何可能性；秋天的银杏叶，由绿而黄，由黄而娇黄，直到明黄，是从少年不识愁滋味到却道天凉好个秋的淡然，淡得媚惑却不自知，淡得肃杀杀得艳烈，淡得花自飘零水自流地任性。即使要颓败了，也只是独自地默然，不会孤零零地怅惘。

我最爱深秋的银杏叶，那灿出的一片明黄，牢牢地牵着我的双眼，牵着我的双脚，牵着我的心。秋天的每个早晨，我都会迫不及待地走向它，在晨光里仰起头，看满树的叶子，有了淡黄的端倪，像贪睡的孩子，还没苏醒呢，那淡黄是迷离的神情，仿佛在说，让我再睡会儿，让我再睡会儿，憨态可掬。一场秋雨，凉意渐浓，清彻肺腑地通透，连空气都清爽起来，散发着太阳的味道。银杏叶呢，踏着音乐的舞步婀娜而来，激情昂扬，沙啦啦得飒爽，醉饮秋风媚无边。秋意越浓，银杏叶越艳，没有即将飘落枝头的惆怅，骨子里更饱满了，配得起天空的碧蓝，也配得起秋收的丰硕。是天使不小心打翻了调色盘，还是画家太任性，铺陈出这么一片明黄。美艳逼人，又旁若无人。艳到了极致，就颓废了，也有了将要败落的兆头。世事往往如此，盛极而衰。即使要衰败了，也衰败得坦然大气。

想起陈冲的电影《意》，是在一年春节放假时看的，窗外严冬萧瑟，眼前陈冲饰演的玫瑰活色生香。玫瑰把一箱一箱的旗袍晾晒在风里，空气中弥漫着躁动不安，她丰腴性感地穿行其间，风吹起晾晒的旗袍，露出她袅娜的身段，要媚成妖精了，要娇艳欲滴了，看得连我都情怯了。玫瑰不知道自己有多妖娆，玫瑰也不知道这妖娆中暗含着颓废，像鸦片一样容易让人上瘾，看着上瘾，想着也上瘾，那么美，美得勾魂摄魄的。深秋的银杏叶，就和玫瑰一样，要颓败了，还美得充满了蛊惑。

秋风来，银杏叶随风而下，迎风而舞，如梦似幻地翩跹而来。我常会在银杏树下驻足，看一枚树叶在我的眼前翩然而至，迈着世上最优雅的舞步，刹那间倾了我的江山。这枚叶是为我而落的，弯下腰，轻轻拾起来，陪伴我吧，给我饱满的清欢。

从银杏叶开始飘落的第一天起，我每天都会拾枚叶子回办公室，插在笔筒里，时不时地看上一眼。每每看到那片明黄，心里都会涌起丝丝温情，嘴角会不自觉地上扬，微微的笑浮在脸上。我是那么知足，我又是那么贪婪。秋天的脚步渐行渐远，被我拾回来的叶子慢慢占据了笔筒小半儿的空间。先拾回来的叶子失了水分，不那么水灵了，然而却黄得更艳。

终于，银杏树倾其所有，不再有叶子来投我的缘，我却还痴痴地流连在树下。因为雪后的草地上，还有一层明黄在等着我。绿的草，白的雪，黄的叶，三色交杂，是抽象派的田园画，也是大自然对我的恩典。融化的雪结成了冰，晶莹剔透的冰层下，明黄的银杏叶熟睡了。败落的叶子，也是那么美，是萧瑟中最后一抹温柔。

笔筒里的银杏叶早已风干，我没有动它们，也没再动笔筒里的任何东西。因为任何轻微的触动，都会使它们碎成几片。我知道这些叶子终会和我告别，或早或晚，但还是努力再努力地保存着它们，即使它们已颓败得脆弱甚至破裂，却还是那么美。就连它们因干燥而翘曲得不再平整的边缘，也显得那么优雅。我对颓败的银杏叶的情感，就仿若电影《游园惊梦》中荣兰看着翠花抽大烟时说的一句话："早就劝你别吸烟，可是烟雾中的你是那么地美，叫我怎么劝得下口。"就是一个欲罢还休呀。

用指尖轻触风干的银杏叶，发出"沙沙"的脆响，是对我欣赏它们的回应，我喜欢这颓败而脆弱的美，它们干枯地绽放着，是凡·高在麦田作画时被烈日晒得骄黄的头发，不是没落前的挣扎，是最后力量的张扬。

这世间，谁都无法与时间为敌，不能与之抗衡。它与所有人交缠，却又独立于外；它给所有人痕迹，却又与己无关。我们在它旁若无人的流逝中感到惶恐，我们又在周遭事物此消彼长的过程中获取温暖。我执着地保留着这份颓败的美，没有心痛，没有勉强，是自始而终的迷恋。这美丽，散发着魅惑的气息，没有英雄末路的遗憾，没有落花流水的惆怅，就是一种无法抗拒的存在。

厮混

那晚，被这两个字惊艳出一地碎银。月色跌落了，星子跌落了，我的惊叹也跌落了。真绝。

厮混，可真是不得了，任性啊任性。能说出厮混的人，像守着个秘密，只自己知道，别人在梦里一晌贪欢呢，你却凛凛然地醒了，在旁边看着，还那么不正经，却又不着声色，这也太要命了。就是这样地不正经，像罂粟一样，令人着魔。

丁酉年春节，一日午间小酌，一杯红酒，不胜酒力，昏昏然。想到第二天要上班，怕睡多了，夜里无眠，忍着，没去睡午觉，素手剥新茶吧。从柜子里取出一饼普洱，旧时光的味道扑面而来。细细打开包普洱茶饼的棉纸，有茶油浸出的痕迹，而茶饼的内飞上，则早已浸满了茶油。它在光阴里静静等了我十年，这样的缘分，让人温暖。为了我，它曾那么专注而庄重地等待过。未来的日子，也亦将与我唇齿相依，厮混在一起，成全我对它的需索。

心端的暖涟漪般荡漾，剥开茶饼的每个动作，都精心细致，像遇到久违的老友，无须多言，举手投足间，都是懂得的慈悲。茶饼在我手中渐渐变小，旁边的茶仓慢慢蓄满，普洱已变换了容颜，却还在等待着，等着与我更深刻更缠绵的厮混。沉溺于淡淡糯糯的茶香里，贴近古意盎然的茶纸，深呼吸，窃笑贪心的自己。这样的厮混让我销魂。

可厮混，却似乎与情难解难分。

《霸王别姬》里的陈蝶衣和段小楼是厮混在一起的。从小一起学戏，长大同台演出。而那蝶衣却又偏偏爱上了小楼，这不能爱的爱啊，把他折磨得死去活来。蜕了几层皮，却还仍旧执迷。可又有什么办法呢？情到深处人孤独。为不被接受，不被祝福的厮混，做个了断吧。虞姬挥剑，死在项羽四面楚歌的阵前；蝶衣挥剑，死于与他厮混在戏台上的小楼怀里。霸王别姬，是英雄末路的悲壮。蝶衣别小楼，是去留肝胆两昆仑的昭然。

阳光从窗的这边移到了那边，天空格外清蓝。这样的清蓝，令我想起我的小城，想起小城旧事。关乎厮混。

那年，我们在焦头烂额地备战中考，她却在如火如荼地早恋。这简直是妖道。在偏僻的小城里，更是匪夷所思。她妈妈想尽办法阻止，她绞尽脑汁应对，上演一出又一出斗智斗勇的对台戏。那时也不觉得离经叛道，只想是在义无反顾地追求自由，追索爱情。妈妈的眼泪不能濡湿她固执的心，妈妈的皱纹锁不住她出离的心思。她心心念念里是他，只想和他厮混在一起。

中考前夜，她和他住在一起。那座西洋人盖的教堂，木质小楼，脚踩在楼梯上，甚至有摇摇欲坠的恍惚。可那样的小楼，多浪漫啊。每走一步，都能传递气息。更不要说卿卿我我地厮混。整幢楼都是他们的，他们的厮混无所不在。陈旧的木头，浸润新人的气血，赋了爱，赋了情，分明更赋了魂魄。

她妈妈深夜去寻,她屏着息埋在他怀里。可满楼都四溢着厮混的味道,爱欲弥漫,哪能逃得出妈妈的触觉?被妈妈拉回家,一顿拳打脚踢。妈妈哪曾这样打过她,那拳脚都是做母亲的失落与心痛。她不懂,铁了心要和他在一起。

那样厮混过,以为就这样交付了,交付了爱情,更交付了自己,从此能够天荒地老不分离。可造化弄人,最后不是他不要她,而是她嫌弃了他。人总是多变呀,岁月流转,时过境迁。她去了银行,他做了木匠。再抵死的缠绵,也越不过世俗的鸿沟。从前的决绝犹在,再看她时,却已物是人非。

那一年,我们都离开小城。虽说人生何处不相逢,若不刻意回去,还真是不相逢。

去年回去,见她,痼疾缠身,疼痛难挨。青春不在,甚至没有心思打理自己,看着心疼。他的日子却是风生水起。说起他,换来一声叹息。但却又说,不论最后是不是在一起,当初是真情真心地厮混过,全心全意地交付过,况且是初恋,也值。

又去那座木楼附近看了看,楼已破败荒芜,作为一座曾经的教堂,被年华与记忆供养着。它曾被虔诚的基督教徒顶礼膜拜过,也曾被张扬的青春肆无忌惮地渲染过,如今仍朗朗而立,完成作为承载某段历史的使命。

然而,谁又评判得了她与他厮混的对错呢?

再者,西厢有记:新愁近来接着旧愁,厮混了难分新旧。旧愁似太行山隐隐,新愁似天堑水悠悠。就是一个交缠,怎么分啊,新的旧的都交缠在一起了?是山连着山的浩荡,是水融于水的彻底。男女之爱,相思之情,在"厮混"两个字里妖娆丰满着,即便外面是蝶舞莺飞,嫣红姹紫,可那相思的人不在身边,内心也是一片荒寒苍远。

　　这厮混的相思愁，就是个"虽离了我眼前，却在心上有；不甫能离了心上，又早眉头。忘了时依然还又，恶思量无了无休"。真是万古情缘一样愁。忍着空落落的等，不辜负惶恐恐的意，不怕被笑话殷切切的痴，内心的清高早已解甲归田了，高不可攀的冷艳也早已土崩瓦解了，就是愿意厮混在一起。

　　想着张生与崔莺莺的相思，心头盘桓着浓郁冗长的情愫，原本是想写厮混的，却不曾想被相思迷惑，耽溺于此。原来，沾染情绪是如此容易。

　　人啊，就像风中的一座古戏台，今天你来铿铿锵锵，明天他来唱念坐打，后天呢，上演个西厢，接下来就是锁麟囊。曲终人散，繁华尽敛，隐在暮色里的，还只剩下座古戏台，孤零零地伫立在时间的旷野。山高水远，世事无常啊，没有谁可以幸免于时间带来的印痕，更多的是左右不得的无奈。所以，得厮混时且厮混吧，没必要太过清醒，也没必要那么正经，只要不是逢场作戏就好。

　　我愿，与你厮混过一季又一季，以白发苍颜换取一段如水的过往，以痴心一片换得城春草木深。

云中谁寄锦书来

　　云中谁寄锦书来？仰望云端，一只鸿雁翩然而来，尺素传情，见字如面，展信如晤，知你安好，便是晴天。

　　见字如面，有温度的四个字。

　　可惜现在能见到字的机会越来越少。信息时代，让相隔十万八千里的人联系在一起，也让离得更近的人渐行渐远。读书的人少了，更不要说写信。淡出世间的，不仅仅是书信，更是表达彼此心事的意识，是那一尺灯光下静谧美好的光阴，是翘首引颈两两相望间不断升腾发酵的情意。

　　依然怀念写信的年代，怀念盼信的心情，怀念读信的喜悦。那时，就连等待都那么单纯，那么饱满。虽然等待绵延漫长，甚至难熬，还是愿意等。

　　七月的一天，困意绵绵。和球球说，这几天晚上手机玩过头了，睡得太晚，决定痛改前非。球球赞成我改邪归正。我俩拉钩戒手机。球球说，咱俩有事儿写信吧。一拍即合。球球发了朋友圈，立字为证。这下说什么也赖不掉了。说写就写。

面对信纸，提起笔，旧时光扑面而来。

写信，关乎离别与爱，是一个人的呼吸与血肉。

那一年离家，是一次不经意的离开，却成了回不去的开始。小小的我独自融入一座陌生的城，每天黄昏到收发室，去看有没有信，是一天中最快乐最殷切的时光。没信时，怅然若失，心里盘算着，写给家里的信该收到了，怎么没回呢？给朋友的信可能还要再等两天吧。收到信时，心是雀跃的，掩饰不住的欣喜溢在唇角眉间，可还得装作若无其事，怕被别人看到情不自禁的样子而不好意思。

把信牢牢地拿在手里，飞快地跑回宿舍爬上床，仔细拆开信封，读信。字字句句看过去，甚至不放过一个标点符号。写信那个人的面容、心情、私密的想法……一切的一切透过纸上的字迹传递出来，在脑际生成一幅具象的工笔画。不再有距离之隔，这个人就在我身边，抚触我的孤独，给我丝丝入扣的陪伴，带来远方的讯息，切近，温暖。

午后，阳光照见课桌边缘，教室里静静的，听得到笔尖落在纸上的声音。轻轻地，诉说心端流淌的情愫，热烈的，急切的，舒缓的，悠远的，甚至少年强说的愁。笔尖沿着光线走，不再有光线印在纸上的时候，信就写完了。墨香洇到纸里，心事写在纸上，封起来，寄给远方。

收到的信仔细存起来，某个时刻拿出来再读。每次读，感觉都不一样，或朗笑，或皱眉，或沉思，或含泪。写完的信，折起来，认真封好口，贴上邮票，一一放到像哨兵一样站在路边的邮筒里，有如释重负的轻松，也有惴惴不安的等待。每一个动作，都有饱满的虔诚，充满仪式感。收信、写信、寄信的急切、喜悦与隐秘的无可名状的情绪，百转千回地缠绕在成长中青涩的岁月里。随时光流转，变得浅淡悠长。

然而，那由纸香承载着墨香的书信，却早已消失在日常里。不再有见字如面的亲切，不再有展信欢颜的静朗，也不再有一生只够爱一个人的从前慢。

云中谁寄锦书来？仰望云端，没有鸿雁。

信纸，还这样静静地展在面前，落在纸上的墨迹已干。旧时光绵密不绝地延展，霸道肆意地盘踞在心间。我看到，妈妈给我写信时慈爱的面容，看到妈妈利落的草书枯如古藤，每一画里，都有她对我的牵念与深爱。那浓得化不开的母爱，随着笔尖游走在葱绿的格子里。在我已经模糊的目光中，温热眼眶的，可是妈妈柔软的双手？我看到，身穿条纹长裙的女孩，手执信笺，站在海边，海风吹乱发丝，也吹不散眸子里静笃的执着。在她长到足够大的时候，把私密的心事写给老师。信的结尾，深情地写下"吻你"，落款"爱你的××"。可是，山盟虽在，锦书难托。我看到，一个韶华男子把女孩的信放在枕下，枕着入眠。旖旎在他梦里的，可是女孩信中的缠绵思念？他怀里揣着她的信爬到山巅，面对群山高声唤出她的名字，御风而飞，是否能传入她的耳畔？我看到，清晨，路上。她和他说起书信，说她还是那么喜欢写信。他说，你写给我吧。她的心底，竟然有花开的声音。我看到，刚愎自用的拿破仑，在他的军事版图狂飙突进之时，柔肠百结地写给约瑟芬的情书："无可匹敌的约瑟芬，你的秘密武器到底是什么？你的思绪正在毒害我的人生，撕破我的灵魂……你已经将它们都诱惑去了，它们现在都已归你所有。"我看到，浑欲不胜簪的杜甫，望穿接连三月的烽火，热切地等待着捧读珍抵万金的家书……

收起书信，有些恍惚，欲寄彩笺兼尺素，山长水阔知何处啊。写好的信怎么寄，去哪里寄，成了头疼的问题。我已经贫穷到没有信封和邮票，我已经笨拙到找不到邮箱或邮筒。情急之下，和球球商量，我们把书信拍照发给对方吧，等过一段时间，再交换。球球欣然。现在，我手里有一打球球写来的信，那落于纸端的文字，是两个小女子对生活的敬畏，对美好的憧憬，还有现实中不可逃避的鸡零狗碎。

云中谁寄锦书来？要给你写的信，已轻轻展开，那蘸满了墨香的笔尖蓄着势含着情就要出发。我在信中埋入了伏笔，让这伏笔在双城之间尽情轻舞飞扬，架起一座虹桥，等待风云际会。

台湾艺人陈绮贞说，世界上有三件事值得做：爱、写信和梦想。那么，就让写信把爱和梦想连接起来，把绵长细腻的心思编织进字里行间。随着心，做这件欢喜的事情。书信是时光中的宝物，而写信的人，是这个时代最后的贵族。我愿意，笃定地做这个时代最后的贵族，是你成全了我。

让我们在书信中彼此深爱。